Ufer der Angst

Ilona Bulazel

Ufer der Angst
von Ilona Bulazel

Anschrift der Autorin:
Ilona Bulazel
Sinzheimer Str. 40b
76532 Baden-Baden
Deutschland
E-Mail: kontakt@autorib.de
www.autorib.de

1. Auflage: Januar 2017

Korrektorat:
Schreib- und Korrekturservice Heinen
www.sks-heinen.de

Umschlaggestaltung: Anne Gebhardt,
papierprintit GmbH, Konstanz
Verwendete Fotos von Shutterstock und iStockphoto

ISBN-10: 1542500621
ISBN-13: 978-1542500623

Weitere Informationen zum Druck:
siehe Buchende

»DIE SEPSIS, UMGANGSSPRACHLICH AUCH ALS BLUTVERGIFTUNG BEZEICHNET, GILT ALS SCHWERE ERKRANKUNG, DIE, AUSSER KONTROLLE GERATEN, SOGAR ZUM TODE FÜHREN KANN.«

INHALTSVERZEICHNIS

ÜBER DAS BUCH

Noch tiefer tauchte er in die Wanne und stellte sich vor, das angenehm temperierte Wasser, das nun vollständig seinen Körper bedeckte und in jede Pore eindrang, wäre das warme Blut seiner Opfer.

Wie passen der brutale Mord an der attraktiven, aber wenig beliebten Charlotte Dubois, ein verlassenes Auto voller Drogen und ein fünfzehn Jahre zurückliegender Selbstmord zusammen?

Kaum beginnt das Team um Hauptkommissar Rolf Heerse mit den Ermittlungen, wird eine weitere Leiche entdeckt. Schnell steht fest, dass der Mörder einen tödlichen Streifzug an den Ufern des Rheins geplant hat. Während die Liste der Verdächtigen immer länger wird, gibt das Vorgehen des Täters Rätsel auf. Er ändert bei jedem Mord seine Methode und doch ist der Hauptkommissar davon überzeugt, dass ein grausamer Sinn hinter all dem steckt …

»Ufer der Angst« ist ein weiterer spannender Psychothriller von Ilona Bulazel, der schlaflose Nächte garantiert!

KAPITEL 1

Es herrschte eine ganz besondere Ruhe, die sich allmählich auf den Mann in der Badewanne übertrug. Auf dem Rücken liegend, die Beine aufgestellt, sodass die Knie nach oben ragten, hatte er den Kopf vollständig nach hinten ins Wasser getaucht. Noch fiel es ihm nicht schwer, die Luft anzuhalten. Durch das klare Badewasser konnte er die Kacheln an der Wand erkennen. Wie es wohl wäre, für immer so liegen zu bleiben?

Das lauwarme Nass umhüllte sanft seinen Körper, und er fühlte sich geborgen. Doch im nächsten Augenblick war das vorbei und Panik ergriff von ihm Besitz. Er zwang sich, seinen Kopf unter Wasser zu halten. Erste Luftbläschen entwichen seinem Mund und stiegen nach oben wie die Kohlensäure in einem Champagnerglas. Mit der Atemnot kam jetzt auch die Erinnerung, die ihn so sehr prägte. Er hasste und liebte sie gleichzeitig, sie würde ihn nie loslassen. Vielleicht täuschte er sich und man hatte ihm damals doch die Wahrheit erzählt? Ließ er sich blenden von einem Gespinst aus Lügen, oder war er endlich in der Lage zu verstehen?

Nun hielt er es kaum noch aus. Das Wasser über ihm verlor die Leichtigkeit und mit einem Mal drückte es brutal auf seine Brust, drang in seine Nase ein und ließ ihn frösteln.

Nur noch einen kurzen Moment so liegen bleiben, dachte er sehnsüchtig.

Aber der natürliche Instinkt zu überleben, gestattete es ihm nicht, noch länger in der gewählten Position zu verharren. Ein letzter Erinnerungsfetzen tauchte vor seinem geistigen Auge auf. Es waren Hände, die nach ihm griffen.

Mit einem Satz schoss er in die Höhe, dabei schwappte das Badewasser über den Beckenrand.

Das heftige Atmen des Mannes klang gehetzt und er dachte zornig: *Vielleicht ist es langsam an der Zeit, den nächsten Schritt zu tun.*

* * *

Juli

Charlotte lag auf ihrem Badetuch und ließ sich die Julisonne auf die nackte Haut scheinen. Ein überhebliches Lächeln umspielte ihren Mund, als sie genussvoll an ihrer Zigarette zog. Sie schloss die Augen und dachte an den besorgten Blick des Filialleiters, als sie ihm vor zwei Stunden mitgeteilt hatte, dass sie sich krank fühlen würde. Der Kerl war ein notgeiler, hirnloser Idiot, deshalb hatte sie auch ein leichtes Spiel bei ihm.

Sie ließ ihn gelegentlich in ihren Ausschnitt blicken, schob ihren Rock hoch, wenn sie bemerkte, dass er sie beobachtete, und erhob keine Einwände, wenn er wie zufällig mit der Hand über ihren Hintern streifte, während er sich zwischen den Regalen an ihr vorbeidrängte. Momentan verschafften ihr diese geduldeten Übergriffe angenehme Freiheiten – und wenn die Zeit gekommen war, dann würde sie ihm mit einer Anzeige wegen sexueller Belästigung drohen, um am Ende mit einer netten Abfindung nach Hause gehen zu können. Schließlich wollte sie ja nicht ewig hinter dieser Kasse im Supermarkt sitzen.

Charlotte, die auf dem Rücken lag, blinzelte in den Himmel. Später würde sie eine Freundin besuchen, die mit ihrem Imbisswagen oben am Rheindamm auf einem der Parkplätze stand. Lydia war nicht wirklich eine Freundin. Vielmehr handelte es sich um eine Bekannte, mit der sie gerne gehässige Bemerkungen über schräge Typen austauschte.

Und am Imbisswagen tummelte sich immer reichlich Lästermaterial.

Wieder erschien das überhebliche Lächeln auf ihrem verlebten Gesicht. Sie war viel herumgekommen, hatte es nie lange an einem Platz ausgehalten. Auch im Elsass, ihrer derzeitigen Wahlheimat, wollte die gebürtige Französin nicht auf Dauer bleiben. Die Gegend auf der anderen Seite des Rheins gefiel ihr zum Beispiel ausnehmend gut; vielleicht sollte sie ihr Glück einmal in Deutschland versuchen. Baden-Baden war eine schöne Stadt und womöglich traf sie dort auch auf einen gut situierten Junggesellen, der ihren Reizen erlag, die zugegeben mit den Jahren langsam, aber stetig zu schwinden begannen. Tief in diese Gedanken versunken erschrak sie, als in einem der Büsche ein Knacken zu hören war. Trotzdem war Charlotte deshalb nicht beunruhigt. Sie war nicht die Einzige, die dieses lauschige Plätzchen in den Auenwäldern kannte. Es gab entlang des Rheins viele kleine Kanäle, Seitenarme und Seen, die hinter dichtem Gestrüpp verborgen lagen. Wer sich allerdings auskannte, fand schnell heraus, wie er die Stellen, die zum Sonnenbaden und Schwimmen geeignet waren, erreichen konnte. Auch die zahlreichen Baggerseen in dem Gebiet lockten Badegäste an, wenn die sich auch nicht immer legal auf den Betriebsgeländen aufhielten. Es gab jedenfalls genug gewitzte Sonnenanbeter und Freunde der Freikörperkultur, die sich bereits Stammplätze erobert hatten. So wie Charlotte, die für gewöhnlich die Stelle neben den Resten eines alten Ruderbootes wählte, dessen moosbewachsene Holzpaddel daneben im Gras lagen.

Als es erneut hinter ihr knackte, sich aber niemand blicken ließ, wurde sie doch nervös. Sie richtete sich auf und kniff die Augen etwas zusammen. Vielleicht streifte ein Hund durch das Dickicht?

Immerhin gab es auch einige Spaziergänger, die gerne einmal die grünen Dämme verließen und sich in die »badische Wildnis« stürzten …

Charlotte vernahm ein Rascheln und dachte: *Das muss aber ein großer Hund sein.*

Sie zog noch einmal kräftig an ihrer Zigarette, schließlich wurden die auch immer teurer, bevor sie sie ausdrückte. Dann entschloss sie sich, zum Angriff überzugehen, denn mittlerweile war sie davon überzeugt, dass sich ein Spanner im Gebüsch eingenistet hatte. Wütend streifte sie ihre Sandalen über, griff nach dem Sommerkleid, entschied sich aber doch dagegen, es anzuziehen, stand auf und grinste boshaft.

»Du willst mich nackt sehen, du armseliges Würstchen?«, rief sie mit lauter, wütender Stimme und näherte sich den Sträuchern. Ihr französischer Akzent ließ ihre Worte nicht so hart klingen, wie sie es gerne gehabt hätte, deshalb legte sie besonders viel Schärfe in ihre Stimme.

»Na dann glotz mich an und verschwinde wieder, nackter werde ich nicht!« Dabei stemmte sie ihre Fäuste in die Hüften und stellte mit hocherhobenem Haupt ihren Körper zur Schau.

Die großen Brüste, die nicht mehr so straff waren wie noch vor ein paar Jahren, der gewölbte Bauch und die breiten Schenkel waren braun gebrannt. Der dünne Schweißfilm, der ihre Haut überzog, ließ diese in der Sonne glänzen.

»Mach schon, du perverses Schwein, bringen wir es hinter uns! Dann kannst du nach Hause gehen und dir einen runterholen oder sonst was …«, blökte sie genervt, und etwas leiser fügte sie an, »und ich kann noch eine Runde schwimmen.«

Als sich in den grünen Blättern nichts rührte, setzte sie nach: »Du kleiner Feigling …«

In diesem Moment trat ein Mann hinter den Büschen hervor.

Mit hochrotem Kopf stotterte er: »Ich habe Sie nicht beobachtet.« Er vermied es, ihren nackten Körper anzustarren, und sah deshalb auf den Boden.

Seine Verlegenheit bereitete Charlotte ein teuflisches Vergnügen, vor allem, als sie ihn erkannte. »Du? Na, so eine Überraschung.« Sie verschwendete keinen Gedanken daran, dass sie sich womöglich in eine gefährliche Situation manövrieren könnte. Stattdessen stolzierte sie hin und her, warf mit einem gehässigen Lachen den Kopf in den Nacken und spottete: »Die Lüge steht dir doch ins Gesicht geschrieben. Du bist ein kleiner Perverser, der sich daran aufgeilt, heimlich Frauen zu beobachten.«

Er wollte widersprechen, ihre harten Behauptungen abmildern, aber sie ließ ihn nicht zu Wort kommen. Im Gegenteil, ihre Beschimpfungen hörten nicht auf.

Sie soll endlich still sein, dachte der Mann verzweifelt.

Ja, er hatte sie beobachtet – aber was erwartete diese schamlose Person denn, wenn sie sich ausgerechnet an dieser Stelle so wollüstig in der Sonne rekelte? Und überhaupt, was stellte sie sich so an, schließlich wusste sie doch genau, dass hier jederzeit jemand vorbeikommen konnte. Mittlerweile wünschte er sich nur noch, sie würde aufhören zu schreien.

»He!«, sagte Charlotte gerade. Sie war mit schnellen Schritten zu ihrem Handtuch marschiert und hatte sich endlich ihr Kleid übergezogen, sodass er sie ohne Verlegenheit ansehen konnte. »Dir ist doch klar, dass ich das nicht für mich behalten werde«, setzte sie amüsiert nach. »Na, das wird für reichlich Gesprächsstoff sorgen.«

»Nein, so hören Sie mir doch zu. Ich habe nichts getan … Ich bin zufällig hier vorbeigekommen.«

Sie lachte schrill auf. »Und die Beule in deiner Hose? Was ist das? Eine Taschenlampe? Die anderen werden sich freuen, wenn sie diese Neuigkeit erfahren. Ein perverser Spanner treibt hier also sein Unwesen.«

»Hören Sie auf!«, schrie er plötzlich und blickte sie kalt an.

Im ersten Moment verstummte sie, aber dann fuhr sie unbeeindruckt fort. Sie unterschätzte das Risiko, wähnte sich ihm überlegen und übersah, wie sich seine Züge veränderten.

Sie hatte ihn in die Enge gedrängt und er fühlte sich, als steckte er mit einem Bein in einer Falle fest, deren scharfe Metallzähne sich, je mehr er zappelte, immer weiter und weiter in sein Fleisch bohrten.

Unterdessen wurde Charlotte nicht müde, ihre Drohungen zu wiederholen. »Ich werde allen von dir erzählen!«, giftete sie erneut.

»Das wirst du nicht!«, zischte er zurück und dieses Mal erschrak sie. In seinen Augen funkelte der Irrsinn, für Charlotte gab es keine Rettung mehr.

Schnell hatte er sich auf sie zubewegt, seine Chance, der Falle zu entkommen, erkannt und genutzt. Seine Hände griffen nach einem der Holzpaddel im Gras. Noch während er es aufhob, holte er Schwung und schlug, ohne zu zögern, mit dem harten Knauf in Charlottes Gesicht.

»Warum musstest du diese ekelhaften Dinge sagen?«

Der nächste Schlag traf sie an der Schläfe, Charlotte stürzte zu Boden. Er drehte das Paddel schnell, um jetzt mit der breiten Seite auf die Frau einzuprügeln.

»Warum konntest du nicht schweigen?«

Blut lief über ihr Gesicht, das Nasenbein brach, das Trommelfell platzte. Erneute Hiebe trafen ihren Körper.

»Warum willst du so unbedingt sterben?«

Das hölzerne Paddel klatschte unaufhörlich auf den Körper der Frau. Es war ein rhythmisches Schlagen, ohne Eile, ohne Wut. Der Mann schien nun völlig konzentriert, um ihn herum war alles lebendig. Die Vögel zwitscherten, die Blätter der Bäume raschelten im Wind und die Insekten summten – und er stand mitten in diesem Treiben und erfüllte eine Aufgabe. Er spürte den Schweiß, der sich unter seinen Achseln bildete und vermutlich große Ränder auf seinem Hemd hinterlassen würde. Aber das war nun einmal so, wenn man eine Arbeit zu verrichten hatte. Und jetzt, wo er sich entschieden hatte, wollte er es auch gründlich machen. Also holte er weiter aus und schlug immer wieder zu.

Ja, jetzt klingt es richtig!, dachte er und war erleichtert.

Dann ließ er von seinem Opfer ab. Er stützte sich auf das Paddel und betrachtete zufrieden sein Werk. Er spürte keine Reue und keine Schuld, sein Verstand arbeitete präzise und ruhig. Weder zitterten seine Hände, noch musste er einen rasenden Puls unter Kontrolle bekommen. Trotzdem durfte er keine Zeit verlieren. Man würde nicht verstehen, was er hier getan hatte, also blieb ihm nichts anderes übrig, als seine Spuren zu verwischen. Und da man nie wissen konnte, wer plötzlich hier vorbeikam, beeilte er sich, die Leiche ins Gebüsch zu zerren. Anschließend sammelte er die Habseligkeiten der Frau ein und versteckte sie zusammen mit ihrem Fahrrad im dichten Gestrüpp. Er würde am Abend zurückkommen und den Rest erledigen.

»Heute wird es keine Neuigkeiten zu erzählen geben!«, sagte er gut gelaunt, als er sich auf den Weg machte. Sein blutverschmiertes Hemd hatte er ausgezogen, die Spuren auf der dunklen Jeans konnte man nicht erkennen und die Spritzer im Gesicht und auf den

Armen hatte er gründlich abgewaschen. Es war zwar unwahrscheinlich, auf dem Pfad, den er für den Rückweg gewählt hatte, jemanden zu treffen, aber sicher war sicher. Er pfiff eine Melodie, die am Morgen im Radio gespielt worden war, und fühlte sich so entspannt wie noch nie zuvor in seinem Leben.

September

Er stand am Rheindamm und beobachtete das gegenüberliegende Ufer. Von hier sah es so aus, als wäre es nur ein Katzensprung auf die französische Seite, als würden wenige kräftige Schwimmzüge genügen, um das Elsass zu erreichen. Aber das war ein Trugschluss. Der Rhein war kein friedfertiges Flüsschen, das zum Planschen einlud, sondern ein gefährlicher Strom, und die harmlos erscheinende Strecke brächte selbst einen geübten Schwimmer in Lebensgefahr. Trotzdem das Gewässer seine Tücken hatte, faszinierte es den Betrachter am Ufer. Heute wälzte sich der Rhein, braun gefärbt vom Schlamm, durch die hohen Betonmauern der Schleusenanlage und klatschte wütend gegen die großen Steine an den Dämmen, wenn sich eines der gewaltigen Frachtschiffe langsam durch die Fluten schob.

Der Mann beobachtete den Fluss, so wie es auch eine Gruppe Fahrradfahrer auf der französischen Seite tat. Unwahrscheinlich, dass sie alle nach dem Gleichen Ausschau hielten. Die Fahrradfahrer betrachteten jetzt nämlich entzückt die Schwäne, die sich mit Brotkrumen anlocken ließen, während ihr Gegenüber auf der Suche nach einer Frau war.

Eine Frau, die er erst letzte Nacht getroffen hatte. Sie war nicht besonders schön, nicht einmal hübsch gewesen, jedenfalls hatte er sie so in Erinnerung.

Ihr ganzes Gehabe war ihm fahrig und verstörend erschienen. Weder hatte er das Bedürfnis gehabt, mehr über sie zu erfahren, noch hätte er sie unter normalen Umständen angesprochen. Aber die Umstände waren eben nicht normal gewesen und deshalb hätte es ihn auch nicht gewundert, wenn sie ihm heute erneut begegnen würde wie ein böser Geist, den man nicht abschütteln konnte. Wieder wanderte sein Blick am Ufer entlang. Er hatte zu spät bemerkt, dass sie nicht die Geeignetste gewesen war, und obwohl er dennoch versucht hatte, die Situation zu retten, war er am Ende mit dem unguten Gefühl nach Hause gegangen, eine wichtige Angelegenheit vielleicht nicht ordentlich zu Ende gebracht zu haben. Und dann kam ihm ein Gedanke, der ihn zugleich erschreckte und amüsierte. Was würde er denn tun, wenn die Unbekannte tatsächlich hier auftauchen sollte? Er betrachtete erneut die Fahrradfahrer auf der anderen Seite. Sich deren Reaktion auszumalen, hatte seinen Reiz. Wie würde sich ihr Verhalten verändern, wenn zwischen den weißen, grazilen Schwänen mit den schlanken Hälsen und den leuchtend orangefarbenen Schnäbeln plötzlich die Fremde erscheinen würde? Und zwar so, wie er sie gestern zurückgelassen hatte: Den Körper an mehreren Stellen mit Angelschnur umwickelt, dann in eine Plastikplane eingeschnürt und verzurrt wie eine wertvolle Stehlampe … Was würden die Ausflügler wohl zu dem, was sich unter dem Plastik verbarg, sagen? Es schien ihm undenkbar, dass einer von ihnen beim Anblick der Leiche Haltung bewahren könnte, obwohl er davon überzeugt war, dass er alles getan hatte, um die tote Frau ansehnlich dem Fluss zu übergeben. Natürlich wäre es auch ihm lieber gewesen, er hätte den Unterarm der Fremden nicht abtrennen müssen, aber man konnte sich seine Aufgaben nicht immer aussuchen.

Es war eine scheußliche Sache gewesen. Das Blut hatte ihm nichts ausgemacht. Auch der Geruch der Sterbenden, der den kleinen Transporter so intensiv durchströmt hatte, war für ihn kein Hindernis gewesen – aber das Hantieren mit den unzureichenden Werkzeugen, das hatte ihn geärgert. Wer hätte schon gedacht, dass es so schwierig sein würde, einen Knochen abzutrennen, noch dazu von einem so dürren Geschöpf, das scheinbar ohne jedweden Verstand zur Welt gekommen war. Wie sonst ließe sich erklären, dass diese Frau mitten in der Nacht bei strömendem Regen aus ihrem Auto gestiegen und wie eine Lebensmüde auf der Fahrbahn herumgeirrt war. Die Landstraße entlang der Rheindämme war bei einem solchen Wetter und um diese Zeit kaum befahren. Er hatte zum Glück frühzeitig die Rücklichter des am Straßenrand parkenden Fahrzeugs gesehen und den Fuß vom Gas genommen. Natürlich war er herangefahren und hatte seine Hilfe angeboten. Ein Blick in das blasse Gesicht mit der verlaufenen Schminke hatte genügt, um zu wissen, dass diese Frau in mehrerer Hinsicht gewaltige Probleme hatte. Ihr Atem roch nach Alkohol, und die Kleider, die sie trug, waren zwei Nummern zu groß. Fahrig strich sie sich eine platinblond gefärbte Strähne aus dem nassen Gesicht. Ihm entging nicht, dass sie dünne Lederhandschuhe trug, die nicht zu dem übrigen Outfit passten.

»Ich habe eine Panne und muss das Rad wechseln«, sagte sie.

Er stieg aus und begutachtete den hinteren Reifen beziehungsweise seine Überreste, die vollkommen zerfetzt auf der Felge hingen.

»Da vorne ist es passiert, einfach so, ich kam etwas zu weit nach rechts und …«, erklärte sie mit ihrer piepsigen Stimme und hob die Schultern.

»Ich kümmere mich darum, steigen Sie solange in meinen Transporter.«

Die Unbekannte verschwendete keinen Gedanken an eine drohende Gefahr und lief wackelig zum Fahrzeug des Mannes. Er schlug mit seinem Radkreuz zu. Einfach und schnell, den Rest erledigte er im Wagen. Völlig unvorbereitet traf ihn dann allerdings der Anblick ihres Armes und er musste improvisieren. Ein wenig hatten seine Bemühungen dem Handwerk eines Schlächters geglichen, der ein sich im Todeskampf windendes Tier erlösen musste, auch wenn das ganz und gar nicht seine Absicht gewesen war. Jedenfalls hatte er am Ende alles getan, um sein Werk erfolgreich abzuschließen.

Und so, wie es heute Morgen aussah, war ihm das auch gelungen. Die Leiche, die er dem Fluss übergeben hatte, schien nicht wieder aufzutauchen. Keine Spur von einem angeschwemmten Frauenkörper in einer Plastikplane. Und den Unterarm? Nun, auch dafür hatte er gesorgt.

Eine Weile blickte er noch versonnen auf den Fluss. Die Gruppe Radfahrer machte sich bereits wieder auf den Weg und war bald aus seinem Sichtfeld verschwunden. Das Klatschen der Wellen gegen das Ufer, als ein weiterer Frachtkahn, der dem Tiefgang nach zu urteilen schwer beladen war, an ihm vorbeitrieb, riss ihn aus seinen Gedanken. Mit leichtem Schritt ging er davon.

September, zwei Tage später

Hauptkommissar Rolf Heerse betrat mit grimmiger Miene die Dienststelle. Den beiden Kolleginnen am Eingang, die er flüchtig begrüßte, entging der angegriffene Gemütszustand des allseits beliebten Ermittlers nicht.

Als er außer Hörweite war, flüsterte die eine der anderen zu: »Seine Frau ist gerade zur Kur!«

Als würde dieser kurze Satz alle Rätsel der Welt lösen, erschien auf dem Gesicht der Angesprochenen ein wissendes Lächeln. »Na, dann wundert mich nichts mehr.«

In der Tat befand sich der Hauptkommissar in einem echten Dilemma. Seine Frau Petra saß bereits seit zwei Wochen in einer Kurklinik fest, um sich von einem schweren Bandscheibenvorfall zu erholen.

»Wir sind eben keine dreißig mehr, sondern Anfang fünfzig«, hatte sie die Diagnose damals tapfer kommentiert.

Heerse war nun Strohwitwer und fühlte sich schrecklich. Nicht wegen der Hausarbeit, die er nun wahrlich nicht als sein Steckenpferd bezeichnen würde, denn er war durchaus in der Lage, sich zu versorgen. Selbst dass seine sonst strahlend weißen Hemden nun asphaltgrau im Schrank hingen, nachdem sich eine schwarze Socke in den Waschgang geschlichen hatte, ließ ihn nicht verzweifeln. Aber das leere Haus, die fehlende Möglichkeit, sich auszutauschen, das Ausbleiben des vertrauten Lachens, wenn er nach Hause kam, das machte ihm gewaltig zu schaffen. Und diese Einsamkeit sollte noch weitere qualvolle vier Wochen anhalten. Natürlich telefonierte er regelmäßig mit seiner Frau, aber irgendwie fehlte die Zeit für lange Gespräche. Petra hastete von Anwendung zu Anwendung und er lebte seinen unregelmäßigen Dienstplan. Somit verschlechterte sich seine Laune täglich; Heerses Gemütszustand entging auch den Kollegen nicht.

Nur mühsam konnte er sich zusammenreißen, als ihn ein aufgebrachter Mann grob anrempelte und beinahe umrannte. Gerne hätte er einen Streit angefangen, sich ein wenig verbal abzureagieren, hätte ihm sicher gutgetan, aber dann besann er sich und rief nur: »Immer langsam, junger Mann!«

Der andere stürmte bereits aus dem Präsidium und Heerse hakte bei einem Kollegen der Streife nach: »Was ist denn mit dem los?«

»Sein Auto …«

Der Hauptkommissar grunzte missbilligend.

»Gestohlen oder beschädigt?«

»Ehrlich gesagt beides.«

Auf Heerses fragenden Blick hin begann der Beamte zu erklären: »Die Streife fand einen Pkw mit französischem Kennzeichen draußen am Rhein. Nicht abgeschlossen, sogar der Schlüssel steckte noch im Zündschloss und weit und breit keine Spur vom Fahrer. Der hintere Reifen war zerfetzt. Vermutlich ist da jemand ungebremst über die Fahrbahnkante gerast.« Er zuckte mit der Schulter, um zum Ausdruck zu bringen, dass er schon vieles erlebt hatte und auch ein solches Fahrmanöver nichts Ungewöhnliches war. »Die französischen Kollegen konnten uns dann weiterhelfen. Der Wagen wurde vor drei Tagen gestohlen. Der Eigentümer, du hast ihn gerade kennengelernt, hat den Diebstahl gemeldet. Nun, erst sah es nach einem klaren Fall aus und dann …«

Er grüßte einen vorbeikommenden Kollegen und ließ noch eine Bemerkung über das Fußballspiel am letzten Abend fallen, sodass Heerse bereits ungeduldig wurde und sich nur mühsam ein »Was dann?« verkneifen konnte.

Endlich widmete sich der Beamte wieder ihrem Gespräch. »Wir fanden mehrere Kilo Kokain in dem Fahrzeug. Nicht einmal besonders gut versteckt. Natürlich läuft jetzt eine Untersuchung, und der Eigentümer muss noch eine Weile auf sein Auto verzichten. Das passt ihm allerdings nicht.«

»Verstehe«, antwortete der Hauptkommissar. »Habt ihr Hinweise, dass er damit zu tun hat?«

»Sieht nicht so aus, aber vorerst ist alles offen und wir müssen uns noch mit den Franzosen abstimmen. Bei denen liegt bis jetzt nichts gegen den Mann vor. Trotzdem dauert das eben seine Zeit und wir haben jetzt schon einen riesigen Papierberg zu bearbeiten.«

»Habt ihr denn gar keine Spuren im Fahrzeug gefunden? Was sagt die Kriminaltechnik?«

Heerse stieg ganz gewohnheitsmäßig in den Fall ein.

Sein Gegenüber seufzte. »Leider nichts Brauchbares. Die meisten Abdrücke sind vom Besitzer, den Rest konnten wir bisher nicht zuordnen. An der Kopfstütze der Fahrerseite hat das Labor Haare entdeckt, womöglich ergibt die DNA-Analyse etwas. Aber du kennst das ja, wenn wir in den Datenbanken keine passenden Einträge dazu finden, dann kommen wir nicht weiter. Schon seltsam, dass man das Kokain zurückgelassen hat.«

Heerse setzte seinen Weg zu den Büros der Kriminalpolizei fort. Hier herrschte rege Betriebsamkeit. Was nicht zuletzt damit zu tun hatte, dass in Baden-Baden und den umliegenden Städten und Gemeinden gerade eine Art Polizeikongress stattfand. Aus ganz Deutschland kamen Ermittler und Verwaltungsbeamte zusammen, um Expertenvorträge zur Kriminalistik, Tatortarbeit, zu kriminaltechnischen Methoden und ähnlichen Themen zu hören.

Es gab Fortbildungslehrgänge und Seminare, die die Beamten besuchen konnten. Da man als Veranstaltungsort den badischen Raum gewählt hatte, waren die Gastgeber ordentlich unter Druck. So war es kein Wunder, dass Heerse im Laufe des Tages mit einem Fall beauftragt werden sollte, der unter anderen Umständen nicht in den Zuständigkeitsbereich der Baden-Badener Polizei gefallen wäre.

* * *

Der junge Mann schwitzte stark. Er trug zwar einen Jogginganzug, aber die Schweißausbrüche kamen nicht vom Sport. Die Plastiktüte brannte wie Feuer in seiner Unterhose. So viel hatte er noch nie gekauft und das versetzte ihn jetzt in Panik. Aus diesem Grund hatte er den Weg durch die Rheinauen gewählt. Eine Abkürzung, die ihn schneller zu seinem Auto bringen sollte, welches er ein gutes Stück entfernt auf einem Feldweg geparkt hatte. Man konnte ja nie wissen, wer einen beobachtete. Er allein konnte im Dickicht unbemerkt verschwinden, aber mit einem Auto war das etwas anderes. Irgendwer könnte die Nummernschilder lesen und schon hätte man ihn am Arsch.

Gregor war sich unheimlich schlau vorgekommen, als er diesen Plan ausgeheckt hatte. Jetzt fühlte sich der Zwanzigjährige nur noch dämlich und fluchte über die dornigen Äste, die ihn wie Fußfesseln am Vorwärtskommen hinderten. Und zu guter Letzt hatte er auch noch eine Abzweigung verpasst. Schließlich stand er an einem Rheinausläufer, der in einen kleinen See mündete. Von seinem Standort aus konnte er ein vergammeltes Ruderboot sehen, das am anderen Ufer im Gras lag.

»Verdammt!«, entfuhr es ihm. Hier war er falsch und für seinen Geschmack viel zu nahe an der Hauptstraße. Ärgerlich wollte er sich auf den Weg machen, da entdeckte er im Augenwinkel etwas Merkwürdiges. Nahe dem Ufer trieb ein länglicher Gegenstand. Er schien sich an den Pflanzen, die bis ins Wasser hineinwucherten, verfangen zu haben. Vielleicht war es ein toter Schwan oder ein anderes Tier.

Ebenso konnte es sein, dass hier jemand seinen Müll entsorgt hatte. Gregor hätte später nicht mehr sagen können, warum er seiner Neugier nachgegeben hatte, anstatt an seinem ursprünglichen Plan, schnellstmöglich zum Auto zu gelangen, festzuhalten. Allerdings sollte er sich in der Zukunft dafür noch ausgiebig verfluchen.

Unsportlich, wie der junge, schlaksige Mann war, näherte er sich, nicht ohne zu stolpern, dem Ufer. Je dichter er dem treibenden *Ding* auf dem Wasser kam, desto mehr Warnsignale erhielt er von seinem Körper. Eine Gänsehaut breitete sich über seinem Rücken aus, der Schweiß unter den Armen war mit einem Mal kalt, seine Nackenhaare richteten sich auf und sein Herz fing heftig an zu klopfen.

Eine innere Stimme riet ihm, zu verschwinden. Langsam fing er nämlich an zu erahnen, was da so reglos im Wasser lag. Und doch konnte er nicht zurückweichen, denn sein Fund zog ihn auf fast magische Weise an. Am flachen Ufer rutschte er aus und musste, um nicht das Gleichgewicht zu verlieren, einen Schritt in den See machen. Um Halt zu bekommen, setzte er mit dem anderen Bein nach und ruderte wild mit den Armen. Er griff im Reflex nach dem seltsamen Etwas, das seine Neugier geweckt hatte.

Mit einem Aufschrei zog er seine Hand zurück. Erst dachte er, beinahe erleichtert, das komische Ding hätte ihn gebissen – würde das doch bedeuten, dass seine Ahnung falsch gewesen wäre. Aber diese Erleichterung dauerte nur wenige Sekunden an, denn schon im nächsten Augenblick verarbeitete sein Gehirn, was seine Augen schon kurz zuvor wahrgenommen hatten. Nicht der Biss eines Tieres hatte seine Hand verletzt, sondern die scharfe Angelschnur, die um eine halb nackte Leiche gewickelt worden war.

Ein Wasservogel im Gebüsch gab einen kehligen Laut von sich und Gregor fuhr hektisch herum. Am Ufer stand ein Mann. Im ersten Moment wich Gregor zurück, weil er befürchtete, so zu enden wie dieses unglückselige Geschöpf neben ihm im Wasser. Er wollte nicht noch einen Blick darauf werfen, war sich aber ziemlich sicher, dass es sich um eine Frau handelte. Auch stand für ihn unumstößlich fest, dass hier ein Mord stattgefunden hatte, denn nur das Opfer eines Verbrechens wäre doch auf diese Weise zur ewigen Ruhe gebettet worden.

Offensichtlich bemerkte der andere Gregors Panik nicht und schien selbst auf der Hut.

»Was machst du hier?«, blaffte er unwirsch, sehr bemüht, sich die eigene Besorgnis nicht anmerken zu lassen. Automatisch suchte er die Umgebung nach einem Knüppel ab, den er gegen diesen wenig vertrauenerweckenden Mann im Wasser einsetzen konnte. Dann fiel sein Blick auf die Leiche. »Um Gottes willen, was hast du getan?« Sein Tonfall klang wütend und schüchterte Gregor noch mehr ein.

Endlich stotterte der: »Ich war das nicht, ehrlich. Ich habe sie nur gefunden, ich schwöre es.«

Ein Fluch entschlüpfte den Lippen des anderen. Noch zögerte er, sah zwischen dem Jungen und der Leiche hin und her und traf schließlich eine Entscheidung. Schnell legte er seine Tasche und die teure Kamera ab, streifte die Schuhe und Socken von den Füßen und stieg vorsichtig ins Wasser. »Na los, hilf mir, vielleicht können wir noch etwas tun.«

Gregor, der sich gerade in einem regelrechten Gefühlschaos aus Todesangst und Erleichterung befand, hätte bei dieser Bemerkung des Fremden beinahe laut aufgelacht und taktlos gerufen: »Da gibt es nichts mehr zu tun!« Aber er schwieg.

Der Mann hatte die Leiche bereits erreicht.

»Sie ist tot, oder?«, fragte Gregor dümmlich.

»Wir ziehen sie raus«, entgegnete der Fremde und überging die Bemerkung des jungen Mannes, der offensichtlich nicht das gesegnetste Kind auf Gottes Erden war.

* * *

KAPITEL 2

Rolf Heerse und sein Team machten sich mit gemischten Gefühlen auf den Weg zu den Rheinauen.

»Ausgerechnet jetzt einen Mordfall zu bekommen!«, stöhnte Kommissarin Maren Teuber, die das Auto fuhr.

Die beiden Männer im Wagen verstanden und empfanden wie ihre Kollegin.

Während Heerse dazu aber schwieg, antwortete Oberkommissar Müller der einunddreißig Jahre alten Polizistin: »Ja, da haben wir das große Los gezogen. Einen Fall ausgerechnet dann zu bekommen, wenn ein großer Teil der deutschen Polizei an einem Kongress in Baden-Baden teilnimmt … Das ist so unwahrscheinlich wie die grüne Null im Casino.«

»Die eigentlich ›Zero‹ heißt und sicher häufiger am Roulettetisch aufgerufen wird als ein Mordfall in dieser Konstellation«, verbesserte ihn Maren altklug.

Müller, der Ende dreißig war, sich selbst als Durchschnittstyp bezeichnete, nahm ihr das nicht übel. »Ich sollte mal wieder ins Casino gehen«, sagte er stattdessen mehr zu sich selbst und dachte kurz daran, dass er zuletzt mit seiner Frau Sylvia dort gewesen war, von der er mittlerweile getrennt lebte. Am Wochenende hatten ihn seine beiden Töchter besucht und ihm zumindest ein wenig Familienglück beschert.

Bevor er jedoch weiter ins Grübeln kommen konnte, ermahnte Heerse seine Mitarbeiter schroff: »Es hilft nichts, darüber zu lamentieren. Wir dürfen uns eben keine Fehler erlauben.«

Maren rollte ihre braunen Augen und stellte wieder einmal fest, wie unausstehlich der Chef sein konnte, wenn seine Frau nicht zu Hause war.

Eine scharfe Bremsung ließ die Kommissarin schnell ein »Entschuldigung« murmeln und Heerse die Augenbrauen nach oben ziehen. Sie hatte die kleine Parkbucht beinahe verpasst, denn erst im letzten Moment waren Maren die Kollegen von der Streife aufgefallen. Sie stellte den Wagen ab, die Beamten begrüßten sich und tauschten erste Informationen aus.

Ein schmaler Weg führte zu dem See, in dem man die Leiche gefunden hatte. Kurz nach den Kriminalbeamten kamen das Team der Gerichtsmedizin und die Kollegen von der Kriminaltechnik am Tatort an.

»Wieso ist die Leiche nicht mehr im Wasser?«, fragte Heerse kritisch den Streifenbeamten, der als Erster vor Ort gewesen war. Sein Blick glitt über den entstellten Körper der Toten, der am Ufer lag und der nur noch teilweise von den Resten eines bunten Sommerkleides bedeckt war. Der Hauptkommissar vermutete, dass die Leiche schon einige Zeit im Wasser gelegen hatte. Die Haut war verfärbt und Algen und Schlamm ließen kaum erahnen, wie diese Frau zu Lebzeiten einmal ausgesehen hatte. Aber auch zu einem früheren Zeitpunkt hätte die Angelschnur, mit der sie umwickelt war und die in die Gesichtshaut schnitt, das Erkennen schwierig gemacht. Der Anblick ließ ihn den Atem anhalten; er konnte es seinen Mitarbeitern nicht verdenken, dass sie sich mit bleichen Gesichtern abwandten.

»Wir kamen zu spät«, beantwortete der Polizist Heerses Frage. Als der Mann den ungeduldigen Gesichtsausdruck des Hauptkommissars wahrnahm, redete er schnell weiter: »Die beiden da drüben haben sie gefunden und aus dem Wasser geholt. Man kennt das ja … Zeugen, die es gut meinen.«

Heerse ließ durch seine Mimik keinen Zweifel daran, wie ihn das ärgerte.

Womöglich waren ihnen durch dieses eigenmächtige Verhalten wichtige Spuren verloren gegangen. Andererseits konnte man den beiden keinen Vorwurf machen, sie wollten vermutlich nur helfen.

Er schluckte seinen Ärger herunter und ging mit schnellen Schritten auf die zwei Männer zu. Der Jüngere saß auf einem Baumstamm und zog gierig an einer Zigarette. Er trug einen Jogginganzug und man konnte deutlich sehen, dass die Hose ziemlich durchnässt war. Der andere Mann mochte Mitte dreißig sein und hatte dunkelblondes, kurzes Haar, das akkurat frisiert war. Auch seine Hose war bis zu den Knien vom Wasser dunkel gefärbt. Er trug das, was man gemeinhin als Outdoorkleidung bezeichnete, und sah aus, als wäre er gerade auf einer Wandertour gewesen. Auch er wirkte mitgenommen, was in Anbetracht der Umstände kein Wunder war, allerdings machte er bei Weitem nicht einen so nervösen Eindruck wie der junge Mann auf dem Baumstamm.

Als er die beiden erreichte, stellte er sich vor. Der, der stand, erwiderte sofort den Gruß.

»Mein Name ist Leo Fürth, das war ein ganz schöner Schock!«

»Ja, ein Schock«, murmelte jetzt auch Gregor und schickte sich an, ebenfalls aufzustehen.

»Sie haben die Leiche gefunden?«

Leo Fürth ergriff daraufhin das Wort: »Ich sah den jungen Mann in voller Bekleidung im Wasser stehen und dachte, es sei etwas passiert.«

Jetzt wanderte Heerses Blick zu Gregor.

Der antwortete, ohne sein Gegenüber anzusehen: »Gregor Botner«, stellte er sich vor. »Ich kam hier entlang, habe gejoggt und da fiel mir die …«, er stockte.

»Sie entdeckten die Leiche«, half der Hauptkommissar aus.

Jetzt sauste Gregors Kopf in die Höhe und er sah direkt in Heerses Gesicht. »Ich wusste nicht, dass es eine Leiche war.«

»Und was glaubten Sie zu sehen?«

»Keine Ahnung. Ich habe einfach reagiert, ganz automatisch. Das macht man doch manchmal …?«, fragte er unsicher und dachte: *Das wird mir nie wieder passieren.*

»Und dann sind Sie in den See gestiegen, um etwas, von dem Sie nicht wussten, was es war, zu bergen«, sprach Heerse weiter.

Gregors Stimme klang schrill, als er erwiderte: »Ich bin abgerutscht und im Wasser gelandet.«

»Was ist mit Ihrer Hand?«

»Beim Stolpern habe ich mich geschnitten.«

»Woran?«

»An der … Leiche. Ich meine an dieser Schnur, die um sie herum war. Kann ich jetzt gehen?« Nur mühsam gelang es ihm, nicht die Beherrschung zu verlieren.

Heerse, dem es bei diesen Nachrichten ähnlich erging, sagte: »Einer meiner Kollegen wird Sie nach Hause bringen, nachdem wir Ihre Personalien aufgenommen haben.«

»Nicht nötig, mein Auto steht ganz in der Nähe auf einem Feldweg.« Gregor wurde immer nervöser. Mittlerweile brannte die Plastiktüte in der Hose ein Loch in seine Haut.

Heerse ging darauf nicht ein, sondern wandte sich an Leo Fürth. »Würden Sie mir nun beschreiben, was sich aus Ihrer Sicht ereignet hat?«

Auch bei der Befragung war Fürth entspannter als Gregor. Ohne nach Worten suchen zu müssen, beschrieb er sein Auftauchen am See und die Bergung der Toten. »Als wir sie aus dem Wasser gezogen hatten, rief ich die Polizei.« Er machte ein schuldbewusstes Gesicht und kratzte sich ein wenig verlegen am Kopf.

»Ich vermute, das war dämlich. Wir hätten sie nicht anfassen dürfen.« Er seufzte. »Man sieht das so oft in den Filmen. Ständig befürchten die Polizisten, dass ihr Tatort kontaminiert werden könnte, und dann … Ich hätte es eigentlich besser wissen müssen.«

Wie aufs Stichwort erschien nun Müller neben Heerse, er hatte zwei Schutzanzüge dabei. »Die Kriminaltechnik bräuchte die Kleidung unserer Zeugen wegen des Abgleichs. Womöglich brauchen wir auch eine Blutprobe von Ihnen.« Er sah zu Gregor.

»Sind Sie damit einverstanden?«, fragte Heerse, der auf die Kooperationsbereitschaft der beiden Zeugen hoffte. »Das würde unsere Arbeit leichter machen«, fügte er freundlich an.

»Selbstverständlich«, entgegnete Fürth, der bereits begann, Oberteil und Hose auszuziehen, um sie in den von Müller gereichten Plastikbeutel zu stopfen.

Gregors Nerven waren nun bis zum Zerreißen gespannt. Einem ersten Impuls folgend wollte er sich weigern. Er kam heute nicht das erste Mal mit der Polizei in Berührung. So leicht war es schließlich auch wieder nicht, einem unbescholtenen Mann die Hosen auszuziehen. Immerhin gab es doch noch so etwas wie einen richterlichen Beschluss, zumindest nahm er das an. Aber wenn er sich jetzt weigern würde, dann sähe das doch sicherlich verdächtig aus. Zumal sich dieser wichtigtuerische *Leo* ja so anbiederte. Am Ende würde man ihn noch in Zusammenhang mit dem Mord bringen und das wollte Gregor nun absolut nicht riskieren. Also nickte er zustimmend und begann sehr konzentriert, die nasse Jogginghose auszuziehen und in Windeseile in den Schutzanzug zu schlüpfen. Ein Mitarbeiter der Spurensicherung nahm ihm seine Kleidungsstücke ab.

Es kam, wie es kommen musste. Gregors Bemühungen konnten nicht verhindern, dass das Päckchen mit dem Kokain auf den Boden fiel. Verzweifelt sah er in die Gesichter der Umstehenden. »Das ist nur für den Eigenbedarf«, rief er unaufgefordert, »und mit dem Mord habe ich nichts zu tun!«

Verwirrt sahen die Beamten zu dem Päckchen am Boden, dann zu dem Zeugen.

»Ich denke, Sie kommen erst einmal mit uns«, antwortete ihm Müller in neutralem Ton und sah zu seinem Vorgesetzten, der durch ein kurzes Nicken zustimmte.

Während Gregor zu einem der Streifenwagen geführt wurde, blieb Leo Fürth unschlüssig bei den Polizisten stehen.

»Das wusste ich nicht«, sagte er zu Heerse. »Ich meine, ich kenne diesen Gregor gar nicht. Ich hoffe, Sie denken nicht, dass ich irgendetwas mit Drogen zu tun habe. Ich gestatte Ihnen gerne, mich und meine Sachen zu durchsuchen. Nein«, rief er schließlich ein wenig theatralisch, »ich bestehe darauf. Ich möchte nicht, dass am Ende etwas hängen bleibt. Das kann ich mir schon aus beruflichen Gründen nicht leisten. Mein guter Ruf ist für mich elementar.«

Heerse sah verblüfft zu seinem Zeugen, der sich seit ihrem Zusammentreffen das erste Mal wirklich aufzuregen schien.

»Keiner verdächtigt Sie, Herr Fürth. Wir sind Ihnen sehr dankbar für Ihr Entgegenkommen.«

»Bitte durchsuchen Sie mich!«, ließ der Mann nicht locker und Heerse gab Müller ein entsprechendes Zeichen, auch wenn es unwahrscheinlich war, dass sie etwas finden würden. Hätte Leo Fürth illegale Substanzen bei sich, dann wäre er sicher weniger großzügig, was das Durchsuchen seiner Sachen anging.

»Was machen Sie beruflich?«, hakte Heerse nach.

»Ich bin Sachverständiger für Gewässerschutz. Wenn sich die Leute auf mein Urteil verlassen sollen, dann müssen sie davon überzeugt sein, dass man mir rückhaltlos vertrauen kann. Einen Eintrag im Führungszeugnis kann sich ein Sachverständiger nicht erlauben.«

»Da haben Sie wohl recht«, entgegnete der Hauptkommissar und dachte an das strenge Auswahlverfahren bei der Berufung von Sachverständigen für die Gerichte.

»Waren Sie beruflich hier unterwegs?«

»Ja und nein«, antwortete der Befragte und wurde ruhiger, »ich durchstreife die Rheinauen, weil ich die Natur hier liebe, aber auch für meine Projekte. Ich schreibe unter anderem Fachaufsätze für verschiedene Wissenschaftsmagazine.«

Heerse blickte ihn erstaunt an, worauf Fürth erklärte: »Sie würden sich wundern, was für eine große Artenvielfalt hier herrscht. Fauna und Flora im Überfluss, wenn Sie so wollen. Ein herrliches Gebiet.«

Der Hauptkommissar hörte interessiert zu und hatte plötzlich eine Idee. »Das heißt, Sie kennen sich hier ziemlich gut aus?«

Fürth nickte. »Das kann ich ohne Übertreibung sagen. Ich bin sogar hier aufgewachsen.«

»Vielleicht könnten Sie mir behilflich sein.«

»Aber gerne«, antwortete der andere schnell, »dann kann ich das mit der Tatortkontaminierung vielleicht wiedergutmachen.«

Während die Leiche in die Gerichtsmedizin gebracht wurde und das Team der Spurensicherung seine Arbeiten zu Ende brachte, ließ sich Heerse zusammen mit Müller von Leo Fürth die Örtlichkeiten erklären. Man hatte in der Zwischenzeit einen Taucher angefordert, der im See nach Spuren suchen sollte.

Leo Fürth, der ein Studium der Wasserwirtschaft abgeschlossen hatte, stellte sich schnell als wahrer Experte für die Rheinauen heraus.

»Wie viele Wege führen hierher?«

Leo Fürth antwortete, ohne zu zögern: »Zwei. Den einen, den Sie und Ihre Leute genommen haben, und den, der über die Felder hierher führt, aber sehr unwegsam ist. Über den bin ich und wahrscheinlich auch dieser Gregor gekommen.«

»Wissen Sie, ob dieser See vielen Menschen bekannt ist?«

»Einige gibt es da schon. Die meisten Seen und Kanäle sind kein unberührtes Land. Zumindest soweit man sie einigermaßen unverletzt erreichen kann. Sie würden nicht glauben, wie bereitwillig sich einige Mutige durch die dornigen Sträucher quetschen, bewaffnet mit Kühltaschen, Liegen und Schirmen, nur um ihren ganz privaten Sonnenplatz zu haben.«

»Sie halten nichts davon?«

»So würde ich das nicht sagen, ich bin ja schließlich auch hier unterwegs. Solange jeder seinen Müll mitnimmt und den Tieren ihren Rückzugsraum lässt, warum nicht.«

»Man muss also immer damit rechnen, dass man auf andere Menschen trifft, wenn man hier unterwegs ist?«

»Im Sommer auf jeden Fall. Bei schlechtem Wetter wird das dann schon unwahrscheinlicher.«

Die beiden Beamten hörten den Ausführungen des Mannes aufmerksam zu. Ein Ortskundiger konnte für die Ermittlungen noch sehr hilfreich sein. Der Hauptkommissar wollte gerade eine weitere Frage stellen, als er Marens Rufe hörte, der Taucher hatte etwas gefunden. Schnell kehrten die Männer an das Ufer zurück.

Die Kommissarin wandte sich an ihren Chef, in den behandschuhten Händen hielt sie eine triefende Handtasche. »Womöglich von unserer Toten«, sagte sie geschäftsmäßig und öffnete vorsichtig den Verschluss. Auch im Inneren stand alles unter Wasser, aber man konnte sofort sehen, dass die Tasche noch im Gebrauch gewesen war, als man sich ihrer im See entledigt hatte. Lippenstift, Taschenspiegel, ein weißer Klumpen aus Papiertaschentüchern, eine Haarbürste und ein großer Geldbeutel lagen darin. Ungeduldig öffnete ihn Maren und hielt Heerse kurz darauf einen französischen Ausweis unter die Nase. *Charlotte Dubois* war dort lesbar.

»Ob sie das ist?«, fragte Müller.

»Setzt euch sofort mit den Kollegen in Frankreich in Verbindung. Vielleicht können wir die Identität der Frau schneller feststellen als erhofft.« Dann fiel ihm noch etwas ein.

Er sah sich um und winkte Leo Fürth zu sich, der höflich in einiger Entfernung gewartet hatte. Als der Mann zu ihnen trat, begrüßte ihn Maren flüchtig und er konnte nicht umhin zu bemerken, was für eine schöne Frau die Kommissarin mit der leicht schiefen Nase, die ihre Erscheinung noch reizvoller machte, war.

Heerse riss ihn aus seinen Gedanken und schob ihm den Ausweis von Charlotte Dubois unter die Nase. »Sehen Sie sich das Foto an, kennen Sie die Frau vielleicht?«

Fürth kniff die Augen zusammen und überlegte. Zur allgemeinen Überraschung sagte er: »Ich glaube tatsächlich, dass ich sie schon gesehen habe. Ist das die«, er zögerte, »die Tote?«

»Womöglich. Also? Können Sie sich erinnern, woher Sie die Frau kennen?«

Noch immer konzentrierte sich Fürth und starrte weiter auf das Bild.

Hinter ihnen wurden Stimmen laut, als der Taucher ein Fahrrad nach oben beförderte, auf dessen Gepäckträger ein zerrissenes Badetuch klemmte. Die Beamten wollten sich schon umdrehen, da rief Leo Fürth: »Jetzt weiß ich es, ich habe sie bei den Imbisswagen gesehen!«

»Wo?«, fragte Maren verblüfft.

»Na oben, auf dem Parkplatz am Hochwasserdamm. Da stehen immer die Imbisswagen und auch ein Eisverkäufer. Ich bin mir ziemlich sicher, dass ich sie daher kenne.«

Heerse war erleichtert, vielleicht gelang es ihnen doch früher als gedacht, in diesem Fall Fortschritte zu machen. Die Identifizierung würde sie ein gutes Stück voranbringen.

Zwischenzeitlich brachte der Taucher einen weiteren Fund an die Oberfläche. Er beförderte ein hölzernes Paddel ans Ufer. Es wäre den Beamten nicht unbedingt verdächtig erschienen, aber da man um seinen Schaft ein Seil gebunden hatte, an dem ein schwerer Stein befestigt war, erregte es natürlich die Aufmerksamkeit der Polizisten. Warum sollte man es in dem Gewässer versenken, wenn es keine Bedeutung hatte?

Aber noch eine andere Entdeckung überraschte die Ermittler. Die machte Maren in der Handtasche von Charlotte Dubois: Aus einem schmalen Seitenfach förderte sie ein Plastiktütchen zutage.

»Ich würde sagen, das ist Kokain.« Die Kommissarin blickte zu ihrem Chef.

»Wir werden wohl unseren neuen Freund Gregor Botner intensiver befragen müssen«, sagte Müller überrascht. »Vor allem, wenn unsere Tote tatsächlich Charlotte Dubois ist. Schließlich wäre es doch ein komischer Zufall, dass er hier auftaucht, im Wasser bei der Leiche steht, Kokain dabei hat und wir finden im See eine Handtasche, vermutlich die der Toten, ebenfalls mit Rauschgift.«

»Ja, aber einen Sinn würde es trotzdem nicht ergeben. Warum sollte er hier herumstiefeln, wenn er etwas damit zu tun hat? Wäre das nicht ausgesprochen dumm?«, wandte Maren ein.

»Er wäre ja nicht der erste Täter, der an den Tatort zurückkehrt.«

Heerse, der bis jetzt geschwiegen hatte, sagte: »Gebt den Kollegen auf dem Revier Bescheid. Ich will zuerst mit unserem Zeugen sprechen, bevor die ihn wieder gehen lassen.« Dann fügte er noch an: »Und nehmt wegen der Identifizierung der Leiche Kontakt mit den Franzosen auf.«

Aber noch ein anderer Grund würde die grenzüberschreitende Zusammenarbeit notwendig machen. Der Hauptkommissar erinnerte sich nämlich an den am Rhein sichergestellten französischen Pkw, in dem man Kokain gefunden hatte. Eine Spur, der sie unbedingt nachgehen mussten.

Am nächsten Tag, in der Gerichtsmedizin

»Sie haben sie ja schon gesehen, kein schöner Anblick«, sagte der Gerichtsmediziner mitfühlend, während sein Kollege das Laken zurückschlug.

Heerse schloss für eine Sekunde die Augen, bevor er fragte: »Wann ist sie gestorben?«

»Schätzungsweise vor sechs bis acht Wochen. Ich brauche noch die Auswertungen der Wasser- und Bodenproben und die Informationen über die durchschnittlichen Wassertemperaturen und Strömungsgeschwindigkeiten. Aber sie lag schon eine ganze Weile dort. Die Oberhaut hat sich abgelöst und der Algenrasen ist bereits extrem ausgebildet. Leider haben wir nicht viele brauchbare Hinweise gefunden.« Sein Finger in dem weißen Latexhandschuh deutete auf eine Stelle an der Hüfte. »Sehen Sie das?« Ohne die Antwort der Polizisten abzuwarten, fuhr er fort. »Fraßspuren, da haben sich Fische und Krebse zu schaffen gemacht. Und die Angelschnur hat weitere Verletzungen verursacht. Interessante Idee, erinnert an alte Mafiafilme«, sagte der Gerichtsmediziner nun mehr zu sich selbst.

»Wie meinen Sie das?«

»Oh, verzeihen Sie, das sollte ich vielleicht noch erklären. Ich nehme an, man wollte mit der Angelschnur verhindern, dass die Leiche nach oben steigt.« Der Mediziner richtete sich auf und nahm eine Haltung ein, als würde er vor Studenten dozieren. »Im Körper bilden sich nach dem Tod Fäulnisgase, durch die der Leichnam einen Auftrieb erfährt. Die Angelschnur schneidet in die Haut und lässt das Gas entweichen, um so zu verhindern, dass der Körper die Oberfläche erreicht. Zumindest war das wohl der Plan. Vermutlich hat man den Leichnam auch noch beschwert. Um den Bauch der Frau war ein dickes Seil gebunden, anzunehmen, dass an dessen Ende ein schwerer Stein angebracht worden war.«

»Und wieso ist sie dann trotzdem aufgetaucht?«, wollte Müller wissen, der dankbar war, als sich die Männer nun von der Toten abwandten und die Überreste wieder mit dem Laken bedeckt wurden.

»Vielleicht hat der Mörder schlampig gearbeitet und der Knoten um den Stein hat sich gelöst, eventuell gab das Material nach oder die Fische haben sich daran vergnügt. Außerdem hat die Angelschnur den Auftrieb nicht so verhindern können, wie sich das unser Täter vorgestellt hat. Dafür hätte sie nämlich wesentlich tiefer in die Haut eindringen müssen und gegen die Gasbildung im Magen-Darm-Trakt konnte sie ohnehin kaum etwas ausrichten. Als sich das Seil schließlich löste, kam der Körper nach oben.«

»Aber woran ist sie denn nun gestorben? Hat man sie ertränkt?«

Der Arzt schüttelte energisch den Kopf. »Nein!«, rief er aus. »Das Opfer wurde erschlagen!« Er führte die Beamten zu seinem Computer und schaltete den Bildschirm ein, auf dem nun Röntgenaufnahmen sichtbar wurden. Mit einem Kugelschreiber deutete er auf verschiedene Stellen des abgebildeten Skelettes. »Das sind Knochenbrüche. Frakturen des Schädels, der Rippen, Oberschenkel, Beckenknochen und so weiter. Jemand hat auf diese Frau eingeprügelt. Solche Befunde haben wir normalerweise nach Stürzen aus großer Höhe.«

Heerse bekam ein flaues Gefühl in der Magengegend und Müller, der einen Fluch nicht unterdrücken konnte, sagte: »Mit was für einem Monster haben wir es hier zu tun?«

»Sieht nach viel Hass und Brutalität aus«, bestätigte der Mediziner.

»Könnte das Paddel, das wir aus dem See gezogen haben, die Tatwaffe sein?«

Der Arzt nickte. »Die Verletzungen stammen sowohl vom Knauf als auch vom breiten Paddelblatt.«

»Fingerabdrücke?«, hakte Müller fast schon resigniert nach.

Der Arzt presste die Lippen zusammen und schüttelte bedauernd den Kopf.

* * *

Am Nachmittag erhielten sie die Bestätigung, dass es sich bei der Toten in der Gerichtsmedizin um Charlotte Dubois handelte. Die französischen Kollegen hatten es geschafft, Zahnunterlagen der Frau aufzutreiben, und die Gerichtsmedizin war bereits mit dem Abgleich fertig. Charlotte Dubois war im Juli von ihrem Vermieter als vermisst gemeldet worden. Die Polizei hatte Kontakt mit Nachbarn und Bekannten aufgenommen, von denen es allerdings nicht viele gab. Kopien der Aussagen waren den deutschen Beamten bereits übermittelt worden.

Müller fasste die erhaltenen Informationen für seine Kollegen zusammen: »Charlotte Dubois, siebenundzwanzig, geboren in der Auvergne, Eltern verstorben, kein Ehemann oder Kinder. Kassiererin in einem Supermarkt. Die Frau ist ganz schön rumgekommen, allerdings nur innerhalb von Frankreich. Bevor sie ins Elsass zog, hat sie in Marseille gelebt.«

»Drogendelikte?«, hakte Heerse nach.

»Sie ist nicht aktenkundig, aber das kann auch bedeuten, dass sie clever war. Zwar hat die Gerichtsmedizin festgestellt, dass sie Kokain genommen hat, aber als die französischen Kollegen nach dem Verschwinden der Frau deren Wohnung durchsucht haben, fanden sie keine Spuren von Drogen oder kriminellen Aktivitäten.«

»Dieser Gregor hat uns auch nicht weitergebracht«, warf Maren ein. »Obwohl wir uns sicher einig sind, dass er nicht zum Joggen, sondern zum Drogeneinkauf am Rhein unterwegs war.«

»Der hat sich garantiert irgendwo dort mit seinem Dealer getroffen«, warf Müller ein.

Heerse brummte ungeduldig, als er an das Verhör dachte. »Der Junge ist ein Idiot, sicherlich kein großes Licht in der Szene. Und was den Mord angeht …« Er warf einen Blick auf den Bericht der Gerichtsmedizin.

»Möglich wäre es natürlich. Wenn jemand unter Drogen steht, mag er zu vielem fähig sein, aber was ich ihm nicht zutraue, ist, dass er jemanden brutal ermordet und danach in der Lage ist, die Gesetze der Physik beim Beseitigen der Leiche zu berücksichtigen.«

»Nein, wirklich nicht«, gähnte Maren. Sie hatten alle nur wenig geschlafen, um keine Zeit bei der Tätersuche zu verlieren. »Und ich glaube auch nicht, dass er umsichtig genug wäre, nach zwei Monaten den Liegeplatz der Leiche zu überprüfen.«

Heerse nickte. »Mich stört nur dieser Pkw, den die Kollegen vor wenigen Tagen gefunden haben.«

»Ja, ein seltsamer Zufall. Schon wieder Rauschgift und schon wieder am Rhein«, spann Maren den Faden weiter.

»Und ein weiterer Bezug zum Elsass«, ergänzte Müller.

Der Hauptkommissar stieß geräuschvoll die Luft aus. »Wir warten auf die Rückmeldung der französischen Kollegen. Die werden mit dem Chef von Charlotte Dubois sprechen. Womöglich gab es einen Kontakt zwischen unserem Opfer und Gregor Botner oder eine Verbindung zu dem Besitzer des Fahrzeugs, das wir am Rhein gefunden haben.«

»Und jetzt?«, fragte Müller seinen Chef.

»Wir fahren zum Rheindamm. Ich will mit diesen Imbissbetreibern sprechen, von denen uns Leo Fürth erzählt hat. Immerhin kannte er Charlotte Dubois vom Sehen. Vielleicht hatte sie mit irgendjemand näheren Kontakt, das wäre zumindest einmal ein Anfang.«

* * *

KAPITEL 3

Dieses Mal steuerte Müller den Wagen von Baden-Baden über den Zubringer Richtung deutsch-französische Grenze. Aber anstatt den Übergang bei der Schleusenanlage zu nehmen, bog er davor links ab. Auf der Landstraße fuhren sie zwischen dem Hochwasserdamm auf der einen und den grünen Wald- und Wiesenflächen, die von Kanälen und Baggerseen durchzogen waren, auf der anderen Seite hindurch. Dort hatten sie die Leiche von Charlotte Dubois gefunden.

Ungefähr auf der Höhe der Gemeinde Söllingen lenkte Müller das Fahrzeug auf eine Auffahrt zum Damm. Dort gab es einen großen Parkplatz direkt am Ufer des Rheins und eine Slipstelle. Letztere war nichts anderes als eine Abschrägung des Bodens, die direkt ins Wasser führte. Dort konnte man problemlos mit einem Bootsanhänger in den Fluss fahren und sein Boot ent- beziehungsweise aufladen. Direkt an der Slipstelle schwamm eine Gruppe Höckerschwäne, die jetzt neugierig die Neuankömmlinge beobachtete, vermutlich in der Hoffnung auf einige Stücke trockenen Brotes.

Die Parkplätze entlang der Auffahrt waren momentan leer und die beiden Imbisswagen, die in größtmöglichen Abstand zueinander aufgestellt waren, wirkten so, als hätte man sie vor langer Zeit einfach hier zurückgelassen. Hinter sich hörten sie eine seltsame, unheilschwangere Melodie. Ein kleiner Transporter, bunt bemalt und mit einer gewaltigen Plastikeistüte auf dem Dach, fuhr auf den Parkplatz.

»Irgendwie gruselig«, bemerkte Maren, »wer hat den Mann nur bei seiner Musikauswahl beraten?«

Müller kicherte amüsiert, er mochte den Humor seiner Kollegin, überhaupt war sie ihm mittlerweile sehr vertraut und außerdem eine gute Freundin.

Als man ihr Eintreffen bemerkte, schoben sich aus jedem Imbisswagen Köpfe. Interessiert wurden sie von einer Frau auf der linken und einem älteren Mann auf der rechten Seite beäugt. Dann waren die Köpfe wieder verschwunden. Heerse dachte automatisch an Schildkröten, die sich in ihre Panzer zurückzogen.

Er seufzte. »Vermutlich hoffen die auf Umsatz. Tut mir den Gefallen und bestellt irgendwas, die haben hier sicher schon genug zu kämpfen. Außerdem sind Zeugen auskunftsfreudiger, wenn sie Geld verdienen können.«

Ihr erster Weg führte sie zu der Frau. Überrascht stellten sie fest, dass man hier nicht nur Fischfrikadellen, Pommes frites und Schollenfilets bekam, sondern auch ganze Fische kaufen konnte. Auf Eis gepackt lagen dort Forellen, Zander und Barben. Die Frau hantierte gerade mit einem ungewöhnlich aussehenden Küchenutensil und ratschte damit über eine Forelle; in großem Bogen sprangen die Fischschuppen davon. Dann schnitt sie den Leib des Wasserbewohners auf, nahm die Innereien heraus und schlug zu guter Letzt voller Inbrunst mit einem Küchenbeil den Kopf ab. Am Ende verpackte sie den Fisch fein säuberlich in Folie.

»Bin gleich für Sie da«, trällerte sie vergnügt und verzog ihre üppig geschminkten Lippen zu einem gekünstelten Lächeln. »Muss nur noch die Lieferung fertig machen.«

Sie wusch sich die Hände und Maren war froh zu sehen, dass auf Hygiene großen Wert gelegt wurde. Sie orderten etwas zu essen und hörten von der anderen Seite einen knurrenden Laut.

»Beachten Sie den gar nicht«, sagte die Besitzerin des Imbisswagens. »Mein Konkurrent vergrault gerne die Leute. Er kann es nicht verknusen, wenn die Kunden lieber zu mir kommen.«

Heerse stellte sich nicht gleich vor, sondern zeigte sich interessiert. »Wirklich? Wäre es da nicht besser, einen anderen Standort zu wählen?«

Die Frau, die gerade ein Brötchen aufgeschnitten hatte, um darin Müllers Fischfrikadelle zu platzieren, wurde energisch – was man daran erkannte, dass sie den Klops äußerst gewalttätig zwischen die Hälften der Semmel drückte. »Das sehe ich überhaupt nicht ein!« Das Lächeln war verschwunden und einem berechnenden Ausdruck gewichen. »Ich habe genauso viele Rechte wie der Alte. Und wenn es den Leuten bei mir besser schmeckt, pah, dann ist das doch nicht meine Schuld!« Sie sprach bewusst laut und versuchte offensichtlich, ihren Konkurrenten zu reizen. Aber das wollte der Hauptkommissar heute nicht zu seinem Problem machen. Er probierte die Scholle und lobte den guten Geschmack, dann stellte er sich vor.

Jetzt änderte sich der Gesichtsausdruck der Frau erneut. Unterwürfig und mit einem unschuldigen Augenaufschlag säuselte sie: »Was kann ich für Sie tun?«

Müller beobachtete, wie Maren den Mund zusammenkniff, ein deutliches Zeichen dafür, dass ihr die Frau nicht sympathisch war. Ihm ging es ähnlich und er fragte sich, ob diese Matrone mit den kastanienrot gefärbten Haaren nicht die Schuld an dem Streit mit dem Konkurrenten trug. Gleich darauf gestand er sich jedoch ein, dass er seit seiner Trennung von Sylvia dazu neigte, bei einem Streit stets der weiblichen Seite, sofern es eine gab, die Schuld zuzuschieben.

Heerse führte das Gespräch und reichte der Imbissbetreiberin, die sich als Lydia Schmitt vorstellte, das Foto von Charlotte Dubois.

»Kennen Sie die Frau?«

Das stark geschminkte Gesicht veränderte die Farbe.

»Meine Güte, das ist doch Charlotte, was ist passiert?«

Die Nachricht vom Tod der Französin schien Lydia zu erschüttern. Sie griff sich an ihren vollen Busen und stotterte: »Oh mein Gott! Charlotte war so ein lieber Mensch. Wir haben uns gut verstanden, sie kam oft an meinen Stand. Wir haben zusammen gelacht, uns unterhalten, wie Mädels das eben so machen.« Langsam glitt sie auf ihren Hocker hinter der Theke. »Und ich dachte, sie wäre einfach abgehauen, ohne sich zu verabschieden. Ich war ihr deshalb böse, das gebe ich zu.«

Schließlich griff Lydia nach einer Flasche unter der Theke, in der eine klare Flüssigkeit war. »Auch einen?«, fragte sie höflich, obwohl sie nicht wirklich erwartet hatte, dass einer der Beamten einen Schnaps mit ihr trinken wollte.

Sie angelte sich einen Pappbecher, füllte ihn zur Hälfte und leerte den Inhalt auf ex.

»Ermordet sagen Sie?«, fragte sie und ihr alkoholgeschwängerter Atem wehte Heerse entgegen.

»Ja. Wann haben Sie Charlotte Dubois das letzte Mal gesehen?«

Lydia überlegte: »Muss im Hochsommer gewesen sein, Juli, da kam sie öfter nach der Arbeit über die Grenze, ging schwimmen und anschließend hat sie mich dann hier besucht. Ich war gerne mit ihr zusammen.«

»Hat Ihnen Frau Dubois erzählt, dass sie sich vor jemand fürchtet? Wurde sie vielleicht bedroht? Oder gab es einen Freund oder Liebhaber?« Bevor sie antworten konnte, ergänzte Heerse: »Bitte halten Sie nichts aus falsch verstandener Loyalität zurück. Wir ermitteln in einem Mordfall. Alles ist wichtig und Rücksicht zu nehmen, würde nur dem Mörder helfen.«

Natürlich war Heerse bewusst, dass eine Frau wie Lydia Schmitt sicher keine Bedenken hätte, irgendjemanden anzuschwärzen, aber bevor ihr langes Geziere unnötig Zeit verplempern würde, hatte er lieber vorgebaut. Und so ergoss sich schon bald darauf ein Schwall wilder Anschuldigungen und Spekulationen über die Beamten.

»Diesem schrecklichen Neandertaler, so haben wir ihn immer genannt, dem traue ich das zu!«

Nach dem »Warum« musste Heerse gar nicht fragen, denn sofort folgte die Erklärung: »Der ist vollkommen irre, wenn Sie mich fragen. Haust in einer alten Anglerhütte und belästigt die Badegäste. Der legt Giftköder wegen der Hunde, so ein Arschloch.« Lydia schenkte sich den nächsten Pappbecher ein, trank auch diesen wieder auf ex und ereiferte sich weiter: »Man hat ihn erwischt, als er Glasscherben am Badestrand versteckt hat. Der hasst jeden und alle. Lässt sich Gott sei Dank nur selten hier blicken.«

»Wissen Sie zufällig, wie der Mann heißt?«

»Berthold, Berthold Agger. Den müssten Sie eigentlich in Ihrem Computer finden. Der hat sicher schon Hunderte von Anzeigen kassiert. Lauert den Leuten hinter den Büschen auf, benimmt sich, als wäre das gesamte Rheinufer sein Privatbesitz.« Dann schob sie die Unterlippe über die Oberlippe und kniff die Augen zusammen. Mit dem Kinn deutete sie auf die gegenüberliegende Seite. Lauter als notwendig schimpfte sie nun: »Und der da ist auch nicht ohne. Dem traue ich einiges zu. Kein Wunder hat den seine Frau damals verlassen.«

Der Mann im anderen Imbisswagen hatte Lydias gehässige Worte gehört und schickte sich nun mit wedelnden Armen an, herüberzukommen.

Müller setzte sich in Bewegung, fing den vermeintlichen Angreifer ab und richtete einige beruhigende

Sätze an ihn. Die Beschimpfungen, die dieser seiner Konkurrentin zukommen ließ, konnte der Beamte jedoch nur allzu gut nachvollziehen.

Heerse sagte lediglich: »Ich würde Sie um Sachlichkeit bitten!«

Woraufhin Lydia pflichtschuldig den Kopf senkte. »Natürlich, ich bin nur so aufgebracht …«

»Hatte Charlotte Dubois Streit mit Ihrem Konkurrenten?«

»Streit nicht gerade, aber er hat sich ihr gegenüber sehr unflätig benommen und sie für gewöhnlich aufs Übelste beschimpft.«

»Verstehe, wir werden das prüfen. Gab es denn einen Freund oder Exfreund?«, fragte Heerse nun.

»Nicht dass ich wüsste. Aber sie hat mir erzählt, dass ihr Chef recht zudringlich wäre und dass sie …« Lydia stockte, offensichtlich hatte sie diese Episode aus Charlottes Leben nicht erzählen wollen.

»Dass sie was?«, fragte Maren ungeduldig.

»Dass sie ihn deshalb eines Tages verklagen und eine hübsche Abfindung kassieren wollte.«

Jetzt war es raus und Lydia genehmigte sich einen weiteren Kurzen.

Heerse bedankte sich, bezahlte das Essen und wappnete sich für das Gespräch auf der anderen Seite.

Der Mann vom Imbisswagen begegnete ihnen mit einer gewissen Feindseligkeit. Müllers Worte hatten ihn zwar verstummen lassen, aber seine Haltung gegenüber der Polizei war alles andere als freundlich.

»Hat Sie die alte Hexe gerufen?«, fragte der Mann giftig anstelle einer Begrüßung.

Heerse stellte sich und Maren vor und überging die Bemerkung.

Nur widerstrebend nannte der Imbissbesitzer seinen Namen: »Friedrich Malosch, was kann ich für Sie tun?«

Auch am Stand von Malosch gab es neben den frischen Fischen fertige Gerichte zu kaufen. Heerse entschloss sich, eine Portion Fischsuppe zu bestellen, was ihm einen misstrauischen Blick von Malosch einbrachte. Schließlich bequemte der sich wieder hinter seine Theke und servierte Heerse in einer kleinen Suppenschüssel die dampfende Spezialität seines Imbisses.

»Also, was wollen Sie nun wirklich?«, fragte er ruppig.

»Kennen Sie diese Frau?«, übernahm Müller das Gespräch und zeigte das Foto von Charlotte Dubois.

Malosch schnaubte. Er mochte Ende fünfzig sein, lief ein wenig gebeugt und hatte ein gebräuntes Gesicht, das von tiefen Linien durchzogen war, die eher auf großen Kummer hindeuteten als auf einen Menschen, der viel zu lachen pflegte.

»Die gehört zu der da drüben!«

»Wann haben Sie die Frau zuletzt gesehen?«

»Weiß nicht. Ich bin froh, wenn ich dieses Weibsbild nicht zu Gesicht bekomme. Ein elendes Miststück, das kann ich Ihnen sagen.«

»Die Frau heißt Charlotte Dubois und ist tot.«

Mit keiner Miene verriet Malosch, dass ihn das berührte. Eher hatte man das Gefühl, ein kurzes, schadenfrohes Aufblitzen in seinen Augen zu erkennen.

»Frau Dubois wurde ermordet.«

Diese Nachricht schien ihm noch besser zu gefallen, denn sein Blick hellte sich weiter auf. Allerdings sagte er nichts, sondern sah stumm zu Müller.

»Das überrascht Sie nicht?«, fragte dieser.

»Warum sollte es? Manchmal kriegen eben die, die besonders zum Kotzen sind, eine in die Fresse!«

Einen Moment brachte keiner der Beamten einen Ton heraus, so schockte sie diese kaltschnäuzige Aussage.

»Hören Sie«, mischte sich nun Heerse ein, »ein Mensch ist tot. Sie sollten Ihre Worte etwas respektvoller wählen. Niemand hat nämlich das Recht, einem anderen das Leben zu nehmen.«

So schnell ließ sich Malosch jedoch nicht einschüchtern. »Das Recht habe ich nicht dazu, aber bedauern muss ich den Tod dieser hinterhältigen ...« Er ersparte sich weitere Ausführungen und sah Heerse trotzig an.

»Sie mochten Frau Dubois nicht. Gibt es dafür einen Grund?«

Malosch schnappte nach Luft und erinnerte dabei an den Karpfen, der einsam auf dem gestoßenen Eis, umringt von dünnen Zitronenscheiben, in der Vitrine des Imbisswagens lag.

»Sie können mir glauben, Sie legen sich umsonst für diese Person ins Zeug. Die war keinen Pfifferling wert. Dort drüben hat sie immer gestanden und lautstark mit der Schmitt über mich hergezogen, Unverschämtheiten von sich gegeben und richtig gegen mich gehetzt. Diese Weiber haben sich auf meine Kosten kaputtgelacht und nicht nur das.« Er rührte gedankenverloren in der großen Suppenschüssel und legte anschließend behutsam den Deckel auf den Topf. »Die haben meine Kunden vergrault, mein Geschäft schlechtgemacht und behauptet, ich würde nicht sauber arbeiten.« Jetzt wurde seine Stimme lauter: »Ausgerechnet ich. Sehen Sie sich hier doch um. Alles picobello, kein Körnchen Staub. Und ich verkaufe nur frischen Fang, nicht so wie die da!« Er warf einen zornigen Blick in Richtung Lydias Imbisswagen. »Ihre Ware ist tiefgefroren, die versteht überhaupt nichts vom Geschäft. Deshalb muss sie auch zu solchen Methoden greifen. Und wenn keiner was bei ihr bestellen will, dann wackelt sie mit ihrem fetten Arsch, klimpert mit ihren Kuhaugen und schon kaufen ihr die Kerle die ranzigen Fischfrikadellen und die trockenen Schollenfilets ab.«

Müller dachte besorgt an das Brötchen, das er eben verspeist hatte, und hoffte inständig, Malosch wäre ein Mensch, der zu Übertreibungen neigte.

Der Imbissbesitzer kam in Fahrt. »Sie haben keine Vorstellung davon, wie kriminell die ist, und die andere, Ihre Tote«, er wedelte mit dem Finger in Richtung Foto, »die war keinen Deut besser!«

Heerse stellte auch Malosch die naheliegendste Frage: »Wäre es da nicht besser, den Standort zu wechseln?«

»Und meine Kunden verlieren?«, hielt Malosch dagegen. »Ich stehe mit meinem Wagen seit fünfundzwanzig Jahren hier. Eines Tages taucht diese Schmitt bei mir auf. Macht so, als wäre sie eine Kundin, fragt mich über alles Mögliche aus; ganz harmlos versteht sich. Und zwei Monate später fährt sie mit ihrem eigenen Imbisswagen auf den Platz.«

»Und Ihr Umsatz wurde schlechter?«, hakte Müller nach.

»Natürlich!«, blaffte Malosch. »Man sollte doch meinen, dass Menschen mehr Anstand besitzen und nicht darauf aus sind, einen anderen um sein Einkommen zu betrügen.«

Heerse konnte dazu keine Stellung beziehen, hielt das Vorgehen von Lydia Schmitt, sollte es denn stimmen, jedoch für schäbig. War Charlotte Dubois ein ähnlicher Typ? Nun, das, was sie mit ihrem Chef im Supermarkt geplant hatte, ließ darauf schließen, dass sie mehr an Geld als an Gerechtigkeit interessiert gewesen war.

»Und wenn die beiden Weiber zusammen waren, dann konnte man es kaum aushalten. Steckten die Köpfe zusammen und sparten nicht mit unverschämten Bemerkungen, nur um sich dann vor Lachen zu krümmen. Manche meiner Kunden fühlten sich dadurch so beleidigt, dass sie nicht mehr kamen. Das war regelrecht geschäftsschädigend.«

»Haben Sie versucht, dagegen vorzugehen?«

Malosch verzog das Gesicht. »Oh ja, ich habe den Weg des Rechts gewählt«, antwortete er höhnisch. »Und raten Sie mal, was passiert ist.« Kampflustig sah er in die Gesichter der Beamten. »Nichts, absolut nichts!«

Der Hauptkommissar verstand. Von Malosch würden sie keine brauchbaren Hinweise bekommen. Trotzdem stellte er eine weitere Frage: »Gab es irgendjemand, der sich außer Frau Schmitt noch besonders gut mit Charlotte Dubois verstanden hat? Oder kennen Sie jemanden, der nicht mit ihr auskam? Vielleicht haben Sie einmal einen Streit beobachtet. Wissen Sie, ob sie einen Freund hatte?«

»Na, den armen Kerl kann ich nur bedauern. Aber nein, mir ist niemand bekannt. Wenn sie hier war, dann war es ihr wohl ein besonderes Anliegen, mir das Leben schwer zu machen. Na ja ...« Er sprach nicht weiter, aber etwas wie »Das hat sich ja nun erledigt« wäre wohl der Rest des Satzes gewesen.

Heerse bezahlte die Fischsuppe, nicht ohne das wohlverdiente Lob auszusprechen, und verabschiedete sich von dem Zeugen.

Zuletzt statteten die Polizisten dem Eisverkäufer mit der schauerhaften Musik einen Besuch ab. Der siebenundsechzigjährige Vincenzo Palerio stellte sich als gut gelaunter, freundlicher Mensch heraus, der im Gegensatz zu seinen beiden Kollegen über niemand ein böses Wort zu sagen hatte.

»Ist so traurig«, sagte er mit charmantem italienischem Akzent. »Wir sollten hier wie eine kleine Familie sein, aber nein, immer gibt es Streit zwischen Lydia und Friedrich.«

»Stimmt es denn, dass Frau Schmitt erst später mit ihrem Wagen dazukam?«, fragte Müller.

»Ja, das stimmt. Aber wenn man die Lizenz bekommt, dann darf man hier stehen. Natürlich wäre es besser gewesen, sie hätte vielleicht Brathähnchen oder Würstchen verkauft«, räumte er ein und zuckte mit den Schultern.

Als er von dem Mord an Charlotte Dubois erfuhr, wirkte er sehr betroffen. »Schlimme Welt, sie war eine so lebenslustige Signorina!«

Von Feinden wusste er nichts und angesprochen auf Charlottes Verhalten gegenüber Friedrich Malosch hob er erneut die Schultern. »Man darf nicht immer alles so ernst nehmen, aber es stimmt schon, manchmal haben es die beiden Frauen auch übertrieben«, gab er schließlich zu.

»Inwiefern?«, hakte Heerse nach.

Palerio stöhnte auf, so als wäre ihm etwas Schweres auf den Fuß gefallen, bevor er sich durchringen konnte, deutlicher zu werden. »Sehen Sie, Friedrich ist ein guter Mensch, aber das Schicksal meint es mit guten Menschen nicht immer gut. Das hat schon meine Mutter, Gott hab sie selig, gesagt.«

»Was genau ist denn passiert?«

»Ich weiß nur, dass er zuerst seine Frau und später seinen Sohn verloren hat.« Er schlug die Augen nieder und bekreuzigte sich, dann fuhr er fort: »Lydia und Charlotte haben Andeutungen gemacht, wegen der Ehe von Malosch, das macht man natürlich nicht, aber so junge Frauen …« Er suchte vergeblich nach Verständnis in den Gesichtern der Polizisten.

Schließlich sagte er: »Richtig war das nicht, aber Friedrich hätte das ignorieren sollen, anstatt mit Beleidigungen zu reagieren.«

»Es gibt also ständig Streit zwischen Frau Schmitt und Herrn Malosch?«, fasste Heerse zusammen.

Vincenzo nickte.

»Und Frau Dubois war daran beteiligt?«

»So ist es.«

»Wurde Herr Malosch jemals tätlich? Ich meine, hat er die Frauen angegriffen?«

»Nein!«, antwortete der Eisverkäufer aus tiefstem Herzen. Doch noch im gleichen Moment wurde sein Gesicht dunkelrot. Offensichtlich war ihm etwas eingefallen, das nicht zu seiner Antwort passte.

»Herr Palerio?«, hakte Heerse nach.

Äußerst widerwillig erzählte der nun von einer Begebenheit im Sommer, als Friedrich Malosch den beiden Frauen vor Zorn einen Karpfen hinterhergeworfen hatte.

»Da ist natürlich nichts passiert und Lydia und ihre Freundin haben sich amüsiert. Niemand wurde verletzt«, sagte er mit Nachdruck.

Ansonsten wusste er über Charlotte Dubois nichts zu berichten. Sie hatte zwar mit Lydias Kunden gelegentlich geflirtet, aber an einen festen Freund konnte sich Vincenzo nicht erinnern. Außerdem war Charlotte auch nicht jeden Tag am Damm gewesen. Das letzte Mal hatte er sie irgendwann im Juli gesehen.

Müller notierte noch die Daten des Mannes und als sich die Beamten verabschiedeten, bestand Vincenzo darauf, Maren eine Kugel Eis zu schenken. »Für die hübsche Signorina von der Polizei!«, sagte er mit einem so herzlichen Lächeln, dass die Kommissarin nicht anders konnte, als das kleine Geschenk anzunehmen.

Im Wagen sagte der Hauptkommissar zu seinen Kollegen: »Wir überprüfen Malosch.«

»Du denkst, er könnte unser Mörder sein?«, fragte Müller interessiert.

»Ich schließe ihn nicht aus. Nur weil er so offenkundig feindselig gegenüber Charlotte Dubois ist, heißt das nicht, dass er unschuldig ist. Nach dem Motto ›Wäre er der Täter, dann würde er sich anders verhalten‹.«

»Vielleicht will er sogar, dass wir ihn erwischen? Womöglich hat er die Tat im Affekt begangen und jetzt bereut er«, warf Maren ein.

»Nach Reue hat sich das eben aber nicht angehört«, entgegnete Müller. »Und falls er etwas über den Mord weiß, dann wird er es uns garantiert nicht erzählen«, fügte der Oberkommissar noch an.

»Das sehe ich genauso, deshalb versucht, so viel wie möglich über ihn in Erfahrung zu bringen, und morgen sprechen wir mit diesem Berthold Agger.«

»Dem Neandertaler?«, warf Maren ein, »na, das wird sicher spannend.«

* * *

Müller kam müde nach Hause. Seine Gedanken kreisten noch um den Mord an Charlotte Dubois und die Befragungen am Nachmittag. Nur zu gut verstand er, dass Malosch sich gegenüber Lydia Schmitt nur schwer beherrschen konnte. Immerhin schien die ja Spaß daran zu haben, den Finger in alte Wunden zu legen.

Auch für ihn wäre es unangenehm, wenn man die Trennung von Sylvia gegen ihn verwenden würde. Er hätte sicher mehr als nur einen alten Fisch nach den beiden Frauen geworfen. Wie konnten Menschen nur so gehässig sein?

Und da sprach man ständig von den Frauen als dem sensiblen Geschlecht. Mittlerweile hatte er da seine eigene Philosophie: Seiner Meinung nach verfügten Frauen nur über genügend Sensibilität, um sehr gezielt und äußerst schmerzhaft auf den Gefühlen der armen Männer herumzutrampeln.

Wieder dachte er an Malosch, der mittlerweile richtig verbittert war. Nein, so wollte er nicht werden. Vielleicht wäre es klüger, keine pauschalen Urteile zu fällen. Nicht alle Menschen waren gleich und auch wenn ihn seine Frau Sylvia damals sehr verletzt hatte, wusste er doch ganz genau, dass das nicht ihre Absicht gewesen war.

Wie aufs Stichwort klingelte es an der Tür. Er öffnete und vermutete einen der Nachbarn, die es sich, seit sie wussten, dass er Polizist war, zur Gewohnheit gemacht hatten, sich mit allen möglichen Problemen an ihn zu wenden.

Überrascht blickte er in ein vertrautes Gesicht.

»Sylvia?«, rief er, und plötzlich schnürte es ihm die Kehle zu. »Ist etwas passiert?«, fragte er angespannt und dachte an seine beiden Töchter.

»Nein, um Gottes willen, nein«, entgegnete seine Noch-Ehefrau entschuldigend. »Ich hätte anrufen sollen, ich wollte dich nicht beunruhigen. Alles in Ordnung. Ich möchte nur etwas mit dir besprechen.«

Verdutzt blickte er sie an. Dann besann er sich, dass sie immer noch im Treppenhaus stand, und bat sie schnell hinein.

Warum hat sie nicht einfach angerufen? Warum ist sie persönlich gekommen? Das hat sicher nichts Gutes zu bedeuten, ging es Müller durch den Kopf. Vielleicht wollte sie ihm feierlich mitteilen, dass sie einen neuen Partner hatte.

»Es tut mir leid, wenn ich dich störe, ich hätte nicht einfach so hereinplatzen sollen«, sagte sie jetzt und sah ihn beinahe schüchtern an.

Ihr Lächeln war immer noch so bezaubernd wie damals, als er sie gebeten hatte, seine Frau zu werden. Was war seither alles passiert: die Trennung, der neue Mann in Sylvias Leben, das Gefühl, vollkommen den Boden unter den Füßen verloren zu haben … Er hatte damals sehr unter der Situation gelitten, schließlich war der gehasste Rivale jedoch aus dem Leben seiner Frau verschwunden. Es hatte eine Annäherung gegeben, wenn auch nur auf freundschaftlicher Ebene. Immerhin hatten sie zwei gemeinsame Kinder; die elfjährige Sandra und die noch dreizehnjährige Lara.

Sylvia unterbrach seine Gedanken: »Ich dachte, wir könnten vielleicht über Laras Geburtstag sprechen. Immerhin ist es der vierzehnte, also etwas ganz Besonderes.«

Müller stutzte. »Jetzt? Sie hat doch erst Ende November Geburtstag.«

Seine Frau blickte verlegen zu Boden. »Ich war gerade in der Nähe und da man ja nie weiß, wann du zu Hause anzutreffen bist …«

Sylvia fing an, sich zu ärgern. Warum machte er es ihr so schwer? Bemerkte er denn nicht, dass sie einfach einen Vorwand gesucht hatte, bei ihm vorbeizukommen? Aber das war so typisch für ihn. Wenn sie ihn nicht mit der Stirn auf die Dinge stieß, kapierte er überhaupt nichts. Nicht das erste Mal fragte sie sich, wie ihr Mann als Polizist überhaupt bestehen konnte.

»Wenn es gerade ungünstig ist, dann gehe ich wieder«, sprach sie weiter und konnte einen genervten Unterton nicht vermeiden.

Auch den schien er nicht zu bemerken, sondern winkte nur müde ab, ließ sich auf die Couch fallen und sagte: »Kein Problem. Heute ist so gut wie jeder andere Tag. Also, was hast du geplant?«

Er bot ihr nicht einmal einen Platz an, sondern hielt es für selbstverständlich, dass sie sich setzte, wenn ihr danach war. Gereizt ließ sie sich deshalb auf einem der Sessel nieder. Und wie bezeichnend für ihn zu glauben, sie hätte bereits etwas geplant. Schließlich war Lara ja auch seine Tochter, warum sollte also nur sie sich den Kopf zerbrechen?

»Ich dachte, du hast vielleicht ausnahmsweise eine Idee?«

Müller, der gerne ein Bier getrunken hätte, sich aber nicht aufraffen konnte, noch einmal aufzustehen und an den Kühlschrank zu gehen, bot auch Sylvia nichts an.

»Na ja, wie wird das schon ablaufen?«, antwortete er ihr geduldig. »Kuchen und Burger, irgendeine DVD mit Vampiren, Engeln oder Boygroups und am Ende lauter überzuckerte Teenager, die nach Hause gebracht werden müssen.«

»Also wirklich!«, empörte sich Sylvia. »Immerhin wird deine Tochter vierzehn!«

»Ich wusste nicht, dass das so außergewöhnlich ist wie der achtzehnte Geburtstag. Warum sollte der vierzehnte besonders gefeiert werden? Oder ist der Tag, an dem man die Strafmündigkeit erlangt, jetzt schon Grund für ein Feuerwerk und eine Parade?« Es war ihm nur halb ernst, aber Sylvia hatte Mühe, nicht einen Streit vom Zaun zu brechen.

»Ihr ist es wichtig«, sagte sie stattdessen.

Müller sah sich in seinem Urteil von vorhin bestätigt, denn schon vermittelte ihm seine Frau Schuldgefühle und er bekam ein schlechtes Gewissen gegenüber Lara.

»Schön, wir machen den vierzehnten Geburtstag unserer Tochter also zu einem unvergesslichen Happening.«

So würde das zu nichts führen, entschied Sylvia und änderte ihre Strategie. »Hast du etwas zu trinken?«

Endlich übernahm Müller die Gastgeberrolle. »Entschuldige, ich bin ziemlich erledigt. Natürlich, was möchtest du?«

»Rotwein, wenn du hast.«

»Klar«, antwortete er überrascht darüber, dass seine Frau sich offensichtlich auf einen längeren Aufenthalt in seiner Wohnung einrichten wollte, denn normalerweise trank sie höchstens einmal ein Wasser im Stehen.

Kurze Zeit später saßen sie sich bei einer Flasche Spätburgunder gegenüber, die Müller zum Glück von einem der Nachbarn geschenkt bekommen und bisher noch nicht einmal ausgewickelt hatte.

»Also«, lenkte er ein, »was schwebt dir vor?«

»Nun, vielleicht ein Konzert, eine der Bands, für die Lara so schwärmt, spielt am …«

Müller hörte nur mit halbem Ohr zu. Er war müde und sich durchaus darüber im Klaren, dass jeder Widerspruch seinerseits ungehört bleiben würde. Außerdem wäre er dann für alle Zeit als schlechtester Vater des Jahrhunderts gebrandmarkt, und das wollte er nun wirklich nicht riskieren.

»Was sagst du?« Sylvia sah ihn erwartungsvoll an, als sie ihren Vortrag beendet hatte.

»Hört sich super an, so machen wir das«, antwortete er automatisch, ohne auch nur den Hauch einer Ahnung zu haben, zu was er gerade so euphorisch seine Zustimmung gegeben hatte.

Sylvia schien zufrieden und füllte ihre Gläser erneut. »Schön, dass wir immer noch so miteinander reden können«, sagte sie lächelnd.

Müller nickte und fragte sich, wann er das letzte Mal so entspannt mit Sylvia zusammengesessen hatte.

Für eine Sekunde vergaß er die letzten Monate, fühlte sich wie damals. Ein Ehemann und Vater, der mit seinem Leben rundum zufrieden gewesen war. Doch plötzlich kamen all die unschönen Bilder wieder zutage. Eifersucht ließ seinen Magen verkrampfen und der herrliche Moment war vorbei. Automatisch richtete er sich ein wenig auf.

Sylvia lächelte immer noch und ein Teil von ihm wollte sie einfach in die Arme schließen.

»Meine Therapie geht gut voran«, sagte sie unvermittelt.

»Das freut mich zu hören«, antwortete er ehrlich.

»Mein Arzt ist sehr zufrieden. Die Albträume haben aufgehört und ich bin nicht mehr so unsicher, wenn ich unter Menschen gehe.«

Zur Eifersucht gesellte sich jetzt die Wut auf den Exfreund von Sylvia, der sich als brutaler Schläger herausgestellt hatte.

»Wie geht es deinen Eltern?«, fragte Müller, um nicht mehr daran denken zu müssen. Mit seinen Schwiegereltern war er stets gut ausgekommen.

»Sehr gut, sie wollen mich nächstes Wochenende besuchen, vielleicht willst du kurz Hallo sagen.«

So hatte er das nicht gemeint, deshalb zog er sich schnell wieder zurück. »Ich werde wohl arbeiten müssen, ein schwieriger Fall.«

Ihm bereitete es immer noch Unbehagen, in das Haus zurückzukehren, das einst sein Heim gewesen war und von diesem miesen Typen, der zeitweise dort gewohnt hatte, vergiftet worden war.

Sylvia fühlte sich zurückgestoßen. Ihr Mann gab ihr mit nichts zu verstehen, dass er eine weitere Annäherung wollte. Anfangs hatte er sie angefleht, ihn nicht zu verlassen, aber dann, als er von Torsten erfahren hatte …

»Ich muss langsam gehen«, sagte sie wenig überzeugend, in der Hoffnung er würde sie zurückhalten. Aber das Gegenteil war der Fall. Er stand sogar auf, um sie an die Tür zu bringen.

Im schmalen Flur traten sie sich gegenüber. Ihr vertrauter Duft, der Blick, den ihm Sylvia zuwarf, und die Vorstellung, mit ihr zu schlafen, erregte ihn plötzlich. Sie schob sich näher zu ihm, trat auf die Zehenspitzen und küsste ihn auf den Mund. Sanft erwiderte er ihre Berührung, küsste sie ebenfalls und legte vorsichtig die Arme um sie. Schnell wurden die Berührungen leidenschaftlicher. Sylvia sträubte sich nicht dagegen, sondern schmiegte sich an ihn. Selbst als er mit der Hand unter ihren Pullover fuhr, wich sie nicht zurück. Im Gegenteil, sie begann, seine Hose zu öffnen. Er war bereits so erregt, dass ihn die kleinste Berührung ihrer Hand zusammenzucken ließ. Sie sagte etwas, es klang nach »Ich liebe dich immer noch«.

Warum tat sie das? Er streichelte ihre harten Brustwarzen, küsste ihren Hals und sie konnte einfach nicht still sein. »Es tut mir so leid, alles, was passiert ist.«

Er verdrängte die Erinnerung daran, dass seine Frau in den Armen eines anderen gelegen hatte, gab sich Mühe zu vergeben und zu vergessen. Wieder küsste er sie leidenschaftlich auf den Mund, damit sie doch endlich still wäre, aber sowie er sie freigab, stöhnte sie: »Ich habe dich so vermisst, ich hätte dich niemals gehen lassen dürfen.«

Müller verfluchte sie. Warum hielt sie nicht endlich die Klappe. Das ganze Küssen und Streicheln entwickelte sich plötzlich zu einer einzigen Quälerei. Seine Erektion ließ nach und so sehr er sich auch bemühte, es funktionierte einfach nicht mehr. Das abturnende Bild vor seinem geistigen Auge verdarb alles. Die Vorstellung von Sylvia, die mit einem anderen Mann schlief, die

Beine für irgend so einen dahergelaufenen Arsch breit machte, der sie nicht verdient hatte und der Schuld daran war, dass Müller heute keine Familie mehr hatte, zerstörte die Stimmung.

Als Sylvia ihm die Hose ausziehen wollte, bemerkte sie sein schlaffes Glied.

Oh Gott, er findet mich nicht mehr attraktiv, schoss es ihr durch den Kopf.

Hastig versuchte sie durch geschickte Bewegungen, seine Erregung wieder zu steigern, aber der Zauber war längst vorbei und Müller schob seine Frau von sich.

»Ich denke, es ist noch zu früh«, sagte er sanft.

»Du empfindest nichts mehr für mich«, entgegnete seine Frau und trat einen Schritt zurück.

»Nein, so ist das nicht«, beeilte er ihr zu versichern. »Aber wir sollten vielleicht nichts überstürzen.«

Müller war sein Versagen unangenehm. Das war ihm noch nie passiert und er fragte sich, ob er vielleicht in ein Alter kam, in dem die Manneskraft nachließ. Warum hatte er nicht mit seiner Frau schlafen können? Musste er jetzt vielleicht anfangen, irgendwelche dämlichen Pillen zu schlucken?

Seine Frustration wuchs, während Sylvia zu weinen begann. »Du findest mich hässlich, stimmts?«

Langsam begann Müller, ärgerlich zu werden. »Nein, damit hat das nichts zu tun!« Er hatte überhaupt keine Lust, jetzt den Tröster zu spielen, er fühlte sich selbst schlecht. Mechanisch schloss er seine Hose, während sich Sylvia den Pullover zurechtrückte.

»Dann sag es wenigstens«, fuhr sie gereizt fort. »Sag, dass ich schuld an allem bin. Dass ich alles kaputt gemacht habe.«

Am liebsten hätte er genau das getan. Ja, sie hatte alles kaputt gemacht, warum sollte er das beschönigen.

Sie hatte ihn betrogen und ihm damit das Herz herausgerissen. Aber ein guter Geist hielt ihn zurück, ihr Vorwürfe zu machen.

»Sylvia, gib mir einfach etwas mehr Zeit«, sagte er stattdessen zärtlich und nahm ihre Hand.

Sie beruhigte sich und versuchte ein Lächeln. »Ja, du hast recht. Wir müssen eben erst wieder zusammenwachsen.«

Er nickte, drückte ihr zum Abschied einen flüchtigen Kuss auf die Wange und trank, nachdem sie gegangen war, den restlichen Rotwein in einem Zug direkt aus der Flasche.

»Verfluchte Scheiße«, brüllte er laut und hätte am liebsten irgendetwas zertrümmert. Würde dieser Schmerz denn nie enden?

* * *

KAPITEL 4

Im Elsass, am nächsten Tag

Der Filialleiter des Supermarkts, in dem Charlotte Dubois gearbeitet hatte, war froh, dass die Polizisten endlich gegangen waren. Philippe Morinier hatte sich im Waschraum eingeschlossen. Irgendein missmutig dreinblickender Commissaire mit seinem geschniegelten Gehilfen hatte ihn gleich am Morgen in die Mangel genommen. Natürlich waren die Angestellten sofort aufmerksam geworden. Spätestens als er die Jalousien an den Scheiben seines Büros auf blickdicht gestellt hatte, wussten die anderen, dass es sich um etwas Delikates handeln musste.

Philippe war gerade durch die Hölle gegangen. Als man ihm mit dem Polizeiausweis vor der Nase herumgewedelt hatte, ahnte er schon, dass es eine der Frauen betreffen würde. Erst war er erleichtert, als die Fragen nicht in die von ihm erwartete Richtung gingen, und dann, wie ein Faustschlag, teilte man ihm mit, dass die Leiche von Charlotte Dubois entdeckt worden war. An einem See in den Rheinauen auf der deutschen Seite, hieß es.

Als man ihm die Stelle beschrieb, wusste er genau, wo das war – er hatte aber so getan, als wäre ihm das Gebiet völlig fremd. Niemand ging es etwas an, wie er seine Freizeit verbrachte. Und überhaupt, er war ein untadeliger Familienvater. Sorgte er nicht dafür, dass jeden Monat genug Geld zur Verfügung stand, um das kleine Häuschen abzubezahlen und seine Frau und die Kinder mit Essen, Kleidung und unnötigem Schnickschnack zu versorgen? Konnte man da nicht erwarten, dass einem auch ein wenig Ruhe und Entspannung gegönnt wurden?

Philippe schaufelte sich kaltes Wasser ins Gesicht und riss dann ungeschickt einen Packen Papierhandtücher aus dem Spender. Er besah sich im Spiegel. Sein Haar war in Unordnung geraten und er legte sorgfältig die spärlichen Strähnen über seinen fast schon kahlen Schädel. Anschließend putzte er in aller Ruhe die Brille, das hatte eine beruhigende Wirkung auf ihn. Der Achtundvierzigjährige verzog das Gesicht, als er in dem harten Neonlicht jeden Mitesser auf seiner Nase sehen konnte. Er war noch nie ein Mann gewesen, nach dem sich die Frauen umgedreht hatten, aber diese Charlotte, die hatte echtes Interesse an ihm gezeigt. Ihm war nicht entgangen, wie sie seine Nähe gesucht hatte. Ihre lüsternen Blicke, das Hochziehen des Rockes, die Bereitschaft, ihm Einblick in ihr Dekolleté zu gewähren, waren deutliche Signale gewesen. Eines Tages hätte er es ihr so richtig besorgt. Schade, dass es so mit ihr hatte enden müssen. Wenn die sich richtig angestellt hätte, wäre sie ansonsten in den Genuss seiner prächtigen Männlichkeit gekommen, was für ein Pech.

Im Spiegel erschien ein hämisches Grinsen. Philippe Morinier hatte sich von dem ersten Schrecken erholt und war nun stolz, die Beamten an der Nase herumgeführt zu haben.

Was die alles wissen wollten, dachte er bei sich.

Sogar nach seinem Auto hatten die Polizisten gefragt. Selbstverständlich war er gerne bereit gewesen, ihnen die gewünschten Auskünfte zu geben. Aber warum hätte er auch erzählen sollen, dass er für gewöhnlich den kleinen Transporter des Supermarkts benutzte, wenn er eine Spritztour nach Deutschland machen wollte. Schließlich engagierte er sich in seinem Beruf über Gebühr, da betrachtete er die Benutzung des Firmeneigentums nicht als Vergehen, sondern als Entschädigung.

Und wem wäre der Wagen schon aufgefallen? Den ewig streitenden Fischverkäufern am Rheindamm, wo er gelegentlich einen Imbiss zu sich nahm? Vermutlich war er im Strom der Laufkundschaft untergegangen.

Die kleine Charlotte Dubois, erinnerte er sich an seine Mitarbeiterin. Sie hatte gerne Spielchen gespielt, aber das letzte, das hatte sie eindeutig verloren.

Langsam wurde sein Atem ruhiger. Durch den Lautsprecher hörte er die Stimme der neuen Kassiererin, die Charlottes Platz eingenommen hatte. Sie war weit weniger attraktiv als ihre Vorgängerin und hatte dazu noch ein unangenehm scheppperndes Organ.

»Monsieur Morinier«, dröhnte es durch die Lautsprecher, »Monsieur Morinier, bitte in die Abteilung für Sport- und Angelbedarf.« Wieder hallte ihre Stimme durch den Supermarkt: »Monsieur Morinier bitte!«

* * *

Kurzfristig hatten ihnen die französischen Kollegen einen Bericht über das Verhör von Philippe Morinier zukommen lassen. Außerdem hatte Heerse mit Commissaire Wisser telefoniert, der ein gebürtiger Elsässer war und mit dem für die Region typischen Dialekt sprach. Etwas, das in Heerses Ohren sehr sympathisch klang. Nach Einschätzung des französischen Kollegen war Morinier nicht »hasenrein«, die Franzosen wollten ihn weiter überprüfen. Hinweise darauf, dass er mit dem Mord an Charlotte Dubois etwas zu tun hatte, lagen bislang jedoch noch nicht vor; allerdings war Commissaire Wisser nicht gewillt, so schnell aufzugeben. Er wollte noch ein wenig tiefer graben.

Bisher konnte auch keine Verbindung zwischen der Toten und dem Besitzer des verlassenen Pkws festgestellt werden.

Auch Gregor Botner, der die Leiche gefunden hatte, schien in der Vergangenheit keine Kontakte zum Opfer unterhalten zu haben.

Dann flatterte ihnen noch eine weitere Information ins Haus. Maren war bei der Überprüfung von Friedrich Malosch auf etwas gestoßen.

»So wie es aussieht, neigt unser Imbissbetreiber zum Jähzorn. Seine Frau hat ihn tatsächlich verlassen, starb aber kurz darauf. Herzstillstand, und das mit fünfunddreißig. Das gemeinsame Kind der beiden, ein achtjähriger Junge, lebte ab diesem Zeitpunkt beim Vater. Zehn Jahre später hat er sich vermutlich aus Liebeskummer in den Rhein gestürzt. Man fand nur seinen Abschiedsbrief und ein Bündel Kleider am Ufer. Die Leiche ist nie aufgetaucht.«

»Oh Mann«, sagte Müller betroffen und auch Heerse schüttelte traurig den Kopf.

»Er hat ihn nicht einmal beerdigen können«, murmelte der Hauptkommissar mitfühlend.

Maren atmete durch. »Es kam zu einem unschönen Zwischenfall. Offensichtlich hat Malosch die Exfreundin seines Sohnes für den Selbstmord verantwortlich gemacht und auf offener Straße attackiert. Platzwunden und eine geprellte Rippe. Er ist regelrecht ausgeflippt und Zeugen hatten behauptet, er hätte die Frau erschlagen wollen. Einer der älteren Streifenkollegen konnte sich noch gut daran erinnern. Er hat gesagt, ihm sei weder zuvor noch danach jemand untergekommen, der so vollkommen die Kontrolle über sich verloren habe.«

»Und die Frau?«

»Lebt seit acht Jahren in Australien. Aus den Akten geht hervor, dass sie wohl keine bleibenden Schäden davongetragen hat. Es gab natürlich eine Verhandlung. Verurteilung auf Bewährung, man hielt Malosch nur für bedingt schuldfähig. Der Schmerz über den Verlust des Sohnes und so weiter. Übrigens hat das Gutachten damals eine gute Bekannte von dir erstellt.« Sie sah mit einem spitzbübischen Lächeln zu Heerse.

Dessen Gesichtsausdruck hellte sich sofort auf. »Clara Calliditas?«

»Genau. Vielleicht kann sie uns weiterhelfen?«

»Ich werde sie anrufen«, erwiderte Heerse.

»Malosch rückt damit in die engere Wahl, nicht wahr?«, warf Müller ein, »zumal wir bisher noch keine anderen Verdächtigen haben.«

»Das stimmt nicht«, meldete sich Maren zu Wort.

Und als sie die überraschten Gesichter der beiden sah, sprach sie schnell weiter. »Dieser Berthold Agger, von dem die Schmitt gesprochen hat, könnte auch ein Kandidat sein.«

Sie rief eine Datei in ihrem Computer auf und las laut eine ansehnliche Liste von Beschwerden und Anzeigen vor, die von Beleidigung bis Körperverletzung und Sachbeschädigung reichten. Die Vorfälle begannen bereits in seiner Kindheit und hatten Agger Aufenthalte in verschiedenen Erziehungsheimen und wechselnden Pflegefamilien eingebracht. Heute hatte es Berthold Agger vorzugsweise auf Besucher der Rheinauen und Badegäste abgesehen. Um die zu vertreiben, war er in der Vergangenheit auch nicht davor zurückgeschreckt, die Seitenspiegel von parkenden Autos abzureißen, Glasscherben auszulegen oder angefeilte Schnakenspiralen im Gras zu verstecken. Zeugen berichteten sogar davon, dass er ihnen mit körperlicher Gewalt gedroht hatte.

»Na, da haben wir ja wieder einmal einen besonders angenehmen Zeitgenossen«, bemerkte Heerse trocken.

* * *

Sie erreichten am frühen Nachmittag über einen schmalen, verschlungenen Weg, der gerade breit genug war, um mit dem Auto durchzukommen, Aggers Grundstück. Links und rechts des Pfades standen hohe Bäume, deren Spitzen sich oben berührten und ein natürliches Dach bildeten, welches die Sonnenstrahlen nur schwer durchdringen konnten.

»Da verheißt schon die Anfahrt nichts Gutes«, bemerkte Maren, die nicht die Einzige mit einem unguten Gefühl war, als sie den düsteren Pflanzentunnel durchfuhren.

Kurz darauf tauchte Aggers Haus vor ihnen auf. Es sah aus wie eine der Hütten, die von den Angelvereinen genutzt wurden. Es gab nur wenige dieser Holzhäuser, die im Privatbesitz waren und sich inmitten der herrlichen Natur befanden.

Das zugehörige Grundstück machte einen ungepflegten Eindruck. Das Unkraut wucherte in die Höhe, die Äste der Büsche hingen schwer über dem Zaun, der das Gelände umgab und auf dessen Latten sich bereits eine dicke Moosschicht gebildet hatte. Überall lag Müll, außerdem gab es jede Menge Schrottteile. Ein zerlegtes Mofa, ein rostiges Fahrrad, Autoreifen und leere Benzinkanister ließen den Eindruck entstehen, dass die Hütte unbewohnt war. An der Hauswand lehnten verschiedene Angelruten, über einem verrotteten Stuhl lagen die passenden Hosen aus Gummi und ein paar grüne Stiefel. Auf der anderen Seite parkte ein Kleintransporter, der von oben bis unten mit Schlamm bedeckt war.

Noch bevor sie sich nach einer Klingel umsehen konnten, ertönten die Schreie eines Mannes: »Verpisst euch, das ist ein Privatgrundstück. Haut ab, ihr elendes Gesindel, oder ihr lernt mich kennen!«

Heerse brummte genervt. »Das fängt ja schon gut an. Wir sind von der Kriminalpolizei, Hauptkommissar Heerse und Kollegen. Wir möchten mit Herrn Berthold Agger sprechen!«, fuhr er lauter fort.

»Aber der möchte nicht mit Ihnen sprechen, Herr Hauptkommissar Heerse und Kollegen!«

Maren flüsterte Müller zu: »Ich könnte ihn erschießen und wir sagen, es war ein Unfall ...«

Aus irgendeinem Grund löste diese flapsige Bemerkung bei Müller die Anspannung und er hatte Mühe, einen Lachkrampf zu unterdrücken. Heerse drehte sich kurz zu den beiden um und warf ihnen einen entsprechenden Blick zu. Dann richtete er seine Aufmerksamkeit wieder auf Agger.

»In Ordnung, Herr Agger, Sie erhalten eine richterliche Vorladung und ganz nebenbei gibt es auch noch eine Anzeige wegen Beamtenbeleidigung und Gewaltandrohung ...«

»Schon gut«, hörten sie erneut die Stimme des Mannes. Er klang keineswegs freundlicher, schien jedoch gewillt, mit den Beamten zu sprechen.

Ein bisschen anders hatte sich Maren den »Neandertaler« dann aber doch vorgestellt. Der Mann war ein Riese, und das fettige, dunkle Haar reichte ihm bis zur Schulter, von daher passte der Vergleich. Laut Akten war er Mitte dreißig, was man unter der Dreckschicht in seinem Gesicht schwer feststellen konnte. Unglaublich waren jedoch die intensiven blauen Augen, die jetzt voller Zorn auf die Polizisten starrten.

Wäre der Kerl gewaschen und mit ordentlichen Klamotten ausgestattet, würde er vermutlich gar nicht schlecht aussehen, dachte sie irritiert.

Als er jetzt den Mund öffnete, um zu sprechen, zeigten sich zwei Reihen weißer Zähne.

Allerdings konnten auch die dann nicht darüber hinwegtäuschen, dass er seinen Spitznamen verdient hatte.

»Also, was zum Teufel wollen Sie von mir?«, giftete er. Seinen Unmut unterstrich er noch, indem er geräuschvoll würgte und anschließend auf die Erde spuckte.

Pfui Teufel, dachte Maren und verzog automatisch das Gesicht.

Heerse blieb gelassen. »Wir haben ein paar Fragen an Sie, können wir reinkommen?«

»Wenn es sein muss«, brummte Agger und öffnete die Gartentür. Sie folgten ihm ins Innere der Hütte. Es roch nach gebratenem Fisch.

Maren war erleichtert zu sehen, dass sich ihnen hier kein Gruselkabinett bot. Hatte sie doch schon erwartet, Fliegen über Essensresten kreisen zu sehen, während überall ausgestopfte Tierschädel an den Wänden hingen und Kakerlaken, durch das einfallende Tageslicht gestört, raschelnd Reißaus nehmen würden. Aber das war nicht der Fall. Zwar war die Einrichtung mit den schweren, dunklen Möbeln sehr altmodisch, aber trotzdem unterschied sie sich nicht von vielen anderen Wohnungen, die Maren in der Ausübung ihres Dienstes schon betreten hatte. Einzig der ausgenommene Fisch in einem Sieb auf der Spüle, dessen Innereien zusammen mit abgeschabten Fischschuppen auf der Edelstahloberfläche lagen, empfand sie als ein wenig unappetitlich.

»Also«, sagte Agger erneut und die Polizistin erwartete fast, dass er wieder ausspucken würde.

Heerse holte das Foto aus der Tasche und Agger, der geräuschvoll die Nase hochzog und sie dann am Ärmel seines Pullovers abwischte, knurrte: »Kenn ich nicht!«

»Sehen Sie sich das Bild genau an. Sie sind doch öfter in den Rheinauen unterwegs, sie müsste Ihnen eigentlich begegnet sein«, versuchte es Heerse aufs Geratewohl.

Sein Gegenüber zuckte nur mit den Schultern. »Kann mich nicht erinnern. Wieso, was ist denn mit der?«

»Sie ist tot«, antwortete ihm der Hauptkommissar und beobachtete die Reaktion des Mannes.

Dessen Züge spannten sich an, als er zischte: »Und was hat das mit mir zu tun?«

»Sie wurde ermordet«, setzte der Beamte nach.

Agger wirkte ärgerlich, seine blauen Augen fixierten Heerse. Er schien sich nicht sicher zu sein, welchen Weg er an dieser Stelle einschlagen sollte. Unbewusst griff er in die Hosentasche und holte eine Rolle Angelschnur heraus, die er in seiner riesigen Hand hin und her bewegte. »Ist mir trotzdem ein Rätsel, warum Sie dann bei mir auftauchen.«

Der Hauptkommissar antwortete völlig ruhig: »Möglich, dass das daran liegt, dass gegen Sie schon einige Anzeigen vorliegen. Sie bedrohen die Leute, die sich in diesem Gebiet aufhalten. Sie legen Glasscherben an den Badestränden aus. Was denken Sie, wie so etwas auf jemanden wirkt, der einen Mörder sucht?«

»Dieses Pack schleicht durch die Wälder. Überall scheißen die Hunde hin, ihre Kinder zertrampeln die Ufer und verschrecken die Fische, warum sollte ich mir das gefallen lassen.«

»Und diese Frau«, er streckte ihm erneut das Bild von Charlotte Dubois entgegen, »hat die auch die Fische verschreckt?«

»Wenn sie hier herumgelungert hat, vermutlich schon!«, antwortete der Befragte zornig.

»Kennen Sie den Parkplatz, auf dem die Imbisswagen stehen, oben am Damm?«

»Natürlich.«

»Dann ist Ihnen doch sicher auch Lydia Schmitt ein Begriff, ihr gehört einer der Fischwagen.«

Sein Gesichtsausdruck wurde noch wütender. »Das ist doch die Alte, die dem Friedrich das Geschäft kaputt macht.«

»Friedrich Malosch kennen Sie also?«

»Ja, er kauft mir gelegentlich meine Fische ab.«

»Und wie stehen Sie zu Frau Schmitt?«

»Gar nicht, das ist die letzte …« Er verstummte, bevor er die Beschimpfung aussprach.

»Charlotte Dubois, das ist der Name der Toten, war eine Freundin von Frau Schmitt.«

Es folgte keine Reaktion von Agger, aber er schien auch nicht überrascht.

»Sie kennen sie also doch. Sie wissen, wer das ist, habe ich recht?« Heerse ließ nicht locker, und sein Gegenüber knickte ein.

»Na schön, warum soll ich es Ihnen nicht sagen«, er machte eine Pause und verzog die Mundwinkel abschätzig. »In Ordnung, ich habe die Frau schon gesehen, und ob tot oder nicht, die war Abschaum. Genau wie die Schmitt.«

»Gab es Streit zwischen Ihnen und Frau Dubois?«

»Ich habe mit der nicht gesprochen.«

»Aber vielleicht sie mit Ihnen?«, warf Maren provozierend ein.

»Dieses miese Stück hat mich beleidigt, das war alles. Ich hätte wahrscheinlich gut dran getan, das zur Anzeige zu bringen. Die Schmitt und ihre Freundin haben mit den Fingern auf die Leute gezeigt und ihnen irgendwelche unverschämte Spitznamen gegeben, nur um sich anschließend darüber totzulachen.«

Er sah nun bedrohlich zu Maren. »Ich verrate Ihnen ein Geheimnis: Die Gute wird es zu weit getrieben haben und irgendwem ist dann der Kragen geplatzt. Die hätte schon längst eine auf ihr blödes Maul bekommen müssen.«

»Interessante Einschätzung«, sprach Heerse nun weiter. »Sie waren aber nicht zufällig derjenige welcher?«

Agger verlor nun vollends die Beherrschung. Wütend brüllte er: »Ich? Wieso immer ich? Ich will nichts weiter als meine Ruhe. Ich habe ein Recht darauf. Aber man lässt mich einfach nicht. Wenn ich mich dann zur Wehr setze, dann bin ich auf einmal der Böse. Wo sind denn Sie und Ihre Kollegen, wenn die Leute über mein Grundstück trampeln oder unbefugt im Anglersee baden? Na?«

»Und deshalb denken Sie, Sie haben das Recht, anderen Menschen Gewalt anzutun?«

»Scheiße noch mal, ich tue niemandem Gewalt an und dieser Schlampe schon gar nicht.«

»Wann haben Sie Frau Dubois das letzte Mal gesehen?«

»Irgendwann im Sommer«, gab er übel gelaunt zur Antwort. »War's das? Ich muss mich nämlich jetzt um meine eigenen Angelegenheiten kümmern.«

Die Verabschiedung war noch unfreundlicher als die Begrüßung und als die drei Beamten wieder im Auto saßen, sagte Maren voller Überzeugung: »Der war es!«

* * *

Eine Woche später waren sie mit ihren Ermittlungen noch nicht viel weiter. Zwischenzeitlich hatte sich Heerse mit Commissaire Wisser getroffen, der sich als großer, beleibter Mann herausstellte, der einen feinen Sinn für Humor und einen scharfen Verstand hatte.

Der Filialleiter Philippe Morinier stand immer noch unter Verdacht.

Leider genügte die Aussage von Lydia Schmitt, er wäre Charlotte gegenüber zudringlich geworden, nicht, um ihn zu verhaften. Zumal sich die Sache so anhörte, als hätte es die Dubois darauf angelegt, um den Mann anschließend zu erpressen. Wisser wollte versuchen, ehemalige Mitarbeiterinnen aufzutreiben, die Moriniers Fehlverhalten bestätigen konnten. Die Angestellten im Supermarkt hatten sich bislang jedenfalls nicht dazu durchringen können, etwas Negatives über ihren Chef zu sagen, schließlich fürchteten sie um ihren Arbeitsplatz.

* * *

An diesem Morgen hatte sich ein ungeduldig erwarteter Besuch angekündigt.

Clara Calliditas betrat Heerses Büro mit der ihr eigenen Vitalität, die die mittlerweile Einundachtzigjährige so jung hielt. Die hochgewachsene, schlanke Frau mit den blond gefärbten Haaren, den strahlenden blauen Augen und dem aufrechten Gang sah blendend aus. Eine schöne Urlaubsbräune erweckte den Eindruck, sie würde vor Gesundheit nur so strotzen.

»Dr. Calliditas, wie geht es Ihnen?«, rief Heerse freudig aus und beeilte sich aufzustehen, als sie sein Büro betrat.

Sie sah ihn schelmisch an und erwiderte in ihrer direkten Art: »Offensichtlich besser als Ihnen. Wie ich sehe, haben Sie Gewicht verloren«, ihr Blick wanderte zu seinem kleinen Bauch, der sich immer noch unter dem Jackett abzeichnete, »vermutlich nicht aufgrund strenger Diät, sondern aus Kummer. Ihre Frau ist immer noch in Kur, nehme ich an?«

Er winkte müde ab, strich sich durch sein schütteres Haar und sagte mit einem gequälten Lächeln: »Ganz recht, ich bin ein einsamer Mann, da vergeht einem der

Appetit. Und wie war Ihr Urlaub?«

Mit einem ungehaltenen Schnaufen ließ sich die ehemalige Ärztin auf den angebotenen Stuhl fallen. »Es war eine Seniorenbusfahrt!«, sagte sie, als wäre damit jede Frage beantwortet.

Da Heerse sie immer noch erwartungsvoll ansah, fuhr sie seufzend fort: »Bei unserer Abfahrt wollte ich mehr über das alte Rom erfahren. Stattdessen weiß ich jetzt alles über die Leiden der Alten. Na ja, vergessen wir das.« Sie kramte eine Mappe aus ihrer großen Handtasche. »Lassen Sie uns arbeiten, das wird eine wiederbelebende Wirkung auf mich haben.«

Heerse schmunzelte und rief nach seinen Mitarbeitern.

Clara Calliditas hatte als Ärztin in der Psychiatrie gearbeitet und war unter anderem eine anerkannte forensische Psychiaterin. So hatte sie damals ein Gutachten über Friedrich Malosch erstellt, aufgrund dessen das Gericht den Mann für vermindert schuldfähig gehalten hatte.

Nachdem nun das ganze Team anwesend war und man Calliditas über den Mord an Charlotte Dubois in Kenntnis gesetzt hatte, sah der Hauptkommissar seinen Gast erwartungsvoll an.

»Ich habe mir meine Notizen von damals noch einmal angesehen. Es war einer meiner letzten Fälle. Offensichtlich neige auch ich dazu, wie so manche alte Frau, Dinge anzuhäufen, anstatt wegzuwerfen.«

»Das kommt uns sehr gelegen«, entgegnete ihr Heerse amüsiert und Dr. Calliditas lachte kurz auf, wurde dann aber sofort ernst und fasste die Situation zusammen: »Friedrich Malosch steht also unter dem Verdacht, eine Frau ermordet zu haben?«

»Trauen Sie ihm das nicht zu?«, fragte Maren eifrig.

Die Ärztin lächelte nachsichtig. »Oh, ich traue den meisten Menschen alles zu. Das hängt immer davon ab, was denjenigen antreibt. Sehen Sie, eine Mutter wird vermutlich keine Minute zögern, den Abzug einer Waffe zu betätigen, um damit ihr Kind zu schützen. Vermutlich würde sie genauso reagieren, um das eigene Leben zu retten. Aber würde die gleiche Frau auch auf einen Menschen schießen, um zum Beispiel dessen Handtasche zu stehlen? Aus Habgier zu töten, käme für sie vermutlich nicht infrage. Aber wie würde sie sich verhalten, wenn es darum ginge, den Mörder ihres Kindes zu richten? Rache kann eine starke Motivation sein. Und doch würde dieselbe Frau nicht zwangsläufig auch ihren Ehemann ermorden, wenn er sie mit einer anderen betrügt.«

»Ich verstehe, was Sie meinen«, entgegnete Maren nachdenklich, »aber Malosch scheint ein rachsüchtiger Typ zu sein, immerhin hat er damals die Exfreundin seines Sohnes verprügelt. Vielleicht hätte er sie sogar getötet.«

»Möglich, aber damals ging es um seinen Sohn, und er hat nicht aus Rache gehandelt.«

»Nicht?«, dieses Mal hakte Müller verblüfft nach.

Dr. Calliditas lächelte. »Oh, er war vermutlich der Meinung, er würde sein Kind rächen, aber in Wirklichkeit ging es ihm darum, eine Schuld zu tilgen.« Sie richtete sich auf, schob die schwarz umrandete Brille in die Haare und blickte in Richtung Heerse. »Er hat sich vor allem schuldig gefühlt, weil er es nicht hatte verhindern können. Das eigene Kind nimmt sich das Leben. So einen Schritt macht nur jemand, der vollkommen verzweifelt ist. Es hat keinerlei Warnsignale gegeben, keinen versteckten Hilferuf oder so etwas. Der Junge hat sich am Morgen von seinem Vater verabschiedet, so wie er es viele Male zuvor getan hatte, und kam nie mehr zurück. Der Abschiedsbrief war wenig aufschlussreich. Er hat weder dem Vater noch der Exfreundin die Schuld gegeben, es hieß lediglich«, Calliditas blätterte in ihren Unterlagen, um die entsprechende Stelle abzulesen, »›ich werde in dieser Welt niemals glücklich werden, deshalb gehe ich‹.«

»Das ist hart«, kommentierte Müller, der sofort an seine Töchter dachte. Die meiste Zeit hatte er keine Ahnung, was in den Mädchen vor sich ging. Vor allem Lara, die Ältere, war ihm oftmals ein absolutes Rätsel.

»Und man hätte das nicht vorhersehen können?«, fragte er deshalb automatisch.

»Wenn sich jemand wirklich für diesen Weg entschieden hat, wird es schwer. Als Angehöriger bleibt einem nur noch das Gefühl, versagt zu haben. Plötzlich ist da diese überwältigende Schuld, also sucht man nach jemandem, den man zur Verantwortung ziehen kann. In Maloschs Fall kam noch hinzu, dass die Leiche nie gefunden wurde, also blieb ihm auch verwehrt, endgültig Abschied zu nehmen.«

Heerse schürzte die Lippen. »Schön, das war damals und der Grund für sein gewalttätiges Handeln ist halbwegs nachvollziehbar – aber wie verhält sich so jemand nach 15 Jahren?«

»Wenn er gute Trauerarbeit leistet, wird er den Schmerz zwar nicht vergessen, aber überwinden. Wenn nicht, wird ihn der Kummer zerstören.«

»Würde er wieder gewalttätig werden?«, fragte Maren.

»Wie ich schon gesagt habe, die Frage ist nicht, ob er gewalttätig werden könnte, sondern ob das Verhalten des Opfers so eine Reaktion bei ihm hätte auslösen können.«

»Es ging bei den Anfeindungen von Charlotte Dubois auch um Maloschs Familie, wäre das nicht Motivation genug?«, ergänzte Heerse.

Clara Calliditas las besorgt den Bericht der Gerichtsmedizin, den ihr Heerse nun reichte.

»Sie wurde also mit einem Paddel zu Tode geprügelt?«

»Er hat ihr aufgelauert, sie erschlagen und dann versucht, die Leiche zu verstecken«, ergänzte der Hauptkommissar.

»Ja, und das Verstecken wäre eventuell ein Punkt, der zugunsten von Malosch sprechen könnte.«

Die anderen sahen sie überrascht an und die Ärztin fuhr fort: »Der Angriff auf die Exfreundin fand auf offener Straße statt. Ihm war nicht daran gelegen, unentdeckt zu bleiben. Im Gegenteil, er wollte gesehen werden, die Menschen sollten wissen, dass er das für seinen Sohn tat. Er hat den Angriff auch nie abgestritten oder beschönigt. Kein einziges Mal hat er nach Entschuldigungen oder Ausflüchten gesucht, weder bei den Verhören noch bei der Verhandlung. Deshalb hätte ich von ihm eher erwartet, dass er diese Dubois in dem Moment angreift, in dem sie sich negativ über seine Familie äußert. Ihm würde es ja auch darum gehen, dass alle verstehen, was er tut. Warum sollte so jemand die Leiche dann verstecken und darauf hoffen, dass sie nie wieder auftaucht?«

»Also war er es nicht?« Maren wollte unbedingt eine eindeutige Antwort, aber die konnte ihr Clara Calliditas nicht geben.

»Ich weiß es nicht«, entgegnete die Ärztin, die sich an Marens Hartnäckigkeit nicht störte, »ich kann nur so viel sagen: Zwischen seinem Übergriff vor fünfzehn Jahren und dem Mord an Charlotte Dubois gibt es eklatante Unterschiede. Das ist mir aufgefallen, heißt aber natürlich nicht, dass man ihn als Täter ausschließen kann.«

Als sich Clara Calliditas von den Beamten verabschiedet hatte, verzog Maren das Gesicht. »Diese ganze Psychologie ist für mich wie ein gewaltiger Wackelpudding. Keine eindeutigen Jas und Neins, alles ist möglich oder auch nicht …«

Heerse sah sie einen Moment verständnisvoll an, dann sagte er: »Mit der Zeit wirst du dich daran gewöhnen, dass wir unsere Antworten erst dann bekommen, wenn ein Fall abgeschlossen ist.«

* * *

KAPITEL 5

Ungefähr zwei Wochen später

Es war eine regnerische Woche gewesen und auch heute glich der Himmel dem Dach einer Wellblechhütte, er präsentierte sich grau und trist. Vielleicht war es die trübe Stimmung der Natur, die auf ihn überging, womöglich aber auch einfach nur eine spontane, böse Laune, die ihn zu diesem Entschluss hatte kommen lassen.

»Es ist an der Zeit«, flüsterte er vor sich hin, als er sich am Abend auf gut Glück auf den Weg zu Lydia Schmitts Imbisswagen machte.

Erfreut stellte er fest, dass es niemanden weit und breit gab, der ihr beistehen konnte. Mittlerweile hatte der Himmel seine Schleusen geöffnet, das Wasser prasselte auf den maroden Asphalt und füllte die Schlaglöcher innerhalb von wenigen Sekunden. Der Mann sah sich nicht einmal um. Wer würde schon bei diesem Unwetter auf die Idee kommen, sich vor einen Imbisswagen zu stellen, um eine frittierte Scholle zu verzehren?

Lydia Schmitt hatte bereits die vordere Klappe geschlossen, deshalb konnte sie den letzten Kunden ihres Lebens nicht kommen sehen. Erschrocken fuhr sie herum, als ein Schatten in ihren Wagen fiel. Sie erkannte nicht sofort das Gesicht des Mannes, der jetzt breitbeinig den Eingang versperrte.

»Ich bin am Abbauen, siehst du das nicht?«, schnauzte sie genervt, immer noch verärgert darüber, dass sie zu lange mit dem Einpacken gewartet hatte.

Der Besucher reagierte nicht, sondern starrte neugierig ins Innere. Die meisten Utensilien hatte Lydia bereits in den Schubfächern und Schränken verstaut.

Mit einem schmuddeligen Lappen rieb sie gerade energisch über die Theke.

»Heute gibt es nichts mehr«, keifte sie erneut.

»Oh doch, heute gibt es sogar etwas ganz Besonderes.«

Lydia erschrak, hatte aber keine Gelegenheit mehr, irgendetwas zu tun oder zu sagen, denn im nächsten Augenblick holte der Mann aus und stach zu. Das Filetiermesser, das er extra für diesen Besuch ausgewählt hatte, schob sich durch Lydias Kehle wie durch Butter. Die fünfzehn Zentimeter lange Klinge schien sich regelrecht in dem weichen Gewebe der Frau zu verlieren. Mühelos überwand sie die Muskeln und Sehnen, zerschnitt selbst feine Knorpel – der Mann glaubte schon, er würde sie sogar durch Lydias Genick stoßen können. Aber einer der Halswirbel zeigte sich widerborstig und so zog er das Messer zurück, holte ein weiteres Mal aus und schwang die scharfe, schmale Schneide schwungvoll über den Kehlkopf der Frau. Es hätte diesen zweiten Schnitt zwar nicht bedurft, aber schließlich wollte man doch sicher sein; außerdem war es eine Frage des Anstandes. Ein Opfer, gleich Tier oder Mensch, sollte nicht länger leiden als unbedingt nötig.

Lydia lag mit verdrehten Gliedmaßen am Boden. Der sonst so saubere Innenraum erinnerte an das misslungene Experiment eines Farbkünstlers. In chaotischen Mustern verteilte sich das rote Blut auf den Edelstahloberflächen. Viele verschiedene Streifen, Spritzer und Kleckse waren es, die unordentlich die Leiche umrahmten, die mit ausdruckslosen Augen an die Decke starrte. Der Mann besah sich mit schräg gelegtem Kopf die Einrichtung des Wagens. Ja, genauso hatte er sich das vorgestellt. Wieder erfüllte ihn dieses beglückende Gefühl. Er wusste, dass er seine Aufgabe erfüllen und die Arbeit wie geplant zu Ende bringen würde.

Ohne Hast öffnete er die verschiedenen Schubladen, bis er schließlich das nötige Werkzeug fand. Die Anglerbekleidung aus Gummi, die er trug, ermöglichte es ihm, sich frei zu bewegen. Er sah an sich hinab. Auf dem grünen Plastik bildete das Blut ein prächtiges Muster und erinnerte ihn an das dunkelrote Laub der Bäume auf den herbstlichen Wiesen. Wieder einmal kam ihm der Gedanke, dass überall gestorben wurde. Er hatte also nicht in den natürlichen Kreislauf eingegriffen, sondern ihn höchstens etwas beschleunigt.

In dem Imbisswagen war nicht viel Platz und das, was er nun vorhatte, war unter diesen beengten Umständen nicht ganz einfach, aber es musste getan werden.

Der Regen klatschte jetzt noch heftiger auf das Dach von Lydia Schmitts fahrendem Geschäft. Es klang, als würde ihn eine Menge umringen und mit trampelnden Füßen anfeuern. Seine Hand umschloss den Griff eines speziellen Utensils. Er hätte auch ein Messer verwenden können, aber wenn die Schubladen von Lydia Schmitts Wagen solche Überraschungen für ihn bereithielten, dann wollte er nicht undankbar erscheinen. Was nun in seiner Hand lag, erinnerte entfernt an eine Haarbürste. Nur gab es anstelle der Borsten scharfe Metallzähne, mit denen er nun anfing, über das Gesicht seines Opfers zu streichen. Zuerst noch vorsichtig, mit mäßigem Druck; aber dann steigerte er seine Bewegungen, schabte immer hastiger über das Antlitz der Frau und setzte schließlich seine ganze Kraft ein, bis sich die fahle Oberhaut löste und das darunterliegende Fleisch zum Vorschein kam. Akribisch arbeitete er weiter, lauschte entzückt dem kratzenden Geräusch, als er sich den schwammigen Oberarmen widmete und danach die drallen Schenkel bearbeitete. So war es richtig, heute würde er gute Arbeit leisten.

Sein Atem ging jetzt schneller, die Anstrengung trieb ihm den Schweiß auf die Stirn. Trotzdem war es das Befriedigendste, was er seit Langem vollbracht hatte. Und als er schließlich aufstand, um die Tote zu betrachten, da hatte er den Eindruck, weit mehr getan zu haben als nur seine Arbeit. Nein, heute fühlte er sich so, als hätte er etwas Einmaliges geschaffen. Lydia Schmitt war ihm besser gelungen als Charlotte oder die Frau mit dem schlimmen Unterarm. Lydia Schmitt war perfekt.

Er lächelte erleichtert, dann mahnte er sich zur Ordnung. Es gab noch einiges zu tun. Er säuberte die Stellen, die er im Wagen berührt hatte, obwohl er Handschuhe trug, stieg aus und verschloss die hintere Tür. Die Fahrerkabine des Imbisswagens war nicht abgeschlossen, sogar der Schlüssel steckte noch im Zündschloss. Er startete das Fahrzeug und steuerte es direkt auf die abschüssige Slipstelle zu. Ohne Eile stieg er aus, gab dem Fahrzeug einen ordentlichen Stoß und sah zu, wie das Gefährt direkt in den Rhein rollte.

Die vorderen Scheiben hatte er heruntergefahren, dort konnte jetzt das Wasser eindringen und sich im ganzen Wagen verteilen. Wie ein schwerer Stein verschwand der Imbisswagen samt seiner Inhaberin langsam in den aufgewühlten Fluten. Der Mann am Ufer beobachtete dieses Schauspiel fasziniert und seufzte zufrieden, als nicht einmal mehr das große Reklameschild mit Lydias Namen darauf zu sehen war. Er blickte nach oben, der Regen klatschte ihm ins Gesicht und wusch das Blut von seinem Anzug. Er breitete die Arme aus und drehte sich im Kreis. Ein Fremder hätte vermuten können, der Mann am Rheindamm würde einen eigenartigen Tanz aufführen, aber eigentlich nutzte er lediglich die großzügige Hilfe der Natur, um seine Spuren zu verwischen.

Zur gleichen Zeit, in einem Hotel in Freudenstadt

Der große Tagungsraum war bis auf den letzten Platz besetzt. Auch wenn Heerse und sein Team mitten in einer Mordermittlung steckten, waren sie doch angehalten, zumindest eine der Fortbildungsveranstaltungen zu besuchen. Heerse, der Lehrgänge grundsätzlich für sinnvoll hielt, allerdings nur, wenn er nicht befürchten musste, dadurch wertvolle Zeit beim Aufklären eines Falls zu verschwenden, hatte, um den Forderungen seines Vorgesetzten gerecht zu werden, schließlich nur Müller und Maren Teuber zu einem der Seminare geschickt.

Seit dem frühen Nachmittag plagten sich die beiden nun mit neuen Regelungen des Waffenrechts, hörten interessante Methoden zur Eskalationsvermeidung und erfuhren auch einiges über die Grenzen von DNA-Spuren.

Unter anderen Umständen wäre das für Müller eine willkommene Abwechslung gewesen, aber momentan wanderten seine Gedanken hin- und her zwischen dem Mord an Charlotte Dubois und seinem sexuellen Versagen bei seiner Frau Sylvia. Während er sich also fragte, was das Alter denn nun noch alles Unangenehmes für ihn bereit halten würde, gab sich zumindest Maren Teuber konzentriert.

Aber irgendwann sah Müller im Augenwinkel ihr Gähnen und flüsterte: »Bald ist es geschafft.«

Und in der Tat endete die letzte Vorlesung zehn Minuten später. Für heute war also Feierabend, morgen Vormittag folgte noch ein Vortrag über kriminaltechnische Methoden, dann hätten die beiden ihr Pensum erfüllt.

Sie waren am frühen Mittag direkt von ihrer Dienststelle angereist. Morgen Nachmittag würden sie das Hotel verlassen und ins Büro zurückkehren, auch wenn Heerse die Zeit mit Ersatzleuten überbrückte.

Wenigstens hatte man ihnen eine schöne Unterkunft zum Übernachten herausgesucht, sodass sich Maren spontan entschloss, ihren schmerzenden Rücken im hoteleigenen Pool zu entspannen, während sich Müller träge im fast schon kochenden Wasser des Whirlpools rekelte.

Er beobachtete eine hochgewachsene Blondine, die sich mit verführerischen Bewegungen unter der Dusche erfrischte. Ganz selbstverständlich hatte sie die Schwimmhalle in ihrem bunten Bikini durchschritten und so getan, als würde sie die bewundernden Blicke der anwesenden Männer nicht bemerken. Als sie nun die Dusche verließ und mit einem eleganten Kopfsprung in den Pool tauchte, stellte Müller mit Schrecken fest, dass auch seine Männlichkeit von dem wohlgeformten Körper beeindruckt war. Deshalb empfand er für den Kollegen aus Köln, der sein stattliches Körpergewicht nun ebenfalls in den Whirlpool hievte und sich mit seinem behaarten Oberkörper dicht neben Müller setzte, fast eine gewisse Dankbarkeit. Denn so schnell wie die körperliche Erregung entstanden war, verschwand sie beim Anblick des bärtigen Kolosses aus dem Rheinland auch wieder.

Den nächsten Morgen sollten die beiden Polizisten dann allerdings nicht in einem warmen, trockenen Hotel verbringen, sondern an den feuchtkalten Ufern des Rheins. Denn was am Abend noch so gut auf dem Grund des Stroms versteckt worden war, hatte sich durch den Übermut zweier Hobbytaucher nicht einmal 24 Stunden verbergen lassen.

* * *

Am Ufer des Rheins

Der Parkplatz am Rheindamm war weiträumig abgesperrt worden. Hinter der Barriere hatte sich bereits eine Gruppe Schaulustiger versammelt und auch die Presse war vertreten.

Die Menschen, die nun ihre traurige Pflicht zu erfüllen hatten, waren Polizeitaucher, Streifenbeamte, Feuerwehrleute, Mitarbeiter der Spurensicherung, der Kriminalpolizei und der Gerichtsmedizin. Der Schreck saß denen, die zuerst an Ort und Stelle gewesen waren, noch in den Gliedern.

Sie würden die Bergung nicht so schnell vergessen. Den Imbisswagen von Lydia Schmitt hatte man unter dem Ächzen der Seilwinde aus dem Wasser gezogen. Der kleine Transporter hatte an dem Haken fast senkrecht in der Luft geschwebt und aus jeder Ritze war das Wasser nach außen gedrungen. Dem Druck im Inneren des Fahrzeugs hatte die hintere Tür nicht standhalten können. Sie war aufgesprungen und die Leiche von Lydia Schmitt war auf den Boden gestürzt, so als hätte ein Fischer sein Netz geöffnet und seinen Fang auf der Erde ausgebreitet.

Der geschundene Körper der Toten war mittlerweile von einer Plane bedeckt, und ihr Imbisswagen stand nass und verdreckt beinahe genau auf dem Platz, von dem aus die Frau für gewöhnlich ihren Geschäften nachgegangen war; allerdings gehörte er jetzt voll und ganz der Spurensicherung.

Müller und Maren, die von Freudenstadt nach Baden-Baden fahren mussten, erreichten den Rheindamm erst, als die meisten Arbeiten bereits abgeschlossen waren. Heerse begrüßte sie kurz angebunden. Er war noch knurriger als an den Tagen zuvor. Und zwar nicht nur, weil ihm seine Frau gestern am Telefon eröffnet hatte, dass der Arzt eine Verlängerung des Kuraufenthaltes für sinnvoll halte, nein, sondern vor allem wegen des zweiten Mordes.

Er machte keinen Hehl aus seinem Ärger. »Eine zweite Leiche, wieder hier draußen, und dann haben sich die Opfer auch noch gekannt. Das kann doch kein Zufall sein!«, schnaubte er wütend.

»Das heißt aber nicht, dass wir es mit demselben Täter zu tun haben«, warf Maren ein.

Müller rempelte sie vorsichtig an, was so viel heißen sollte wie »Jetzt nicht«, aber es war zu spät.

Heerse kam bereits in Fahrt und hielt ihr einen Vortrag über Intuition und gesunden Menschenverstand, dann besann er sich und brummte: »Tut mir leid, aber diese Scheiße hier …«

Er ließ den Satz unvollendet und die beiden Mitarbeiter verstanden auch so, als sie seinem Blick zu dem Leichensack folgten.

»Die Möglichkeit besteht natürlich, dass wir zwei Täter haben«, lenkte er ein und setzte Müller und Maren Teuber ins Bild. »Laut dem Eisverkäufer und unserem Freund Malosch war Lydia Schmitt gestern noch als Letzte auf dem Parkplatz. Der Eisverkäufer ging als Erster, dann folgte ihm angeblich Malosch. Zeugen gibt es keine. Wir hatten gestern Abend hier *Land unter*, kaum anzunehmen, dass sich viele Menschen bei dem Wetter am Damm herumgetrieben haben.«

»Bis auf unseren Mörder«, sagte Müller tonlos.

»Wie ist sie gestorben?«, fragte Maren, die erleichtert war, dass sie die Leiche nicht hatte ansehen müssen.

»Man hat ihr die Kehle durchgeschnitten.«

Ein Kollege von der Streife rief Heerses Namen. Mittlerweile hatte es angefangen zu nieseln und die drei Beamten eilten schnell über den Parkplatz. Dort trafen sie auf ein bekanntes Gesicht, es war Leo Fürth.

Er begrüßte sie freundlich, beinahe schon mitfühlend, als wollte er sagen: »Ich beneide Sie wahrlich nicht um Ihren Job.« Aber das zu sagen, wäre ihm unangemessen vorgekommen, deshalb schien es ihm stattdessen besser, das eigene Hiersein zu erklären: »Man hat mich wegen der Gewässergefährdung gerufen, auslaufendes Öl und Benzin.«

»Verstehe«, sagte Heerse, der sich wieder an den Beruf des Mannes erinnerte.

Fürth wollte sich bereits auf den Weg machen, da hielt ihn der Hauptkommissar zurück. »Kannten Sie Lydia Schmitt?«

Er nickte. »Kennen wäre vielleicht zu viel gesagt, aber ich weiß, wer sie war. Wenn man regelmäßig hier rauskommt, dann trifft man immer wieder auf dieselben Gesichter.«

»Sie waren also öfter bei den Imbisswagen?«

Er lächelte jungenhaft. »Ich gestehe, dass ich eine Vorliebe für Vincenzos Eis habe.«

»Und Friedrich Malosch?«

»Oh, den kenne ich natürlich auch, bei dem hat schon meine Großmutter ihren Fisch gekauft.«

Wieder rief der Kollege nach Heerse.

»Herr Fürth«, sagte dieser daraufhin, »ich würde mich gerne einmal in Ruhe mit Ihnen unterhalten. Ich interessiere mich sehr dafür, was hier alles so vor sich geht.«

»Gerne, aber ich bin mehr der Experte für die Natur, Klatsch und Tratsch entgeht mir meistens. Trotzdem, rufen Sie mich an. Ich werde tun, was ich kann.«

Heerse bedankte sich und Müller neben ihm murmelte: »Netter Bursche, vielleicht ist dem tatsächlich etwas aufgefallen.«

Mittlerweile trat der Kollege von der Streife auf sie zu. »Der Eisverkäufer und der Fischmann fragen, ob sie noch hierbleiben müssen.«

»Und ob sie das müssen«, schnauzte Heerse. Dann bemerkte er, wie der Regen stärker wurde, und überlegte es sich anders. »Also gut, schickt sie nach Hause. Und dort sollen sie auch bleiben! Wir werden den beiden später noch einen Besuch abstatten.«

* * *

Der Gerichtsmediziner zog die Obduktion von Lydia Schmitt vor und so standen die Beamten bereits am Nachmittag in den kalten, gefliesten Räumen, in denen der Tod allgegenwärtig zu sein schien.

Der Mediziner deckte den Leichnam bis zum Brustansatz auf und fing sofort mit seinen Erklärungen an: »Die Frau lag noch keine vierundzwanzig Stunden im Wasser, das sieht man auch an der erst beginnenden Waschhautbildung an den Händen. Keinerlei Spuren von Ablösung. Der Tod trat irgendwann gestern zwischen 19.00 und 21.00 Uhr ein.«

»Ja, das deckt sich mit den Zeugenaussagen«, bestätigte Müller. »Malosch will kurz vor neunzehn Uhr mit seinem Wagen den Damm verlassen haben.«

»Womöglich hat er Lydia Schmitt aber zuerst umgebracht und ist dann abgehauen?«, überlegte Maren laut. »Am nächsten Morgen taucht er dann wieder auf, als wäre nichts gewesen.«

»Und wenn man nicht zufällig den Wagen auf dem Grund des Rheines entdeckt hätte, wäre er erst einmal fein raus und ohne lästige Konkurrenz«, griff Müller den Gedanken auf. »Ein Glück, dass diese Taucher heute Morgen dort unterwegs waren. Ich habe mich informiert. Der Fluss ist direkt nach der Slipstelle sehr tief und da das Wasser nicht besonders klar ist, wäre man selbst so nahe am Ufer nur schwerlich in der Lage zu sehen, was da unten liegt.«

Der Gerichtsmediziner sah auf die Uhr und räusperte sich.

Die Beamten verstanden, und Heerse beeilte sich zu sagen: »Bitte fahren Sie fort, wir wollten Sie nicht unterbrechen.«

Der Arzt griff zu einem Messer, das in einer durchsichtigen Plastiktüte verwahrt wurde. »Ein Filetiermesser, unsere Mordwaffe. Ein Einstich von der Seite, hier«, er deutete auf den Hals der Toten. »Die Klinge ist sehr weit eingedrungen, und dann eine Schnittverletzung quer über die Kehle.«

»Was sind das für Verletzungen der Haut?«, fragte Heerse. »Waren das Fische?«

Der Gerichtsmediziner schüttelte den Kopf. »Nein, das wurde hiermit gemacht.« Wieder griff er nach einer Plastiktüte. Dieses Mal sahen die Beamten einen Gegenstand, der einer Haarbürste glich.

»Was ist das?«, fragte Maren, »sieht ein bisschen aus wie ein Pferdestriegel mit Griff.«

»Ja, nur mit sehr scharfen Zahnungen. Wie ich bemerke, gibt es unter Ihnen keinen begeisterten Angler oder leidenschaftlichen Koch.« Der Arzt sah von einem zum anderen. Da die Widerworte ausblieben, erklärte er das eigenartige Utensil in seiner Hand: »Das ist ein Fischentschupper!«

»Natürlich«, platzte Maren heraus. »Die Schmitt hatte so ein Ding in der Hand, als wir das erste Mal an ihrem Stand waren.«

»Man löst damit die Schuppen von der Fischhaut, eine moderne Alternative zum Messer.«

Heerse betrachtete den harmlos wirkenden Küchenhelfer. »Und damit wurden ihr die Verletzungen zugefügt?«

»Ja, Gesicht, Ober- und Unterarme und die Beine.«

»Er hat sie nur an den Stellen verletzt, die nicht bekleidet waren?«, hakte er taktvoll nach.

Der Gerichtsmediziner verstand und antwortete: »Es gibt keine Anzeichen von sexuellen Handlungen. Tatsächlich ist nur die Haut verletzt, die er durch Hochschieben der Kleidung erreichen konnte.«

»Gibt es irgendetwas, das eine Verbindung zu dem Mord an Charlotte Dubois herstellen könnte?«

»Nein, diese Frau hier ist völlig anders gestorben.«

Später im Büro sagte Heerse nachdenklich: »War ich zu vorschnell zu glauben, wir hätten es nur mit *einem* Täter zu tun? Vielleicht ist es sogar falsch, nach einem Mann zu suchen?«

»Ich kann mir nicht helfen«, antwortete ihm Maren, »aber das ist mir einfach zu gewalttätig für eine Frau.«

»Na, in der Vergangenheit haben wir da aber andere Erfahrungen gemacht«, mischte sich Müller mit einem bedauernden Gesichtsausdruck ein.

»Das schon, aber in der Regel spricht die Art der Tötung doch eher für einen Mann, und zwar in beiden Fällen«, hielt sie dagegen.

»Maren hat recht, bleiben wir noch für einen Moment bei der Theorie, dass wir es mit einem Mann zu tun haben. Und halten wir weiter fest, dass er schätzungsweise im Juli Charlotte Dubois und nun, knapp drei Monate später Lydia Schmitt ermordet hat. Die Frauen kannten sich und waren sich ähnlich, nicht äußerlich, aber von ihrem Charakter.«

»Wir wissen, dass beide mit Malosch Streit hatten«, überlegte Maren.

»Und abgesehen davon ist uns bekannt, dass Malosch vor Jahren schon einmal gegenüber einer Frau gewalttätig wurde«, spann Müller den Faden weiter. »Selbst Dr. Calliditas hat ihn nicht als Täter ausgeschlossen.«

»Aber warum schlägt er mit dem Paddel auf sein Opfer ein oder entschuppt die Haut von Lydia Schmitt?«, überlegte Heerse laut.

»Wut, Rache, der Mann hasst die beiden Frauen, warum sollte er also pfleglich mit ihnen umgehen«, folgerte Maren.

»Hätte er auch auf Lydia Schmitt eingeprügelt, dann würde ich dir recht geben, aber so habe ich immer mehr das Gefühl, es geht um etwas anderes.«

»Womöglich spielt er auf den Beruf der Opfer an«, schlug Müller vor. »Die Schmitt hat Fische verkauft, deshalb der Fischentschupper.«

»Und die Dubois?«, kam es von Maren wie aus der Pistole geschossen.

»Vielleicht gibt es in dem Supermarkt Zubehör für den Wasser- oder Angelsport. Deshalb das Paddel und womöglich auch die Angelschnur. Vielleicht sollte die gar nicht dazu dienen, den Auftrieb der Leiche zu verhindern.«

Heerse sah interessiert zu seinem Oberkommissar. »Gar nicht schlecht, es wird Zeit, dass wir mit Commissaire Wisser auf Recherche gehen.«

* * *

Zur gleichen Zeit

Es war ein kalter, ungemütlicher Tag, der eigentlich nicht dazu geeignet war, Menschen in Hochstimmung zu versetzen, aber egal, wie sehr der Wind an den Fensterläden rüttelte, wie bemüht der Regen war, alles und jeden zu durchnässen, der sich aus seinem sicheren Unterstand wagte, heute ließ er sich seine gute Laune nicht verderben. Er lag in der Badewanne und genoss das heiße Wasser, das seine Haut bereits rosa gefärbt hatte.

Was für ein herrliches Gefühl. Der Tod von Lydia Schmitt war ihm ausgezeichnet gelungen. Hätte er doch nur nicht so lange gewartet. Er verspürte auch dieses Mal keine Reue, warum auch, er tat schließlich nur seine Arbeit, aber es gab eben Momente, da war es mehr als das.

Jeder kannte doch das Gefühl, aus der Arbeitsroutine des Alltags auszubrechen und weit mehr zu leisten als das, was von einem eigentlich erwartet wurde. Er erinnerte sich an solche Fälle.. Da gab es das Beispiel von der fleißigen Sekretärin, die durch ihr besonders freundliches Auftreten am Telefon einen großen Kunden für ihren Arbeitgeber an Land ziehen konnte. Natürlich hatte sie an diesem Tag auch nur ihren Job getan, und doch war sie am Abend mit dem Gefühl nach Hause gegangen, über sich hinausgewachsen zu sein. Oder der Arzt, der einen unglücklichen Schmerzpatienten endlich von seinen Qualen befreien konnte, und das nur, weil er ihm ein völlig harmloses und günstiges Hausmittel empfohlen hatte. Auch der Mediziner war dadurch in der Ausübung seiner Pflicht zu einem Helden geworden. Derlei Geschichten gab es zuhauf und gestern Abend war er es gewesen, der routinemäßig ausgeführte Handgriffe zu etwas Außergewöhnlichem gemacht hatte. Denn er hatte nicht irgendwen erwählt, sondern Lydia Schmitt, deren Ableben auch bei anderen Zufriedenheit und Erleichterung auslösen würde. Außenstehende auf diese Weise an seiner Arbeit teilhaben zu lassen, machte sein Werk noch bedeutender.

Schnell drehte er das heiße Wasser auf, bevor die Temperatur in der Wanne sank, und rekelte sich zufrieden.

* * *

Mit Commissaire Wisser würden sie sich am nächsten Tag treffen, zuvor wollte Heerse allerdings noch einmal ein Gespräch mit Friedrich Malosch führen. Der Hauptkommissar hatte beschlossen, Maren mitzunehmen, während Müller und zwei weitere Kollegen das Alibi von Berthold Agger, dem Neandertaler, überprüfen und die Aussage des Eisverkäufers Vincenzo Palerio aufnehmen sollten.

Malosch besaß ein Einfamilienhaus in Söllingen, nicht weit von Baden-Baden entfernt. Sie fanden das Gebäude ohne Probleme, denn davor parkte der auffällige Imbisswagen des Mannes. An diesem verregneten Nachmittag ließ sich niemand auf der Straße blicken. Im Nachbarhaus schlug ein Hund an und über ihren Köpfen kreiste einer der Urlaubsflieger, der vom nahe gelegenen Flughafen gestartet war.

Malosch ließ sich Zeit, bevor er ihnen die Tür öffnete.

»Ich weiß schon, Sie haben noch Fragen«, sagte er anstatt einer Begrüßung und warf einen Blick auf den Parkplatz vor seinem Haus. »Wenigstens sind Sie nicht mit einem Streifenwagen angerückt, die Leute reden so schon genug.«

»Wir haben nicht vor, Ihnen Unannehmlichkeiten zu machen«, entgegnete Heerse versöhnlich in der Hoffnung, der Mann wäre dann etwas aufgeschlossener bei der Beantwortung seiner Fragen.

Der Hauptkommissar hegte keinen Groll gegen Malosch und ehrlich gesagt wäre es ihm lieber gewesen, der Mann würde nicht auf ihrer Verdächtigenliste stehen, aber das konnte man sich eben nicht immer aussuchen.

Im Hausflur stand eine Angelrute und daneben die typischen grünen Gummistiefel.

»Sie fangen die Fische, die Sie verkaufen, selbst?«, fragte Heerse scheinbar beiläufig nach.

»Manchmal«, ächzte der Mann, der hinter ihnen die Tür schloss und hinkend in die Wohnung voranging. »Wenn die alten Knochen mitmachen.« Er klopfte sich auf die Hüfte, brummte etwas von Rheuma und sagte schließlich: »Meistens kaufe ich sie den Fischern hier in der Gegend ab.« Dann fiel ihm noch etwas ein, und er beeilte sich zu versichern: »Das ist aber auch einwandfreie Ware, das kann ich garantieren. Ich kenne mich aus.«

Beschwichtigend hob der Hauptkommissar die Hand. »Daran habe ich keine Zweifel.« Und wieder, als würde er ein privates Gespräch führen, stellte er die nächste Frage: »Sie leben allein?«

Aber Malosch war für Geplauder nicht aufgelegt und blaffte: »Sieht wohl so aus!«

Sie waren mittlerweile in das Wohnzimmer getreten und automatisch erfasste Heerses Blick die zwei Kaffeetassen, die auf dem Esstisch standen. Malosch bemerkte das und erklärte widerwillig: »Ich hatte Besuch, das ist ja wohl nicht verboten.«

Der Hauptkommissar ließ es dabei bewenden und nahm in einem der Sessel Platz, den ihnen ihr Zeuge anbot. Man merkte dem Mann an, dass er nicht viel von der Polizei hielt, und auch Heerses behutsames und freundliches Vorgehen konnte ihn nicht milde stimmen.

Während der Hauptkommissar das Gespräch führte, sah sich Maren genauer in dem Raum um. Die Einrichtung war minimalistisch, aber nicht altmodisch. Malosch schien zwar kein Ordnungsfanatiker zu sein, aber im Großen und Ganzen war es hier sauber. Auf einer Kommode standen einige Fotografien; die Kommissarin vermutete, dass sie alle denselben Jungen zeigten. Erst als Baby, dann als Kleinkind, später mit einem Zahnlückenlächeln und einer großen Schultüte. Ihr fiel auf, dass das glückliche Kinderlächeln mit dem Älterwerden verschwand.

Stattdessen erkannte sie einen störrischen Teenager. Ihr war längst klar, dass das Maloschs verstorbener Sohn sein musste. Das Bild, auf dem er am ältesten war, hatte man am Rheindamm aufgenommen. Der mittlerweile Achtzehnjährige trug darauf eine Anglermontur, die ihm viel zu groß war, grüne Gummihosen und Stiefel. In der Hand hielt er eine Angelrute und einen Eimer. Er blickte ein wenig verloren drein.

Malosch hatte ihr Interesse an den Fotografien bemerkt. Das erste Mal, seit sie den Mann kannten, konnten sie seiner Stimme einen weichen, beinahe schon zärtlichen Klang entnehmen. »Das ist mein Sohn.«

»Er war auch Angler?«, wagte Maren zu fragen. Schließlich konnte man nicht wissen, ob der Mann das Nachhaken als Eindringen in seine Privatsphäre empfinden würde.

»Ja, wir haben gerne am Rhein gesessen, er mag die Ruhe«, er sah zu Boden, »ich meine, er *mochte* sie.«

Die Erinnerung machte ihm zu schaffen, deshalb räusperte er sich und wechselte das Thema: »Also, warum sind Sie hier?«

Aber noch bevor Heerse antworten konnte, sprach der Mann gereizt weiter: »Vermutlich wegen der Schmitt. Aber wie ich bereits gesagt habe, kann ich

Ihnen da nicht weiterhelfen. Gestern Abend habe ich vor ihr zusammengepackt und heute Morgen kam ich erst, als man sie schon aus dem Rhein gezogen hatte. Ich habe niemanden gesehen und weiß auch sonst nichts.«

»Herr Malosch«, begann Heerse, »wohin sind Sie gestern Abend gegangen, nachdem Sie den Damm verlassen hatten?«

»Natürlich nach Hause«, entgegnete er. Dieses Mal klang es nicht wütend, sondern überrascht. »Was glauben Sie denn? Ich bin froh, wenn dieses Monstrum sicher auf dem Parkplatz steht.«

»Und danach?«

»Nichts danach. Ich habe mir etwas zu essen gemacht und ferngesehen, dabei bin ich wie immer eingeschlafen. Warum?« Jetzt begriff er und rief aufgebracht: »Sie wollen von mir ein Alibi? Ich habe keines.« Immer noch gereizt fuhr er fort: »Denken Sie etwa, ich habe mit dem Tod dieses Weibsbildes etwas zu schaffen?«

»Haben Sie?«, hakte der Hauptkommissar mit Unschuldsmiene nach.

»Ich lasse mir nichts anhängen«, erwiderte sein Gegenüber.

»Herr Malosch, Sie haben vor fünfzehn Jahren eine Frau auf offener Straße angegriffen.«

»Das ist lange her und ich wurde dafür bestraft, außerdem war das etwas völlig anderes«, unterbrach er Heerse zornig.

»Sie hatten Streit, lautstarken Streit mit Lydia Schmitt und Charlotte Dubois, jetzt sind beide tot. Es gibt Zeugen, die diese Auseinandersetzungen bestätigen. Sie haben selbst ausgesagt, dass Sie von den beiden Frauen beleidigt wurden. Lydia Schmitt hat Ihnen das Geschäft kaputt gemacht, vielleicht war das einfach zu viel und Sie haben die Kontrolle verloren«, fasste der Hauptkommissar unbeeindruckt nach.

»Habe ich nicht«, schrie Malosch, der nun kreidebleich wurde, aufsprang und dabei die Stehlampe neben sich gefährlich zum Wanken brachte.

Heerse fuhr fort: »Können Sie sich dann vorstellen, wer es war?«

Das kurze Zögern vor dem vehementen »Nein« ließ den Hauptkommissar aufhorchen. War das Einbildung, oder konnte es sein, dass Malosch sie belog?

»Ich möchte Sie an dieser Stelle belehren. Sie könnten sich mitschuldig machen, wenn Sie uns wichtige Informationen vorenthalten.«

Malosch schnaufte geräuschvoll und Maren glaubte schon, er würde gleich wie ein wilder Stier zu wüten anfangen, aber das Gegenteil war der Fall. Er ließ sich wie ein nasser Sack auf seinen Sessel plumpsen und rieb sich müde mit beiden Händen über das Gesicht. Ruhiger sprach er nun weiter. »Ich weiß nichts, aber ich gebe zu, dass mir der Tod der Frau nicht leidtut. Das Gleiche gilt für diese Französin. Lydia Schmitt war darauf aus, mir zu schaden. Und wissen Sie was?«, er sah kampflustig zu Heerse, »der, der das war, hat mir einen Gefallen getan. Mehr habe ich dazu nicht zu sagen.«

Nachdenklich verließen die Beamten Maloschs Haus.

»Glaubst du, er ist unser Täter?«, fragte Maren ihren Vorgesetzten, als sie im Auto saßen.

»Möglich.«

»Das mit den zwei Tassen war merkwürdig. Der Kaffee hat gedampft, ich wette, der angebliche Besuch ist noch im Haus, vielleicht im oberen Stock. Und wenn das so ist, warum hat der sich dann vor uns versteckt?«

»In der Tat, das war eigenartig. Aber womöglich hat Malosch jemanden bei sich, der nicht mit der Polizei in Berührung kommen wollte.«

»Du meinst einen Kriminellen?«

Heerse lächelte. »Ich dachte eigentlich eher an eine Nachbarin, die Angst um ihren guten Ruf hat. Aber wer weiß.«

Maren sah zum Haus, während Heerse den Wagen wendete. »Die Gardine hat sich bewegt, wir werden beobachtet.«

»Malosch?«, fragte Heerse rasch.

»Das konnte ich nicht erkennen, aber ich sage dir, da stimmt etwas nicht«, beharrte die Kommissarin.

»Wenn das der Fall ist, dann werden wir es herausfinden«, entgegnete Heerse, »lassen wir Malosch vorerst in dem Glauben, er könnte uns an der Nase herumführen.«

Friedrich Malosch, der die beiden Beamten durch das Fenster beobachtete, atmete erleichtert auf, als sich der Wagen von seinem Haus entfernte. »So«, sagte er laut, »jetzt haben wir endlich Ruhe.«

* * *

KAPITEL 6

Am Abend

Gaston lief, wie er noch nie in seinem Leben gelaufen war. Seine Lungen brannten, seine Oberschenkel schmerzten und sein Herz klopfte so heftig gegen die Brust, dass er befürchtete, es würde die darüberliegenden Rippen sprengen.

Er hörte die Rufe hinter sich, höhnische Rufe: »Wir kriegen dich, verlass dich darauf!«

Seine Verfolger widmeten sich noch nicht einmal mit besonderer Eile der Jagd, so sicher waren sie sich ihrer Sache. Er glaubte, Gebell zu hören.

Nur nicht die Hunde, dachte Gaston verzweifelt und rannte weiter, den Mund weit aufgerissen, um überhaupt noch etwas Luft zu bekommen. Längst hatte er die Orientierung verloren. Wo war er hier überhaupt?

Sie hatten ihn in dieser muffigen Kneipe aufgespürt. Zwei Typen mit finsteren Gesichtern. Man hatte sie geschickt, das war Gaston sofort klar gewesen. Dabei hatte er sich so sicher gefühlt. Das kleine elsässische Dorf nicht weit von der deutschen Grenze war ihm als gutes Versteck erschienen. Es gab nur eine Gaststätte, in der sich abends die Einheimischen trafen. Dort hielt sich auch Gaston die meiste Zeit auf, wenn er nicht gerade in dem zugigen Zimmer seinen Stoff rauchte. Der Bauer, dem die fünf Quadratmeter gehörten, scherte sich nicht darum, was sein Untermieter so tat. Auch und weil der Mann genau wusste, dass er kaum jemanden finden würde, der für das kalte, feuchte Loch und die Handvoll Euro bereit gewesen wäre, bei der Stallarbeit zu helfen. Aber Gaston war froh, dort Unterschlupf gefunden zu haben. Morgens erledigte er die Arbeiten auf dem Hof und kam gerade so über die Runden. Abends hockte er sich in die warme Gaststube und war dankbar dafür, dass man mittlerweile keine Notiz mehr von ihm nahm. Gewöhnlich verkrümelte er sich in eine dunkle Ecke und trank sein Panaché, die Wirtsleute stellten ihm meistens einen gut gefüllten Teller Erdnüsse dazu. Manchmal gab es Tage, an denen er sich ansonsten nichts zu essen leisten konnte.

In den letzten Wochen war alles schiefgelaufen. Seine Freundin, eine Deutsche, Ann-Kathrin oder besser Cathy, hatte ihn gelinkt. Er hatte das Auto geklaut und Ralu angefleht, ihm den Transport des Kokains zu überlassen. Wäre alles glatt gelaufen, dann hätte ihm das ein ordentliches Sümmchen eingebracht. Cathy hätte nur den Wagen nach Karlsruhe fahren müssen, aber seit jener Nacht war sie verschwunden. Er hatte keine Ahnung, wo der Stoff war, aber das interessierte Ralu und seine Freunde nicht. Die wollten von ihm eine Entschädigung.

Zuerst hatte Gaston versucht, nach Cathy zu suchen. Dafür war er nach Straßburg gefahren. Er hatte gehofft, sie würde am Bahnhof herumlungern so wie damals, als er sie das erste Mal getroffen hatte, völlig zugedröhnt und auf der Suche nach einem Freier, um sich den nächsten Beutel mit irgendeinem Pulver kaufen zu können. Er hatte ihr vertraut, aber letzten Endes war sie wohl doch nichts weiter als eine abgefuckte Cracknutte, die ihn richtig in Schwierigkeiten gebracht hatte.

Er keuchte und stoppte. Vor ihm lag ein Waldgebiet, vielleicht war das seine Rettung. Er stolperte durch die Sträucher, zwängte sich hinter die dichtesten Büsche und sank auf die Knie. Ihm wurde bereits schwarz vor Augen, deshalb blinzelte er heftig. Die körperliche Anstrengung war zu viel für ihn, lange konnte er nicht mehr vor diesen Typen davonrennen.

Während er den Blick auf den Weg richtete, von dem er gekommen war, und sich in dem Gebüsch sicher wähnte, bemerkte er erst viel zu spät, dass sich hinter ihm etwas bewegte. Er schnellte herum und rutschte vor Schreck auf seinen Hintern. Direkt auf Augenhöhe befand sich der riesenhafte Kopf eines Rottweilers. Dessen heißer Atem dampfte in der kalten Luft. Die weit hochgezogenen Lefzen mit den gefletschten Zähnen und der bedrohliche Blick ließen Gaston erstarren. Das Tier war reglos und gab bis auf ein leises, warnendes Knurren keinen Laut von sich. Schon hörte er erneut die Stimmen seiner Verfolger.

»Gut gemacht«, lobte jetzt einer von ihnen den Rottweiler, der entspannte, in dem er schrill aufheulte, was bei Gaston eine Gänsehaut auslöste.

»Der gute Gaston, da haben wir dich ja.« Sie bedachten ihn mit einem hinterhältigen, kalten Lächeln. »Ralu will dich sehen!«

Gaston, der gerade erst einundzwanzig Jahre alt war, konnte diesen brutalen Typen nichts entgegensetzen. Er war kein harter Kerl, nur ein Kleinkrimineller, der ein bisschen mehr Geld hatte verdienen wollen. Er hatte nie davon geträumt, ein eigenes Geschäft aufzuziehen, sondern hielt sich an die kleinen Deals. Und auch wenn manch einer behaupten würde, es fehle Gaston an dem nötigen Grips für die großen Nummern, so war er doch bisher immer klug genug gewesen, sich nicht mit den Falschen anzulegen.

Unbeweglich saß er jetzt auf dem Boden, fing an zu weinen und bat um Gnade.

Einer von Ralus Schlägern rollte mit den Augen. »Los steh auf, Heulsuse, noch hat dich keiner angefasst.« Er trat mit seinen schweren Stiefeln nach dem Mann und dieser schluchzte erneut. Schließlich mussten ihn die Männer in die Höhe ziehen und hinter sich herschleifen, während der Rottweiler gefährlich viel Interesse für Gastons Waden zeigte.

Der junge Mann wurde grob in ein Auto gezerrt und als er sich in seiner Verzweiflung aus dem Griff seines Peinigers befreien wollte, erhielt er einen schmerzhaften Schlag auf die Schläfe.

»Versau mir nicht die Polster, du Arschloch«, blökte der Fahrer nach hinten. Ansonsten wurde nichts gesprochen, bis sie irgendwann ein altes Fabrikgelände erreichten.

Wieder flehte Gaston um sein Leben und wieder blieben seine Worte ungehört. Am Ende warf man ihn förmlich vor Ralus Füße, ein grobschlächtiger Typ mit gegelten Haaren, unregelmäßigem Bartwuchs, kalkweißer Haut und wässrigen Augen. Seine Nase war bereits mehrfach gebrochen, das konnte man sehen, und auf den Knöcheln seiner rechten Hand hatten sich Krusten gebildet. Vermutlich die Folgen seiner letzten Prügelattacke.

»Meine Hand ist gerade dabei zu verheilen«, sagte er, als wollte er diese Vermutung bestätigen.

»Tu mir nichts, bitte«, jammerte Gaston erneut.

»Oh, mein Freund«, säuselte der Mann scheinbar liebenswürdig, »ich habe nicht vor, dir etwas zu tun. Du wirst mir sagen, wo das Kokain ist, oder mir eine angemessene Entschädigung für den Stoff bezahlen und schon sind wir wieder die allerbesten Freunde.« Während er das sagte, fasste er in Gastons Haar und zog ihn daran auf die Beine, als wäre er nur ein Pappaufsteller in Menschenform.

Gaston schrie auf: »Ich habe es nicht! Cathy, sie wollte es über die Grenze bringen, ich weiß nicht ...« Das Reißen an den Haaren verstärkte sich. »Ich weiß nicht, wo die Schlampe ist, gut möglich, dass sie irgendwo völlig zugedröhnt liegt, keine Ahnung«, schrie er deshalb verzweifelt, das Gesicht schmerzhaft verzerrt.

Ralu ließ ihn abrupt los und er stürzte zu Boden. »Du weißt nicht, wo deine Braut steckt?« Die Frage kam ruhig, aber die Tonlage, in der sie gestellt wurde, ließ keinen Zweifel daran, dass von der richtigen Antwort ein Leben abhing.

»Ich kann sie suchen, ich brauche nur etwas Zeit, ich werde euch die Ware zurückbringen, versprochen«, bettelte er verzweifelt.

Ralu sah mitleidlos zu dem Mann am Boden, dann krachte die Faust mit den verkrusteten Knöcheln in Gastons Gesicht. Beim dritten Schlag wurde er ohnmächtig, doch irgendwer schüttete ihm einen Eimer verdrecktes, eiskaltes Wasser über den Kopf. Benommen wollte sich Gaston aufrichten, nur um sofort einen brutalen Tritt in den Magen zu spüren. Er hustete Blut.

»Liegen bleiben«, brüllte sein Peiniger jetzt wie von Sinnen.

Damals, als Ralu noch ein Jugendlicher gewesen war, hatte die Tante von der Fürsorge behauptet, soziopathische Tendenzen bei ihm entdeckt zu haben, und dass er nicht in der Lage wäre, irgendwelche Gefühle für jemanden aufzubringen. Es hatte ihn geärgert, von einer wildfremden Frau so abgeurteilt und von oben herab behandelt zu werden. Immer noch empfand er bei der Vorstellung, dieser Madame Soundso ins Gesicht zu schlagen, große Genugtuung. Manchmal hatte er sich schon überlegt, dieses Miststück ausfindig zu machen und nach all den Jahren eine wundervolle Rache zu genießen. Er hätte ihr bewiesen, dass er durchaus zu großen Gefühlen fähig war. So wie gerade eben. Dieser Gaston löste in ihm eine regelrechte Flut an Empfindungen aus. Die meisten ließen sich unter den Begriffen Zorn, Hass und Rache zusammenfassen.

Einer seiner Laufburschen reichte ihm auf ein Zeichen hin einen Baseballschläger. Ralu stellte sich vor, er säße wieder in diesem Raum und das Fürsorgeweib würde ihn mit ihren Augen sezieren. Er holte aus und schlug zu.

Gaston stöhnte laut auf. Nach dem nächsten Schlag, der ihm den Schädel brach, verstummte er. Doch Ralu prügelte immer weiter auf den Körper ein, ohne auch nur den kleinsten Funken von Mitleid zu verspüren. Er war bereits bekannt für seine Brutalität und das Exempel, das er eben statuierte, würde die Furcht, die man vor ihm hatte, noch vergrößern.

Als er den Baseballschläger endlich fallen ließ, waren sogar die Männer, die er seine engsten Vertrauten nannte, erleichtert.

»Schafft ihn mir aus den Augen«, zischte er nun wütend, drehte sich um und stapfte ungerührt davon, so als hätte nicht gerade ein Mensch durch seine Hand das Leben verloren.

Zur gleichen Zeit

Müller war müde und deshalb dankbar, dass er endlich seinen Wagen auf dem Parkplatz vor seiner Wohnung abstellen konnte. Das Gespräch mit Berthold Agger war zäh und unfreundlich verlaufen. Obwohl er Agger nicht mochte, hätte er sich gewünscht, der Mann wäre in der Lage gewesen, ihnen ein hieb- und stichfestes Alibi für den Mord an Lydia Schmitt zu präsentieren. Dann wäre dieser Widerling wenigstens nicht mehr länger für ihre Ermittlungen relevant. Aber so blieb zu befürchten, dass unangenehme Treffen dieser Art noch öfter stattfinden würden.

Müller stieß ein übles Schimpfwort aus, das er einmal mit Entsetzen aus dem Mund seiner jüngsten Tochter vernommen hatte, dann schnappte er sich die Einkaufstüte auf dem Rücksitz und beeilte sich, ins Haus zu kommen.

Aus irgendeinem Grund gelang es ihm jedoch nicht, die Haustür aufzuschieben. Er musste sich mit aller Kraft dagegenstemmen, so als würde sie von innen jemand zuhalten.

»Himmel noch mal«, fluchte er ärgerlich, in der einen Hand die Schlüssel, in der anderen die Tüte und gleichzeitig die Schulter gegen die Tür gepresst.

»Warten Sie«, rief plötzlich eine Stimme, »ich bin schon da.«

Daraufhin hörte er ein schleifendes Geräusch, gefolgt von einem Ächzen und plötzlich gab die Tür nach, sodass er beinahe gestürzt wäre.

Halt bot ihm ein anderer Körper, der überrascht nach hinten taumelte, als der Polizist auf ihn prallte.

Müller fluchte erneut, wollte fragen, was das hier für ein Chaos sei, als er mitten im Satz stoppte. Die Frau ihm gegenüber war vielleicht Ende dreißig und hatte eine weibliche Figur. Sie lächelte spitzbübisch und strahlte ihn neugierig an.

»Und schon habe ich meinen ersten Nachbarschaftsstreit, obwohl ich noch nicht einmal richtig eingezogen bin«, sagte sie nun mit angenehmer Stimme. Dann hob sie entschuldigend die Schultern und ließ ihren Blick über die Umzugskartons und Wäschekörbe schweifen, die den unteren Hausflur vereinnahmt hatten.

Müller vergaß all seinen Ärger und lachte aus vollem Herzen. Es tat ihm gut, und viel zu spät bemerkte er, dass er der Frau wie ein Idiot erscheinen musste, deshalb wollte er sich erklären: »Tut mir leid, aber in letzter Zeit haben mich die Frauen nur selten zum Lachen gebracht, ich lebe getrennt.« In dem Moment, in dem er das gesagt hatte, schoss ihm das Blut in den Kopf. Welcher Teufel hatte ihn jetzt wieder geritten, er neigte doch sonst nicht dazu, solchen Unsinn von sich zu geben.

Die Fremde sah ihn neugierig an und erwiderte: »Mein Status lautet *geschieden*. Freut mich, dass es noch Männer gibt, die mit meinem Humor etwas anfangen können. Mein Ex war damit intellektuell überfordert.«

Wieder war Müller versucht, in lautes Gegacker auszubrechen, aber dieses Mal riss er sich zusammen und grinste stattdessen breit, was vermutlich genauso albern wirkte. Gerade noch rechtzeitig ging ihm auf, dass er die Frau anstarrte.

Um die Situation zu retten, sagte er schnell: »Wissen Sie was, ich helfe Ihnen mit den Kisten. Wo soll der Kram denn hin?«

Erleichtert nahm er zur Kenntnis, dass seine Nachbarin künftig im ersten Stock wohnen würde, so waren die Sachen innerhalb kürzester Zeit verstaut.

»Willst du ein Bier?«, fragte ihn die Frau, die sich als Annette Graub vorgestellt hatte, nach getaner Arbeit.

Sie waren ganz automatisch zum »Du« übergegangen und Müller, der schließlich doch ins Schwitzen gekommen war, nahm dankbar an.

»Leider lauwarm, die Küche kommt erst morgen«, sagte sie bedauernd.

Er tat so, als würde das keine Rolle spielen, und entgegnete: »Warm ist mir ganz recht.«

In Wirklichkeit hasste Müller warmes Bier und er war auch kein begnadeter Frauenheld, aber eines hatte ihm seine Mutter eingebläut: »Wenn du ein Mädchen das erste Mal triffst, dann sei höflich, im Zweifelsfall lüge!«

Er wusste noch genau, dass er damals, mit siebzehn Jahren, mit großen Augen in der Küche gestanden und ungläubig diesem Ratschlag gelauscht hatte.

»Was siehst du mich so an«, hatte ihn seine Mutter angefahren. »Glaubst du, es interessiert sich eine für dich, wenn du dich wie ein ungehobelter Klotz benimmst? Heb dir das für die Ehe auf.«

Das war alles, was man ihm in Sachen Zweierbeziehung mit auf den Weg gegeben hatte, und heute hätte er seine Mutter mit Sicherheit stolz gemacht.

»Kinder?«, holte ihn Annette in die Gegenwart zurück.

»Zwei Mädchen«, antwortete er und erzählte von Sandra und Lara.

»Und du?«

»Einen Sohn, der macht gerade ein Auslandssemester in Venezuela.«

»Wow, ich komme noch nicht einmal im Urlaub weiter als bis auf meinen Balkon!«

Sie lächelte und dabei bildeten sich zwei hübsche Grübchen auf ihren Wangen. »Dort kann es aber auch sehr schön sein.«

In diesem Moment war sich Müller sicher, dass Annette von ihrer Mutter den gleichen Rat bekommen hatte.

* * *

Am Morgen erhielten die Beamten weitere Berichte von der Kriminaltechnik. Wie auch schon bei der Angelschnur handelte es sich bei dem Filetiermesser und dem Fischentschupper um handelsübliche Gegenstände, die man überall kaufen konnte. Ob die Mordwaffe aus dem Inventar des Opfers Lydia Schmitt stammte oder vom Täter mitgebracht worden war, ließ sich nicht feststellen. Die Ausbeute der Spurensicherung konnte als dürftig beschrieben werden. Keine einwandfreien Zuordnungen oder verwertbare Fingerabdrücke, zudem hatte das Wasser ganze Arbeit geleistet. Heerse und seine Kollegen bekamen also nichts Brauchbares in die Hand.

Für den Nachmittag hatten sie sich mit Commissaire Wisser verabredet. Die grenzüberschreitende Zusammenarbeit war in den letzten Jahren immer intensiver geworden. Polizeiliche und den Zoll betreffende Aufgaben wurden koordiniert und das Teamwork ständig verbessert, zum Beispiel auch durch eine gemeinsame Wasserschutzpolizeistation. So wurde es den Behörden beider Länder ermöglicht, schnell und effektiv im Grenzbereich zu arbeiten.

Und mit Wisser – einem Mann, der vor allem eines wollte, nämlich die hinter Gitter bringen, die es verdient hatten – gab es auch kein zeitraubendes Kompetenzgerangel. Wisser war gerne bereit, zusammen mit Heerse noch einmal mit Philippe Morinier zu sprechen. Außerdem konnte sich der deutsche Hauptkommissar dabei auch den ehemaligen Arbeitsplatz von Charlotte Dubois ansehen.

Wieder nahm Heerse Maren mit, in der Hoffnung, die weiblichen Mitarbeiter des Supermarkts würden einer Frau gegenüber vielleicht eher etwas ausplaudern. Außerdem sprach die Kommissarin Französisch, was ein ungezwungenes Gespräch noch einfacher machen sollte.

Der Commissaire, der Heerse schon wie einen alten Freund begrüßte, warf einen anerkennenden Blick auf Maren und sah unglücklich zu seinem eigenen Assistenten, einem langen Elend mit humorlosen Gesichtszügen und nervösen Ticks.

Wissers leiser, spontaner Seufzer blieb zu seiner Erleichterung unbemerkt, und so klatschte er voller Tatendrang in die Hände und sagte: »Dann statten wir Monsieur Morinier einen weiteren Besuch ab.«

Philippe Morinier machte keinen Hehl daraus, dass er sich über das erneute Auftauchen der Polizei ärgerte. Streitlustig trat er den Männern gegenüber. Maren Teuber war nicht dabei, da sie sich in der Zwischenzeit unauffällig im Supermarkt umsehen sollte.

Morinier verschränkte die Arme vor der Brust und sagte kühl: »Meine Herren, was kann ich heute für Sie tun?«

»Wir hätten nur noch ein paar Fragen«, entgegnete Wisser liebenswürdig, dann stellte er Heerse vor. »Mein deutscher Kollege untersucht den Tod der armen Madame Dubois. Ich habe ihm bereits mitgeteilt, dass auch Ihnen viel daran gelegen ist, dass der Schuldige gefunden wird, da dachte ich, ein direktes Gespräch …« Er hob die Hände und neigte leicht den Kopf.

Morinier konnte nicht anders, als einlenken. Ob der deutsche Beamte nun das Recht hatte, mit ihm zu sprechen oder nicht, spielte überhaupt keine Rolle. Genauso unerheblich war Philipps Bereitschaft mit den Beamten zu reden. Denn eines stand fest: Würde er sich weigern, würde ihn das in keinem guten Licht erscheinen lassen. Also riss er sich zusammen.

Seine Gesichtszüge wurden freundlicher. »Was soll ich sagen, der Tod von Madame Dubois macht uns alle sehr betroffen. Verzeihen Sie mir meine Reserviertheit, aber das ist meine Art, mit der Trauer umzugehen.«

»Ich bitte Sie, das kann man doch verstehen«, erwiderte Wisser voller Anteilnahme, dachte aber: *Lügner!*

Endlich bat sie der Filialleiter in sein Büro. Wieder drehte er die Lamellen der Rollos, bis die große Glasfront vor neugierigen Blicken sicher war.

In fast akzentfreiem Deutsch sagte er nun: »Also bitte, wie kann ich behilflich sein?«

Heerse sah den Mann heute zum ersten Mal und bemerkte sofort dessen Nervosität. Es war nicht neu für ihn, dass sich Menschen bei einer Befragung durch die Polizei unwohl fühlten, allerdings hatte er über die Jahre durchaus ein Gespür dafür entwickelt, wer einfach nur unsicher wirkte und wer, um Wissers Worte zu verwenden, »nicht hasenrein« war. Philippe Morinier schien so ein Kandidat, deshalb tastete sich Heerse vorsichtig heran.

»War Frau Dubois bei den Kollegen beliebt?«

Offensichtlich schien den Filialleiter diese Frage zu überraschen und er stutzte. »Ehrlich gesagt habe ich darüber noch nie nachgedacht. Vermutlich ja«, entgegnete er nach einigem Zögern.

»Keine Beschwerden oder Streitereien?«

Moriniers Gesicht bekam einen rötlichen Ton. »Na ja«, murmelte er unschlüssig, »womöglich gab es die ein oder andere Kabbelei, nichts Ernstes. Aber meine Leute regeln so etwas für gewöhnlich alleine.«

Ja, dachte Heerse, *das glaube ich, dass dich diese Probleme nicht interessieren.*

»Mit wem hatte Charlotte Dubois denn diese Kabbelei?«

»Hören Sie, das war ganz am Anfang. Charlotte war neu und wusste noch nicht, wie hier alles funktioniert, das hat sich aber schnell gegeben. Außerdem sind einige Mitarbeiterinnen von damals gar nicht mehr bei uns.«

»Und Sie, wie sind Sie mit ihr ausgekommen?«

Die Frage klang unschuldig und doch war Morinier sofort auf der Hut.

»Sie war eine Angestellte und ich war mit ihrer Arbeit sehr zufrieden.«

»Hat sie sich öfter krank gemeldet? Ich habe gehört, dass Sie sie das letzte Mal sahen, als sie wegen Unwohlseins nach Hause wollte.«

»Wissen Sie, ich bin dankbar für meine gute Gesundheit. Und wenn einer meiner Mitarbeiter unpässlich ist, dann bin ich der Letzte, der dafür kein Verständnis hat. Charlotte fühlte sich nicht wohl und ich empfahl ihr Bettruhe.«

»Und das kam öfter vor?«

»Es kam vor«, antwortete der Filialleiter ausweichend.

»Dann haben Sie doch sicher den Namen des Arztes, der die Atteste ausgestellt hat?«

Jetzt wurde Moriniers Gesichtshaut noch einen Tick dunkler. »Nun, ich hielt es nicht für nötig, ein Attest zu fordern, sie war ja meist ein paar Tage später wieder genesen.«

»Verzeihen Sie mir die Frage, aber sind Sie bei allen Mitarbeitern in der Beziehung so großzügig?«

Morinier zögerte und antwortete schließlich gereizt: »Ich weiß jetzt nicht, was das mit Charlottes Tod zu tun hat.«

Wisser sprang ein und sagte auf eine leutselige Art: »Womöglich war Madame Dubois in einer bevorzugten Stellung. So etwas erzeugt Neid und Missgunst und wer weiß?«

»Sie denken, einer meiner Angestellten hat sie getötet, weil ich ihr meine Wertschätzung entgegengebracht habe?«

Morinier erinnerte Heerse in diesem Moment an einen Pfau, der unschlüssig war, ob er nun vor Stolz ein Rad schlagen oder sich vor Panik im nächsten Gebüsch verstecken sollte.

Der Filialleiter entschied sich für das Rad und plusterte sich auf.

»Sicher, bei so vielen Frauen kann es schon zu Eifersüchteleien kommen, ich bin ja gewissermaßen der Hahn im Korb. Aber ich kann mir nicht vorstellen, dass eine der Damen Charlotte auch nur ein Haar gekrümmt hätte.«

»Und die Herren?«, fasste Heerse schnell nach.

»Im Warenlager gibt es einen jungen Mann, der während den Semesterferien aushilft, und Antoine. Der ist schon über sechzig, außerdem war er zu der Zeit, als Charlotte verschwand, im Urlaub bei seiner Tochter in Bordeaux.«

Ohne sich dessen bewusst zu sein, hatte sich Morinier über den Kopf gestrichen und seine mühsam über die kahlen Stellen drapierten Strähnen in Unordnung gebracht, sodass ihm nun ein ganzes Büschel vom Kopf abstand.

Heerse fiel es schwer, nicht ständig auf das absurd aussehende Haupthaar des Zeugen zu starren.

»Sie sind doch sicher auch gelegentlich auf der deutschen Rheinseite?«, stellte er seine nächste Frage.

Auch dieses Mal zögerte Morinier für einen Mann, der nichts zu verbergen hatte, zu lange. »Oh, sehr selten«, winkte er schließlich ab.

»Aber Sie wissen, dass es dort einen Parkplatz gibt, auf dem auch einige Imbisswagen stehen?«

Er nickte, weil er sich in die Enge getrieben fühlte. An dieser Stelle zu lügen, hätte ihm sonst womöglich zum Verhängnis werden können. Vielleicht hatte ihn bereits jemand dort erkannt und dieser harmlos wirkende deutsche Kommissar wollte ihn nur aufs Glatteis führen.

»Kennen Sie die Betreiber der Stände?«

»Ich habe sicher schon mal ein Eis gekauft, aber bestimmt keine Freundschaften geschlossen.«

»Sind Ihnen die Fischhändler aufgefallen?«

Morinier nickte. »Natürlich!«

»Auch diese Frau?« Heerse zeigte dem Mann ein Bild von Lydia Schmitt.

Morinier überlegte, was er sagen sollte. Natürlich kannte er die Schmitt nicht persönlich, Gott bewahre, aber sie war einmal im Supermarkt gewesen, um Charlotte zu besuchen. Sie hatten die Köpfe zusammengesteckt und gekichert wie Teenager, er hatte die Frau nicht gemocht.

»Möglich, aber ich habe kein gutes Personengedächtnis«, sagte er schließlich und beglückwünschte sich insgeheim zu dieser gelungenen Antwort.

»Die Frau ist tot, ermordet. Man hat sie gestern Morgen aus dem Rhein gezogen«, eröffnete ihm Heerse und fixierte sein Gegenüber.

Moriniers Haarsträhnen schienen plötzlich noch wirrer abzustehen, so als hätten sie ein eigenes Gefühlsleben und würden sich nun, nach der schockierenden Nachricht, vor Schreck senkrecht aufrichten.

»Das war mir nicht bekannt«, sagte der Filialleiter mit trockenem Mund.

An dieser Stelle übernahm Wisser. Die Frage nach Moriniers Alibi stellte er ohne Umschweife, dabei verzichtete er auf schmeichelnde Worte.

Der Filialleiter fuhr sich mit der Zunge über die spröden Lippen. »Ich? Warum ich?«

»Alles Routine«, antwortete der Commissaire gelangweilt.

Morinier fasste sich. »Nun«, sagte er schließlich mit einem Kopfschütteln und in pikiertem Ton, »ich finde Ihre Vorgehensweise höchst eigentümlich, aber wenn Sie der Meinung sind, ein unbescholtener Bürger und treu sorgender Familienvater wie ich sollte auf diese Weise gegängelt werden, bitte …«

Er riss abwechselnd die Augen auf und kniff sie dann wieder fest zusammen, so als wollte er eine verrutschte Kontaktlinse in Position bringen. »Ich habe gearbeitet. Nach Ladenschluss fahre ich gelegentlich selbst die

Lieferungen aus. Wir haben auch einen Bringdienst. Wenn Sie darauf bestehen, kann ich Ihnen Namen und Adressen der Kunden geben.«

»Seien Sie so gut«, flötete Wisser unbeeindruckt von Moriniers unfreundlichem Auftreten.

»Er hat kooperiert, obwohl er es nicht musste«, sagte Heerse nachdenklich, als er zusammen mit Wisser und dessen Assistenten, der die ganze Zeit über schweigend Notizen gemacht hatte, auf dem Parkplatz des Supermarktes stand.

»Ja, das hat er, aber Sie halten ihn trotzdem für verdächtig, n'est pas?«

Heerse lächelte müde. »So ist es!«

Maren schlenderte gemütlich durch die Regalreihen und besah sich interessiert die Angebote. Schon kurz nachdem Morinier mit den Beamten in seinem Büro verschwunden war, entspannte sich die Atmosphäre in dem Supermarkt merklich. Um diese Zeit waren nicht allzu viele Kunden unterwegs und die Belegschaft nutzte die Abwesenheit des Chefs, um eine Pause einzulegen. Auch an der Fleischtheke wurde die Arbeit an einem beachtlich aufgeschichteten Merguez-Turm unterbrochen, und man überließ die Würste sich selbst, um ein Schwätzchen zu halten.

Während sich Maren dem Kühlregal widmete und so tat, als suchte sie einen bestimmten Camembert, konnte sie das geführte Gespräch belauschen.

»Die sind doch bestimmt wieder wegen der Charlotte da. Jetzt macht einem das Luder auch noch aus dem Grab raus Scherereien. Ich weiß ja, man soll nichts Schlechtes über die Toten sagen, aber wenn es eben nichts Gutes zu berichten gibt …«

Die andere, eine beleibte Frau mit kurzem, blondem Kraushaar und kräftigen Oberarmen, gackerte laut. »Wohl wahr, das war vielleicht ein Früchtchen! Aber der Morinier hat ja nicht gemerkt, wie die ihn an der Nase herumgeführt hat. Typisch Mann!«

Ihre Kollegin stimmte nur allzu gern zu: »Die Kerle sind doch alle gleich. Großer Busen und schon schaltet ihr bisschen Gehirn ab.« Es folgte ein verächtlicher Zungenschnalzer, den die Frau mit dem Kraushaar mit einem Stöhnen beantwortete.

»Die ist hier ein- und ausgegangen wie die Chefin persönlich. Lange wäre das nicht mehr gut gegangen. Die vom Obst und Gemüse wollten schon mit der Gewerkschaft reden. Solche Bevorzugungen gehen doch nicht.«

»Gut, dass sich das erledigt hat. Weiß man eigentlich schon etwas wegen des Weihnachtsgelds?«

Damit schien das Thema Charlotte Dubois beendet und Maren beschloss, noch eine Runde durch die Sportabteilung zu drehen. Bald befand sie sich inmitten von Angelruten, Ködern, Netzen, Lampen, winzigen Klappstühlen und Zelten in Tarnfarbe. An einer der Wände hingen Filetiermesser, die genauso aussahen wie die Tatwaffe im Fall Schmitt. Außerdem entdeckte sie verschiedene Fischentschupper und ein ganzes Regal mit diversen Angelschnüren. Hinter sich hörte sie ein schüchternes Räuspern.

»Kann ich helfen?«, fragte jemand auf Französisch.

Eine junge Frau beäugte sie kritisch und schien ihr nicht zuzutrauen, ernsthaftes Interesse an den Angelartikeln zu haben. Für einen Moment schoss es Maren durch den Kopf, dass man vielleicht annehmen könnte, sie wolle etwas stehlen.

Sie antwortete der Verkäuferin daher mit einem breiten Lächeln: »Oh, ich soll meinem Mann eine Angelschnur mitbringen, finde den Zettel nicht mehr und habe vergessen, welche er wollte.« Sie hob hilflos die Schultern.

Mit dieser Erklärung für Marens Anwesenheit konnte sich die andere offensichtlich anfreunden.

»Ich kann Ihnen den Geschäftsführer ausrufen lassen, der kennt sich bestens aus.«

»Ach ja? Das letzte Mal hat mich eine Frau beraten, es ging um solche Messer«, log Maren und deutete auf die Wand mit den Werkzeugen. »Warten Sie, ihr Name war Dubois.«

»Charlotte?«, die Verkäuferin sah sie verwundert an. »Das ist aber schon eine Weile her.«

»Ja, das ist es«, entgegnete Maren. »Arbeitet sie denn nicht mehr in der Abteilung?«

Die Frau war hin- und hergerissen. Einerseits hatte sie Lust auf ein Schwätzchen, andererseits war Maren eine Fremde. Der Spaß am Tratschen gewann jedoch die Oberhand. »Wie man es nimmt«, verkündete sie.

Maren stieg auf das Spiel ein, zeigte sich neugierig und sah die Mitarbeiterin des Supermarkts fragend an.

Die drehte sich nach links und rechts, als fürchtete sie einen Lauscher, und fuhr mit gedämpfter Stimme fort: »Man hat sie ermordet, es stand sogar in der Zeitung!«

»Oh mein Gott«, rief Maren entsetzt aus und war sich sicher, dass sie für ihre schauspielerische Leistung einen Preis verdient hätte.

»Erst war sie verschwunden und wir dachten, sie hätte sich abgesetzt. Und dann taucht Wochen später die Leiche auf.«

»Das ist ja unheimlich«, stachelte Maren die Frau weiter an.

»Ja, ein Verbrechen aus Leidenschaft«, setzte die daraufhin nach.

»Das wundert mich eigentlich nicht«, sagte Maren scheinbar unüberlegt und entschuldigte sich gleich darauf für die Bemerkung. Jetzt hatte sie den Spieß umgedreht und die Verkäuferin blickte sie gierig an, so als würde man vor der Nase einer Katze einen Leckerbissen baumeln lassen.

In vertraulichem Ton erklärte die Kommissarin: »Nun, sie verhielt sich mir gegenüber freundlich, aber man hatte doch den Eindruck, dass sie auf eine ungesunde Art lebenslustig war. Ich hatte einmal so eine Freundin«, log sie weiter, »was soll ich sagen, am Ende ist sie in der Gosse gelandet.«

»Ja, genau«, ereiferte sich die Verkäuferin, »genauso ein Typ war die Charlotte! Unter uns, ich dachte ja sogar, dass die was mit dem Chef hat.«

»Wirklich?«, erwiderte Maren und verzog das Gesicht.

Die andere kreischte kurz vor Vergnügen auf. »Schreckliche Vorstellung, nicht wahr? Aber der hat richtig gesabbert, wenn Charlotte in seiner Nähe war, und das hat sie natürlich ausgenutzt.«

»War sie denn wenigstens nett zu Ihnen und den anderen Mitarbeitern? Meine Freundin zum Beispiel war immer eine totale Egoistin …«

»Das war die Charlotte auch. Kam sich wie was Besseres vor und hat nur die Arbeiten übernommen, die ihr Spaß gemacht haben, wenn überhaupt.« Schnell hob sie sich die Hand vor den Mund, weil sie nun doch das Gefühl hatte, zu weit gegangen zu sein.

»Oh, keine Sorge, ich weiß schon«, beruhigte sie Maren.

»Und jetzt ist sie tot. Vielleicht war das ihre Strafe.«

Maren seufzte, weil ihr keine passende Antwort einfiel.

In dem Moment wurde die Verkäuferin über die Lautsprecheransage an die Kasse gerufen.

»Soll ich Ihnen noch jemanden schicken wegen der Angelschnur?«

»Nein, nein«, lehnte Maren ab. »Ich komme wieder, wenn ich mit meinem Mann gesprochen habe. Aber vielen Dank!«, sagte sie und verabschiedete sich mit einem verschwörerischen Lächeln.

Als Maren die anderen auf dem Parkplatz erreichte, schlug Commissaire Wisser gerade vor, eine Kleinigkeit essen zu gehen. Er kenne ein Lokal, das durchgängig warme Küche anbieten würde.

Heerse war gerne einverstanden und so saßen die Polizisten eine halbe Stunde später in einem alten Fachwerkhaus, über dessen Tür ein Schild mit der Aufschrift »Winstub« prangte. Im Inneren gab es mehrere kleine Gasträume mit niedrigen Decken, die das Wort *urig* wirklich verdient hatten. Auf der Speisekarte wurde das hauseigene *Choucroute* mit Kassler angeboten. Zum Nachtisch orderte Wisser schon vorab einen Gugelhupf. Alle freuten sich auf das deftige Essen und sahen voller Erwartung zu der Bedienung, die gerade die ersten Platten zu ihrem Tisch trug, als der Anruf kam.

* * *

Am gleichen Nachmittag bei der Anlegestelle der Rheinfähre Plittersdorf, Deutschland

Hedwig biss schlecht gelaunt in den Rest ihres Apfels und entsorgte den Strunk in einem Mülleimer, dann schnürte sie die Kapuze fest um ihr rundes Gesicht und zog den Reißverschluss ihrer Windjacke bis oben hin zu. Den ganzen Vormittag hatte sie verstreichen lassen und alle möglichen Ausreden gefunden, um dem vom Arzt verordneten Sportprogramm zu entkommen.

»Sie sind zu schwer, Frau Baulin«, hatte dieser auf seine direkte Art gesagt und ihr eine strenge Diät sowie sanftes Lauftraining verordnet. »Ein bisschen Nordic Walking wird Ihnen guttun. Jeden Tag ein wenig marschieren und schon purzeln die Pfunde.«

Na, der hatte gut reden. Immerhin war Hedwig Mutter von vier Kindern und heute bereits mehrfache Oma, außerdem konnte sie hervorragend kochen und sprach den selbst geschaffenen Köstlichkeiten gerne zu. Mit sechzig war man doch sowieso viel zu alt zum Abnehmen – und was blieb einem denn noch an großen Freuden außer dem Essen? Ihr Mann Egon hatte natürlich ins gleiche Horn geblasen wie der Arzt. Typisch. Wahrscheinlich wollte der sie nur aus dem Haus haben, von wegen sich Sorgen um ihre Gesundheit machen.

Er hätte ja mitkommen können, aber nein, es gab Fußball im Fernsehen, da stand ihr Mann nicht auf. Des lieben Friedens willen und um das schlechte Gewissen zu beruhigen – das Stück Käsesahne heute Mittag war in den Augen des Arztes vermutlich auch nicht gesund –, hatte sie sich schließlich ihre Laufstöcke geschnappt. Jetzt schritt sie im Nieselregen tapfer aus und dachte an saftige Rindswürste und Kartoffelpuffer.

Der Wind wehte ihr unfreundlich ins Gesicht, als sie den Weg zum Rheindamm einschlug. Das Wasser links unter ihr war heute grau und unruhig, rechts wucherte das Dickicht der Rastatter Rheinauen. Sie steigerte das Tempo und kam schon bald ins Schwitzen; weit würde sie nicht laufen, dafür war das Wetter einfach zu schlecht. Sie setzte sich die nahen Kiesbänke als Wendepunkt, noch vorbei an dem verlassenen Kinderspielplatz mit der hölzernen Kletterburg und dann nichts wie nach Hause zurück. Die Aussicht auf das warme Wohnzimmer half ihr durchzuhalten und schon bald hatte sie es geschafft. Sie drehte um und stapfte zufrieden zurück Richtung Anlegestelle der Rheinfähre.

Auf der französischen Seite konnte man die Umrisse der Gemeinde Seltz erkennen. Sie hielt erschöpft an. Heute war die Autofähre nicht in Betrieb und so gab es auch keine Fahrzeugschlangen, die den Weg versperrten. Um wieder zu Atem zu kommen, näherte sie sich mit langsamen Schritten der Anlegestelle. Sanfte Wellen klatschten gleichmäßig gegen die farbigen Betonpfeiler im Wasser. Das rhythmische Geräusch war ihr bekannt, sie kam öfter hierher, um sich auf eine der Bänke zu setzen und dann die vorbeifahrenden Schiffe zu beobachten. Allerdings tat sie das vorwiegend im Sommer und bei schönem Wetter. Dann war hier auch Betrieb und man traf Bekannte, um ein bisschen zu tratschen. Hedwig runzelte die Stirn, denn das sonst so vertraute »Klatsch, Klatsch« war heute irgendwie anders. Erst versuchte sie, das zu ignorieren, schließlich wollte sie doch schnellstmöglich nach Hause, dann ließ ihr das zusätzliche Scharren, das sie hörte, doch keine Ruhe.

»Was ist das denn?«, sagte sie laut zu sich selbst und trat weiter vor, um besser sehen zu können. Auf den ersten Blick wirkte alles wie gewöhnlich. Das Wasser umspülte geräuschvoll die Anlegestelle und gelegentlich führte es auch etwas Treibgut mit. Zuerst glaubte Hedwig, da hätte sich eine Plastikplane zwischen den Betonpfeilern verfangen, aber dann erkannte sie plötzlich, was es wirklich war. Die Frau erstarrte und gab sich für einen Moment der irrigen Vorstellung hin, der Mensch dort unten würde noch leben. Womöglich ein unachtsamer Spaziergänger, der leichtsinnigerweise über die Absperrung geklettert war? Sie wollte ihm gerade zurufen, dass sie Hilfe holen würde, als der Körper durch den Schwung einer Welle so gedreht wurde, dass die Frau am Ufer all die grausamen Verstümmelungen erkennen konnte, die den Verstorbenen bis zur Unkenntlichkeit entstellten.

Hedwig schrie auf und begann am ganzen Leib zu zittern. Ihr wurde schlecht, alles um sie herum fing an, sich zu drehen, und nur mit Mühe konnte sie sich auf die nächste Bank retten. Sie bemerkte nicht die Nässe, die sofort durch ihre Sporthose drang und innerhalb kürzester Zeit ihre Schenkel in Eisblöcke verwandelte. Sie störte sich auch nicht mehr an dem Regen, der nun immer heftiger wurde – Hedwig sah nur das Bild dieses Leichnams vor sich, der nur noch aus einem Oberkörper zu bestehen schien und um den sich die Kleidung bei jeder Bewegung des Wassers seltsam aufblähte. Und dann war da noch dieser schreckliche Kopf. Sie verzweifelte beinahe bei dem Versuch, ein besseres Wort dafür zu finden. Denn eigentlich war das kein Kopf mehr. Vielleicht wäre es korrekt, von einer Kopfhälfte zu sprechen, Hedwig konnte nicht aufhören, darüber nachzugrübeln.

Ohne sich später daran zu erinnern, hatte sie ihren Mann über das Handy angerufen. Der war erst verärgert über die Störung, bemerkte dann aber schnell, dass irgendetwas ganz und gar nicht stimmte. Als er an der Fährstelle eintraf, saß seine Frau immer noch auf der nassen Bank mitten im Regen und konzentrierte all ihre Gedanken darauf, wie sie das fehlende Gesicht des Toten korrekt beschreiben könnte. Sie stand unter Schock.

Ihr Mann rief beim Anblick der Leiche: »Um Gottes willen«, bekreuzigte sich und verständigte sofort die Polizei.

Der Gerichtsmediziner hätte Hedwig aushelfen können. In seinem Bericht würde später stehen, dass eine postmortale Schiffsschraubenverletzung für das Fehlen des Großteils des Schädels verantwortlich war. Lediglich die linke Augenhöhle und Reste von Ober- und Unterkiefer hatten die rotierenden Blätter des Schiffsantriebs zurückgelassen. Für Hedwig jedoch würde es nie ein passendes Wort geben, um das verbliebene L-förmige Reststück des Kopfes zu beschreiben.

* * *

Der Mann, der zur gleichen Zeit durch die Rastatter Rheinauen stapfte, wurde angelockt von den Sirenen der Einsatzfahrzeuge. Er hatte sich bewusst für diesen regnerischen Nachmittag entschieden, in der Hoffnung dann alleine unterwegs zu sein. Alleine bedeutete, dass er querfeldein marschieren konnte, ohne auf irgendwelche Möchtegernnaturforscher zu stoßen, die ihm erzählen wollten, er solle auf den Wegen bleiben, oder ihm auf andere Weise auf die Nerven gingen. Er hasste es, hier draußen auf Menschen zu treffen. Egal, in welchem Teil des weiten Gebiets er auch unterwegs war, ständig lief man Gefahr, gesehen zu werden. Aber das war nun einmal *sein* Rückzugsgebiet. Das Dickicht machte es nicht einfach, voranzukommen, und auch, wenn er eigentlich keine Lust auf Gesellschaft hatte, hielt er es beim Klang der Sirenen für notwendig, nach dem Rechten zu sehen.

Als er die Anlegestelle der Rheinfähre erreichte, hätte er am liebsten laut geflucht. Es hatten sich einige Schaulustige versammelt und ein Mann mit Fahrrad, der nahe bei den Birnbäumen am Wegesrand stand, hatte sich bereits zu ihm umgedreht.

»Na, ist dir wohl auf den Magen geschlagen, was?«, sagte er in verständnisvollem Ton, da er annahm, die Nachricht von dem Leichenfund hätte den anderen in die Büsche getrieben, um sich dort auf die eine oder andere Art zu erleichtern.

»Der muss übel zugerichtet worden sein«, fuhr er unbeirrt fort, sodass dem Mann im Dickicht keine andere Wahl mehr blieb, als herauszutreten.

»Ja, ich bin zufällig hier vorbeigekommen, schlimme Sache«, entgegnete er schnell und zog sich die Kapuze tiefer ins Gesicht. Da er keine Ahnung hatte, was überhaupt los war, wagte er nicht, mehr zu sagen, sonst hätte er sich verdächtig gemacht. Jedoch dauerte es nur wenige Minuten und er war im Bilde. Immer mehr Einwohner strömten zu der Anlegestelle und zwängten sich hinter die Absperrung, in der Hoffnung etwas zu sehen.

Er ließ den Fahrradfahrer zurück, der ihre Begegnung bereits vergessen hatte und sich nun angeregt mit einem Bekannten unterhielt.

Langsam schob er sich in die hintere Reihe.

Jemand rief: »Ohne Kopf! Die Hedwig hat ihn gefunden!«

Diese Information beruhigte den Mann. Falls es sein Opfer war, das man dort vorne aus dem Wasser gezogen hatte, dann konnte man es auf alle Fälle nicht so leicht identifizieren. Aber langsam bereitete ihm das laute Stimmengewirr der vielen Menschen Kopfschmerzen. Er wollte sich schon davonstehlen, da entdeckte er den Hauptkommissar bei der Absperrung. Reflexartig sah er zu Boden, wartete einen Augenblick und suchte sich dann einen Standort hinter ein paar Frauen, die ständig die Köpfe zusammensteckten und ihm damit eine gute Deckung boten. Zu verlockend war es jetzt, diesen Heerse unauffällig bei der Arbeit zu beobachten. Viel konnte er zwar nicht sehen, aber das eine oder andere Mal gelang es ihm, einen Blick auf das müde Gesicht des Polizisten zu werfen. Keine Frage, der Hauptkommissar schien mächtig unter Druck zu stehen. Warum war es Heerse auch so wichtig, herauszufinden, wer Lydia Schmitt oder Charlotte Dubois erlöst hatte? Niemand vermisste die beiden. Auch die Frau mit dem schlimmen Unterarm schien bislang keine Suchaktion ausgelöst zu haben.

* * *

In der Nacht hatte er wieder diesen Traum, der ihn schon so viele Jahre verfolgte. Er sah sich selbst am Rheindamm stehen, unter sich den tosenden Fluss und eine Stockente, die scheinbar verzweifelt gegen die Strömung ankämpfte. So war es immer. In seinem Traum tobte das Wasser und große Wellen klatschten gegen die schweren Steine des Damms. Was sich heute unterschied, war die Art, wie er in den reißenden Strom unter sich stürzte. Meistens sprang er selbst, manchmal wurde er gestoßen, aber heute rutschte er aus und fiel langsam nach unten. In seinem Traum war da jedoch nie Kälte. Im Gegenteil, der Rhein schien ihn regelrecht in die Arme zu schließen. Dann jedoch wich das behagliche Gefühl und er empfand Panik. Zwei Hände tauchten vor seinem Gesicht auf, sie waren nur verschwommen zu erkennen. Meistens zogen sie ihn nach oben, doch heute drückten sie seinen Kopf mit aller Kraft unter Wasser. Er fing an, um sich zu schlagen, aber er konnte sich nur in Zeitlupe bewegen.

»Hör auf, hör auf!«, flehte er, dann schnellte er in die Höhe und wachte auf.

Mit wackeligen Schritten marschierte er ins Badezimmer. Er hatte stark geschwitzt, deshalb zog er den feuchten Schlafanzug aus und stellte sich unter die Dusche. Das lauwarme Wasser spülte die Schrecken fort, sodass er sich angenehm gereinigt fühlte, aber das genügte ihm nicht. Er hatte Sehnsucht nach dem Gefühl der Zufriedenheit, so wie er es nach dem Tod von Charlotte Dubois, Lydia Schmitt und selbst bei der Frau mit dem abstoßenden Unterarm empfunden hatte. Es gab nur einen Weg für ihn und das wusste er auch: Er würde einen weiteren Körper dem Wasser übergeben müssen.

* * *

KAPITEL 7

Am nächsten Tag, kurz vor Mittag

Rolf Heerse war wenig begeistert, als er in dem Büro seines Vorgesetzten vorsprechen musste. Die beiden Männer kamen für gewöhnlich gut miteinander aus und Heerse hegte keinerlei Groll gegen den Jüngeren. Trotzdem konnte er nicht aus seiner Haut und beschwerte sich: »Wir sind noch nicht einmal zuständig!«

»Ich kann Ihren Ärger nachvollziehen«, erwiderte sein Vorgesetzter verständnisvoll, »aber Sie wissen doch, wie knapp wir momentan besetzt sind. Dieser Kongress raubt uns das Personal. Entweder die Kollegen sind in der Fortbildung oder damit beschäftigt, die Veranstaltungsorte zu sichern. Und dann kündigt sich auch noch ständig ein anderer Politiker an, der uns zu zusätzlichen Maßnahmen zwingt. Und außerdem, mein lieber Heerse.« Er sprach jetzt in dem jovialen Ton, den der Hauptkommissar überhaupt nicht ausstehen konnte. »Sie sind doch mein bester Mann. Wenn *Sie* das nicht hinkriegen …« Er lächelte aufmunternd.

»Wenn wir keinen Zusammenhang zu den Morden an den beiden Frauen finden, muss sich um den Leichenfund an der Rheinfähre aber ein anderer kümmern.«

Sein Vorgesetzter vermied es tunlichst, seinem Hauptkommissar Zusagen dieser Art zu machen, sondern erwiderte stattdessen: »Der Kongress ist bald vorbei. Solange versuche ich, Ihnen noch weitere Kollegen zuzuteilen. Wenigstens stundenweise für die Laufarbeit.« Er sah Heerse an, als hätte er ihm damit den Schlüssel zum Paradies überreicht, was diesen dazu veranlasste, resigniert abzuwinken und zu antworten: »Schon verstanden, aber meine Leute werden zu keinen weiteren Seminaren abgezogen.«

Sein Chef nickte zustimmend und der Hauptkommissar verließ verärgert das Büro.

In der Gerichtsmedizin traf Heerse auf Müller und Maren. Die Kommissarin war am Vortag mit ihm am Leichenfundort gewesen und wusste bereits, was sie in dem kalten Raum erwarten würde. Müller konnte es sich in etwa vorstellen und hatte deshalb am Morgen nur einen schwarzen Kaffee zu sich genommen.

Das Erste, was ihnen der Arzt mitteilte, war, dass kein Tod durch Ertrinken vorliegen würde.

»Wirklich?«, hakte Maren überflüssigerweise nach, was ihr eine spitze Bemerkung des Arztes einbrachte: »Oh, ich erkenne überblähte Lungen, wenn ich sie sehe. Dieser Mann starb nicht im Wasser!«

Die Kommissarin verzog den Mund, gab aber keine Antwort.

»An was ist er denn dann gestorben?«, mischte sich Heerse ein.

Ohne ein weiteres Wort zu verlieren, schlug der Mediziner das Laken zurück.

Die Beamten drehten automatisch die Köpfe zur Seite, um sich den Anblick des zerfetzten Körpers zu ersparen.

»Die Schiffsschraube hat nicht viel von ihm übrig gelassen«, murmelte der Arzt. Und in der Tat war das, was hier auf dem Edelstahltisch aufgebahrt lag, nur der klägliche Rest eines Menschen. Der Torso war weitgehend, bis auf die Obduktionsnarbe, unversehrt, dafür fehlten die Beine und der rechte Arm. An der linken Hand waren nur noch der Daumen und der Zeigefinger übrig, außerdem war die Haut merkwürdig verfärbt. Am schlimmsten war aber, dass der größte Teil des Schädels fehlte.

»Haben Sie denn überhaupt irgendetwas feststellen können?«, fragte Heerse zweifelnd.

Der Gerichtsmediziner, der heute ausgezehrt wirkte, nickte und antwortete: »Wir haben hier die Überreste eines Mannes Anfang zwanzig, der regelmäßig Rauschmittel konsumiert hat.« Heerse erhielt eine Liste. »In seinem Magen fand ich Spuren von Erdnüssen. Meiner Meinung nach war seine gesundheitliche Verfassung zu Lebzeiten nicht so, wie sie eigentlich für einen erwachsenen Mann in diesem Alter hätte sein müssen. Mehr wissen wir, wenn wir weitere Rückmeldungen vom Labor haben. Interessant für Sie ist sicherlich, dass er Verletzungen hat, die nicht von der Schiffsschraube stammen.«

»Fremdeinwirkung?«, hakte Heerse sofort aufmerksam nach.

»Davon gehe ich aus. Zertrümmerte Rippen, gequetschte Organe, dieser Mann wurde kurz vor seinem Tod verprügelt.«

»Ist das auch die Todesursache?«

»Auch davon gehe ich aus.«

»Ein Paddel?«

»Sie meinen wie bei der Französin? Nein, dieses Mal war es eher ein abgerundeter Gegenstand, vielleicht ein Rohr oder ein Baseballschläger. Die Kleidungsreste geben nichts her, was auf seine Identität schließen lassen würde, aber ich hoffe, die Fingerabdrücke von Daumen und Zeigefinger können Ihnen weiterhelfen.«

Die Beamten verabschiedeten sich und machten sich auf den Weg zur Dienststelle. Müller sollte herausfinden, ob man den Toten anhand der Fingerabdrücke identifizieren konnte, Maren wollte sich mit dem Labor in Verbindung setzen.

Heerse hatte noch gestern Abend mit Leo Fürth telefoniert, er hatte den Mann gebeten, sich mit ihm zu treffen. Es war an der Zeit, mehr über die Örtlichkeiten zu erfahren, und außerdem hoffte der Hauptkommissar, dass Fürth ihm vielleicht noch mit interessanten Details zu Lydia Schmitt und Friedrich Malosch aushelfen konnte.

* * *

Am Spätnachmittag entschloss sich die Sonne, noch einmal ein kurzes Stelldichein zu geben. Natürlich fehlte ihr mittlerweile die sommerliche Wärme, aber das Licht, das sie auf eine letzte einsame Blüte warf, lockte dennoch eine tapfere Wildbiene an. Hauptkommissar Heerse beobachtete dieses Schauspiel mit einem traurigen Seufzer. Wie viele schöne Herbsttage könnten sie noch verbringen, bis der kalte graue Winter den Menschen aufs Gemüt schlagen würde?

Er stand vor Leo Fürths Hütte. Sie glich in Größe und Form der von Berthold Agger. Auch hier standen Angelruten an die Wand gelehnt, allerdings sah man sofort, dass die Behausung mit Liebe gehegt und gepflegt wurde. Das kleine Grundstück wirkte wie ein Zaubergarten, und der Hauptkommissar beneidete den Mann um dieses Rückzugsgebiet. Ein Blick auf die Uhr sagte Heerse, dass es an der Zeit war, sich bemerkbar zu machen.

Leo Fürth öffnete auf sein Klopfen hin die Tür und bat den Polizisten einzutreten. Der staunte nicht schlecht, als er das Innere der unauffälligen Hütte erblickte. Helle, stylische Möbel, Bücherregale und ein großer Schreibtisch mit Computer erinnerten eher an eine Penthousewohnung als an eine verschlafene Hütte in den Auenwäldern am Rhein.

»Toll«, sagte der Hauptkommissar mit echter Bewunderung.

Fürth lächelte fröhlich, das Kompliment freute ihn. »Nachdem meine Großmutter gestorben war, brachte ich es nicht fertig zu verkaufen, obwohl ich gute Angebote hatte.« Er zuckte leicht mit den Schultern. »Kommen Sie, ich zeige Ihnen den Rest.«

Heerse folgte ihm interessiert und bewunderte die kleine Küche und das modern geflieste Bad. Es roch noch nach Farbe und in einer Kammer standen Eimer mit eingeweichten Pinseln, Terpentin, zwei Krücken, ein Rollstuhl, Tüten mit Arzneimitteln und ein Pappkarton voller Kleider.

Fürth folgte Heerses Blick und sagte nicht ohne Trauer: »Die Überreste eines Lebens. Die Wohlfahrt holt die Sachen demnächst ab. Ich war zum Glück in der Lage, die Pflege meiner Großmutter zu finanzieren. So konnte sie wenigstens in ihren eigenen vier Wänden bleiben, bis …« Er brach ab.

»Das tut mir leid«, sagte Heerse leise.

»Sie ist im Juni gestorben, und wir standen uns sehr nahe. Ich bin praktisch bei ihr aufgewachsen. Meine Mutter war selbst noch ein Kind, als sie mich bekam. *Vater unbekannt*, wie es so schön heißt. Gerade einmal sechzehn Jahre alt war sie bei meiner Geburt. Sie hat sich nach Kräften bemüht, aber sie pflegte den falschen Umgang. Man fand sie mit einer Überdosis in einer Bahnhofstoilette. Vielleicht verstehen Sie jetzt auch, warum ich bei unserer ersten Begegnung so reagiert habe, als sie bei dem anderen, diesem Gregor Botner, die Drogen gefunden haben. Ich meine, ich bin kein Moralapostel. Ich trinke gerne ein Bier und als ich noch jünger war, habe ich geraucht. Aber Kokain …«

»Verstehe«, murmelte der Hauptkommissar.

Fürth lächelte. »Es war nicht so schlimm, wie es sich anhört. Als das alles passiert ist, war ich noch sehr klein und meine Großmutter hat mir immer das Gefühl gegeben, eine Familie zu haben. Anderen ging es da nicht so gut. Sie wissen ja vermutlich bereits von Berthold Aggers Vergangenheit. Es hat sich herumgesprochen, dass Sie ihn vernommen haben.«

»Es scheint so, als bliebe hier draußen nichts geheim«, antwortete der Hauptkommissar etwas ausweichend. »Was wissen Sie über Agger?«

Fürth zuckte mit den Schultern. »Im Prinzip ein armer Teufel, als Kind wollte ihn keiner haben. Zumindest ist das die Version, die man sich erzählt. Vermutlich ist er deshalb heute so ungehobelt.«

»Neigt er zur Gewalt?«

Fürth zögerte, bevor er antwortete. »Jeder weiß, dass er deshalb schon öfter Ärger hatte. Ich nehme an, Sie kennen Bertholds Akte besser als ich.«

»Trotzdem würde mich Ihre Einschätzung interessieren.«

Wieder überlegte Heerses Gesprächspartner, dann sagte er schließlich: »Es gibt einige, die Agger meiden und ehrlich gesagt gehöre ich auch dazu. Fairerweise muss ich sagen, dass er mir gegenüber noch nie ausfallend geworden ist, vermutlich weil ich ihm aus dem Weg gehe.«

Mehr Informationen zu diesem Thema schien Fürth dem Hauptkommissar nicht geben zu können. Letzten Endes hatte er ohnehin bereits bestätigt, was die Polizei längst wusste: Agger war kein angenehmer Zeitgenosse.

Heerses Gastgeber wechselte das Thema und sprach wieder über das Haus: »Jetzt nutze ich die Hütte am Wochenende. Von hier aus mache ich meine Wanderungen, schreibe die Artikel und genieße die Ruhe.«

»Sie wohnen nicht ständig hier?«, fragte Heerse.

»Oh nein!« Fürth lachte. »Ich bin kein Einsiedler, nur jemand, der auch ab und zu ganz gut ohne Trubel auskommt. Ich habe noch eine Wohnung in Baden-Baden. Mein Motto lautet: dosierte Einsamkeit!«

»Das kann ich nachvollziehen«, erwiderte der Hauptkommissar und dachte an die wenig begeisterte Reaktion seiner Frau, würde er ihr vorschlagen, für immer an einen Ort wie diesen zu ziehen.

Kurz darauf führte ihn Leo Fürth durch die Natur bei Rheinmünster und erläuterte die Bedeutung des Damms. Anhand einer Karte zeigte er ihm die sogenannten Polder – das waren angelegte Gebiete, die bei Hochwasser überflutet wurden. Sie schritten einige Zeit den Polderpfad entlang und Heerse erfuhr aufschlussreiche Details über die Region rund um Baden-Baden. Etwas später saßen sie im Auto und fuhren zu den Rastatter Rheinauen. Auch hier erhielt Heerse einen groben Überblick. Das riesige Gelände abzulaufen, wäre unmöglich gewesen.

»Sie können verschiedene Wanderrouten benutzen, aber glauben Sie mir, ich bin schon mein Leben lang in den Rheinauen unterwegs und habe trotzdem noch nicht alles gesehen.« Begeistert sprach Fürth weiter: »Sie würden nicht glauben, was für eine Artenvielfalt hier herrscht. Schmetterlinge, Vögel, Fledermäuse, Fische, Frösche, die meisten Anwohner haben keine Ahnung, was für Schätze die Natur für sie direkt vor der Haustür bereit hält. Und nicht nur Tiere und Insekten, auch die Pflanzen: Farne, Bäume, Gräser und Kräuter gibt es in unglaublicher Vielfalt.«

Heerse lauschte stumm dem Vortrag und Fürth unterbrach sich: »Tut mir leid, wenn ich in meinem Element bin, dann neige ich zum Dozieren.«

»Nein, das ist alles sehr interessant, wirklich!«, entgegnete Heerse höflich, war aber auch dankbar dafür, dass Fürth sich kurzfasste, denn es war an der Zeit, Fragen zu stellen.

Sein Gegenüber schien die Gedanken des Hauptkommissars zu erraten, denn nun sagte er freundlich: »Ich denke, Sie haben jetzt einen Überblick, was genau möchten Sie noch wissen?«

Sie waren mittlerweile wieder an der Anlegestelle der Autofähre in Plittersdorf angekommen, dort, wo man die Leiche des unbekannten Mannes aus dem Wasser gezogen hatte.

»Ich habe Ihnen ja bereits am Telefon mitgeteilt, dass es einen weiteren Leichenfund gegeben hat. Ich frage mich, ob man den Körper direkt vom Damm in den Rhein geworfen hat oder ob er vielleicht von einem der Seitenarme in den Hauptstrom gespült wurde.«

Fürth runzelte die Stirn. »Letzteres halte ich für unwahrscheinlich. Wir hatten zwar Regen, aber noch sind die Wasserstände dafür nicht hoch genug. Außerdem würde es vermutlich selbst dann an der entsprechenden Strömung fehlen.«

»Wie sieht es mit der Zugänglichkeit an möglichen Abschnitten aus?«

»Das ist ein weiteres Problem. Die Auenwiesen sind um diese Jahreszeit wie Sümpfe, man muss also auf den Fußwegen bleiben.«

»Keine Möglichkeit, einen der Nebenarme mit dem Auto zu erreichen?«

»Es gibt vielleicht eine Handvoll Stellen, die infrage kommen. Gerne kann ich Ihnen die nennen, aber wie gesagt, ich glaube nicht, dass der Wasserstand und die Strömung ausreichend gewesen wären.«

»Also spricht alles dafür, dass man den Leichnam direkt vom Hochwasserdamm aus in den Fluss geworfen hat.«

Fürth nickte. »Es gibt genug Slipstellen entlang des Rheins, die man bequem mit dem Auto anfahren kann.«

»Und das nicht nur auf der deutschen Seite, nehme ich an.«

Auch das bestätigte Heerses Begleiter.

Der Hauptkommissar hatte genug über die Örtlichkeiten erfahren und so lud er seinen Experten noch zu einem Kaffee ein.

Das Tageslicht wurde bereits schwächer und die Temperaturen ließen jetzt, wo die Sonne wieder verschwunden war, empfindlich nach.

In einem kleinen Café, das Heerse auf der Hinfahrt aufgefallen war, saßen sich die Männer kurz darauf gegenüber. Der Gastraum war liebevoll eingerichtet und die letzten Stücke einer Schwarzwälder Kirschtorte in der Kuchenvitrine so verlockend, dass der Hauptkommissar nicht widerstehen konnte.

Fürth begnügte sich mit einem Milchkaffee, während sein Begleiter eine besondere Freude über seinen Kuchen empfand, was nicht zuletzt mit der etwas schief sitzenden Sahnerosette zu tun hatte. Der Mangel an Präzision war für ihn nämlich ein deutlicher Hinweis darauf, dass die Torte ihre Geburtsstätte in der hauseigenen Küche gehabt hatte.

Zuerst unterhielten sie sich über Leos Beruf, der sehr abwechslungsreich schien. »Ich bin hauptsächlich bei Unternehmen mit Industrieanlagen tätig oder in den umliegenden Kieswerken. Dort, wo produziert wird, entstehen nicht selten Schadstoffe und Abfälle, die das Trinkwasser kontaminieren könnten. Um das zu verhindern, gibt es uns.«

Heerse, der seinen leeren Kuchenteller zur Seite schob, lenkte das Gespräch nun in eine andere Richtung. »Sie sagten, Sie wären bei Ihrer Großmutter aufgewachsen. Kannten Sie dann auch den Sohn von Friedrich Malosch?«

»Ja, natürlich. Allerdings waren wir nicht befreundet, wenn Sie das meinen. Er war etwas jünger als ich. In dem Alter können zwei oder drei Jahre Welten bedeuten.«

»Haben Sie noch eine Erinnerung an den Jungen?«

»Vage, er blieb für sich. Keine Ahnung, aber womöglich lag es auch daran, dass wir nicht die gleiche Schule besuchten. Ich war auf einer Ganztagsschule und kam meist erst abends nach Hause. Die Wochenenden gehörten der Familie.«

»Erinnern Sie sich noch an den Selbstmord?«

»Oh ja, das war für alle ein Schock! Wer hätte denn mit so etwas gerechnet?«

Heerse sagte nichts, sondern ließ Fürth Zeit, seine Gedanken zu sammeln. Der kramte konzentriert in Erinnerungen. »Vielleicht ist das aber auch eine sinnlose Bemerkung. Würde man mit einem Selbstmord rechnen, dann könnte man ihn ja auch verhindern. Jedenfalls weiß ich noch, dass meine Großmutter der Meinung war, dass Friedrich, er hieß wie sein Vater«, fügte Fürth ein, »immer schon eigenartig gewesen wäre.«

Heerse horchte auf. »Wissen Sie, was sie damit gemeint haben könnte?«

Jetzt begann Fürth herumzudrucksen. »Das ist alles schon so lange her. Warum interessieren Sie sich dann überhaupt für Friedrich? Schließlich ist er ja schon seit Jahren tot.«

»Deshalb würden Sie auch niemanden schaden und unser Gespräch ist zudem völlig informell.«

Heerses Gegenüber schien mit sich zu ringen, gab aber am Ende doch nach. »Schön, es gab da so eine Geschichte. Meine Großmutter hat ihn erwischt, wie er ein jüngeres Mädchen eingeschüchtert und gequält hat. Sie hat aus Rücksicht auf seinen Vater weder diesen noch sonst jemanden benachrichtigt, aber ihm hat sie ordentlich den Marsch geblasen. Als Kind ist man natürlich neugierig, also habe ich gelauscht.«

»Haben Sie später einmal mit Ihrer Großmutter darüber gesprochen?«

Leo Fürth lächelte. »Meine Großmutter war eine herzensgute Frau, aber sie gehörte zu den Menschen, die unangenehme Dinge lieber vergessen wollten, als darüber zu reden. Was sie einmal gesagt hat, war, dass sie der Mutter die Schuld am Verhalten des Jungen geben würde.«

»Inwiefern? Frau Malosch war doch verstorben.«

»Keine Ahnung. Ich hatte immer den Eindruck, meine Großmutter wüsste mehr über die Geschichte. Aber wie gesagt, sie war sehr verschwiegen.«

»Gab es denn weitere Vorfälle mit Maloschs Sohn?«

»Nicht dass ich wüsste.«

»Wann war das mit dem Mädchen?«

»Das muss kurz nach dem Tod seiner Mutter gewesen sein.«

»Und wie war er später als Teenager?«

Fürth sah auf seine Hände und überlegte. »Er war viel mit seinem Vater zusammen, jedenfalls ging er nicht in die Disco oder zu Partys. Ich kann mich nicht erinnern, ihm irgendwo begegnet zu sein, außer vielleicht auf den Anglerfesten.«

»Er hatte eine Freundin, wussten Sie das?«

Wieder runzelte Fürth die Stirn, um seinem Gedächtnis auf die Sprünge zu helfen, dann fiel es ihm wieder ein. »Ja, klar. Sie meinen das Mädchen, wegen dem er sich umgebracht hat. Das weiß ich allerdings nur aus den Erzählungen meiner Großmutter. Zu der Zeit habe ich nämlich bereits studiert und war nur alle paar Wochenenden zu Hause.«

Heerse orderte zwei weitere Kaffee und wandte sich jetzt dem Thema Lydia Schmitt zu.

»Also, Friedrich Malosch senior ist wirklich ein guter Kerl und diese Frau Schmitt …«, Fürth überlegte, welche Worte er gebrauchen konnte, ohne ausfallend zu werden. Schließlich sagte er schlicht: »Ich mochte sie nicht!«

Der Hauptkommissar atmete geräuschvoll aus.

»Bitte, nehmen Sie kein Blatt vor den Mund. Ich suche einen Mörder, mehr über die Vorgänge am Damm zu erfahren, würde mir helfen. Und letzten Endes wird es auch für Herrn Malosch von Nutzen sein, wenn wir den Schuldigen finden.«

Fürth gab sich geschlagen. »Lydia Schmitt war ein Parasit. Haben Sie einmal eine Pflanze gesehen, die von einem Pilz befallen ist? Das dauert seine Zeit, bis man es bemerkt. Die ersten braunen Blätter nimmt man vielleicht noch gar nicht zur Kenntnis, wenn jedoch der Stängel und die Blüten zu faulen anfangen, ist es bereits zu spät. Meine Großmutter würde sagen, dann kann man das sprichwörtliche Übel nur an der Wurzel ausreißen!« Er lächelte gequält.

»So schlimm?«, fragte Heerse.

»Lydia Schmitt hat sich zuerst bei Friedrich Informationen beschafft und anschließend versucht, ihm die Kundschaft wegzunehmen. Und das auf äußerst aggressive Weise.«

Und jetzt hat jemand »das Übel« entfernt, dachte Heerse, bevor er sagte: »Gab es denn noch andere Personen, die mit Lydia Schmitt nicht auskamen?«

»Da bin ich mir sicher«, antwortete Fürth voller Überzeugung. »Aber oben am Damm war eben vor allem der Friedrich betroffen. Natürlich hatte auch Berthold Agger Streit mit der Frau, aber der legt sich ja mit jedem an.«

Heerse musste einsehen, dass er an der Stelle nicht weiterkam. Sein Begleiter konnte ihm nichts Neues mitteilen.

Als sich die beiden Männer schließlich verabschiedeten, versprach Fürth dem Hauptkommissar, demnächst noch weiteres Informationsmaterial über die Rastatter Rheinauen und das Gebiet bei Söllingen zusammenzustellen. Außerdem wollte er vorab per E-Mail die Koordinaten der Stellen übermitteln, die man mit einem Auto erreichen konnte und die für eine mögliche Leichenentsorgung infrage kämen.

Der Hauptkommissar bedankte sich und machte sich auf den Nachhauseweg. Dabei war er tief in Grübeleien versunken. Was wollte der Täter? Für Frieden sorgen, indem er zwei gehässige Frauen tötete? War es doch Malosch, der entgegen Doktor Calliditas Annahme einzig auf Rache aus war? Oder hatte der schmierige Philippe Morinier sich einer Erpresserin und deren Freundin entledigt? Immerhin hätte den eine Anzeige wegen sexueller Belästigung den Job und damit vermutlich auch die Existenz gekostet … Heerse war sich sicher, dass der Filialleiter auch schon andere Frauen belästigt hatte. Vermutlich würde Wisser diesbezüglich irgendwann auf eine Zeugin stoßen.

Zuletzt war da noch Berthold Agger, der Neandertaler, der aus seinem Hass kein Geheimnis machte. Und was war mit der letzten Leiche? Man hatte dem männlichen Opfer vor seinem Tod Gewalt angetan – hing das mit den Morden an den beiden Frauen zusammen, oder gab es keine Verbindung? In Gedanken ging Heerse noch einmal das Gespräch mit Leo Fürth durch. Sollte etwa nach all den Jahren der Selbstmord von Maloschs Sohn eine Rolle spielen?

* * *

Wenige Tage später blickten die Beamten auf einen Berg von Informationen, der sie jedoch nicht weiterbringen sollte. Man hatte mit allen möglichen Bekannten von Lydia Schmitt gesprochen, die Berichte der Spurensicherung und der Gerichtsmedizin ausgewertet, aber keinen Hinweis auf den Mörder gefunden. Auch von Commissaire Wisser gab es keine Neuigkeiten und was die männliche Leiche anging, tappten sie noch völlig im Dunkeln. Mittlerweile nahm man an, dass das Opfer direkt vom Damm aus in den Fluss geworfen worden war. Die Überprüfung der Stellen, die ihnen Leo Fürth genannt hatte, blieb ergebnislos.

Es war bereits Abend, als Heerse aus der Kantine zurückkam und einen Becher heißen Kamillentee in der Hand hielt. Er mochte das Zeug eigentlich nicht, aber wie schon viele Generationen vor ihm hoffte er auf dessen beruhigende Wirkung für seinen angeschlagenen Magen. Er hatte sich gestern mit Commissaire Wisser getroffen, und zwar bei dem Franzosen zu Hause. Natürlich hatten sie auch den Fall diskutiert, aber in erster Linie war es doch eine private Zusammenkunft gewesen. Wisser, der mittlerweile wusste, dass die Frau des Hauptkommissars zur Kur war, sah sich verpflichtet, den deutschen Kollegen kulinarisch aufzupäppeln. Madame Wisser, eine große Frau mit dem Gemüt eines Feldwebels, hatte es sich deshalb am Vortag nicht nehmen lassen, alles auf den Tisch zu bringen, was reich an Kalorien und gesättigten Fettsäuren war – und Heerse hatte ordentlich zugeschlagen.

Die Nacht über hatten dann die Leberpastete, das Sauerkraut samt Speckbrot und der Schweinebraten einen Kampf in Heerses Gedärmen ausgefochten und weder der kräftige, säurehaltige Riesling noch der hochprozentige Calvados hatten dem entgegenwirken können. So war der Hauptkommissar unausgeschlafen und mit ordentlichen Magenkrämpfen am Morgen in seinem Büro erschienen und plagte sich damit den restlichen Tag.

»Rolf«, rief jemand seinen Namen. Es war ein Kollege von der Kriminaltechnik. »Das nenne ich mal einen Glückstreffer, was?«

Der Hauptkommissar hatte nicht die geringste Ahnung, wovon der Mann gerade sprach. »Was denn für ein Glückstreffer?«

»Sag bloß, du siehst das anders?«

Heerses Magen grummelte schon wieder, langsam verlor er die Geduld. Gedehnt fragte er deshalb erneut: »Was für ein Glückstreffer?«

Der andere schüttelte ungläubig den Kopf. »Na, den Fingerabdruck von eurer Wasserleiche! Da bekommt ihr einen Toten angeschwemmt mit gerade mal zwei Fingern und tatsächlich findet sich eine Übereinstimmung.«

»Was?« Heerse wurde lauter, als er beabsichtigt hatte, und so drehten die, die sich in seiner Nähe aufhielten, die Köpfe.

»Hast du den Bericht denn nicht gelesen? Ich habe Müller doch eine E-Mail geschickt. Und ich habe mich schon gefragt, wann von dir endlich einmal eine Rückmeldung kommt.«

»Habt ihr denn auch einen Namen?«

»Natürlich, aus der Datenbank der Franzosen. Der Mann ist bei unseren Nachbarn aktenkundig. Er heißt Gaston Lebourg, zwanzig Jahre, Franzose ohne festen Wohnsitz. Ein Kleinkrimineller, Dealer und Autodieb. Die französischen Kollegen suchen wegen verschiedener Delikte nach ihm, bisher ohne Erfolg. Na ja, jetzt wissen wir auch, warum.« Er sah auf die Uhr. »Sorry, aber ich muss los, lies den Bericht!« Damit war der Kollege verschwunden.

Heerse trabte so schnell in sein eigenes Büro, dass er dabei die Hälfte des Kamillentees verschüttete.

»Müller!«, blökte er beim Eintreten, »E-Mails checken!«

Zwei Stunden später

Selten war Müller so ein grober Fehler unterlaufen. Natürlich hatte Heerse nicht mit ihm herumgebrüllt, im Gegenteil: Rolf würde daraus keine große Sache machen, aber für ihn selbst war das eine Blamage gewesen. Womöglich hatten sie durch ihn wertvolle Zeit bei den Ermittlungen verloren, da halfen auch keine tröstenden Worte, so etwas konnte man nun mal nicht beschönigen. Er hatte die E-Mail schlicht und ergreifend übersehen.

In seiner Wohnung angekommen, kramte er die letzte Kopfschmerztablette aus seiner Tasche und spülte sie mit einem Schluck Bier herunter.

Das ist der Vorteil, wenn man alleine wohnt, dachte er bitter. *Keiner da, der entsetzt aufschreit, wenn man Medikamente und Alkohol kombiniert.*

Aber schon im nächsten Moment deprimierte ihn dieser Gedanke und er wünschte sich sehnlichst ein zänkisches Weib an seiner Seite.

Er schlurfte ins Bad und nahm eine Dusche. Danach fühlte er sich immer noch schlecht und plötzlich übermannte ihn das Gefühl, ein kompletter Versager zu sein. Sylvia hatte ihn verlassen und einem schmierigen Fiesling den Vorzug gegeben. Seine Töchter hielten ihn vermutlich für einen schlechten Vater, weil er bisher nicht wieder bei ihnen eingezogen war. Und als er die Chance hatte, sich mit seiner Frau zu versöhnen, da konnte er nicht. War das nicht bereits schlimm genug, musste jetzt auch noch in seinem Job alles schieflaufen?

Bevor er sich immer tiefer in Selbstmitleid suhlen konnte, klingelte es an der Tür. Mit noch feuchten Haaren und im Jogginganzug öffnete er.

Vor ihm stand Annette, die neue Nachbarin. Sie hatten sich seit ihrem Einzug kaum gesehen. Müller war die meiste Zeit beruflich unterwegs gewesen und stets erst spät abends nach Hause gekommen. Außer einem gelegentlichen kurzen »Hallo, wie geht es?« im Treppenhaus hatte es keine weiteren Gespräche gegeben.

Annette sah toll aus. Sie hatte das Haar hochgesteckt und lockige Strähnen ringelten sich um ihren Hals. Sie trug eine schlichte Jeans, einen knallbunten Pullover und blickte ihn herausfordernd an.

»Ich dachte, ich ergreife die Gelegenheit, dich einmal zu Haus anzutreffen. Und ja«, sie zwinkerte ihm zu, »ich habe dein Auto gesehen und entschieden, es einfach einmal zu versuchen.«

Plötzlich kam er sich in seinem Trainingsanzug mit dem Aufdruck seines Lieblingsfußballvereins blöd vor.

»Schön, dich zu sehen«, kam es ihm zum Glück über die Lippen, und das war keine Lüge.

Sie hob einen großen Korb in die Höhe. »Ich wollte dich zum Essen einladen als Dankeschön für die Einzugshilfe! Meine Küche wurde geliefert, allerdings fehlen immer noch mein Esstisch und die Stühle.«

»Sitzmöbel kann ich zur Verfügung stellen«, stieg Müller auf die Bemerkung ein. »Komm rein!«

Bald darauf saßen sie am Tisch und die trüben Gedanken waren vergessen. Dafür genoss der Oberkommissar jetzt den Rinderbraten, die Spätzle und die grünen Bohnen. Sie hatten bereits die erste Flasche Rotwein geleert und Müller verdrängte die Vorstellung von Kopfschmerz in der nahen Zukunft.

Annette erzählte ihm gerade von ihrer Ehe. »Ich dachte, wir sind glücklich. Ich war so eine Idiotin. Mir hatte das, was wir hatten, gereicht. Ich war zufrieden, aber er wollte mehr. Man kommt sich hinterher so dumm vor. Plötzlich wird dir klar, warum er kein Interesse mehr an gemeinsamen Unternehmungen hatte oder warum sein Arbeitstag immer länger wurde. Und das schlechte Gewissen hat bei ihm auch nicht lange angehalten. Meine Scheidung war eine einzige Schlammschlacht. Sollte man nicht meinen, dass der, der geht, so viel Anstand besitzt, die Dinge friedlich regeln zu wollen?« Sie bemerkte, dass ihr Gegenüber ins Grübeln kam, und sagte schnell: »Ich wollte bei dir keine Wunden aufreißen, es tut mir leid. Ich habe einen Käsekuchen gebacken, kann ich damit mein schwermütiges Gerede wiedergutmachen?«

»Aber hallo«, entgegnete Müller und versuchte, sich nicht anmerken zu lassen, wie viel ihm von dem, was er eben gehört hatte, vertraut vorkam. »Käsekuchen kommt immer gut und ich mache uns einen Kaffee.«

In der Küche musste er sich ermahnen, nicht noch mehr zu trinken. Er empfand Annettes Anwesenheit als äußerst anregend und war sich der euphorischen Stimmung, in der er sich befand, sehr bewusst. Wie würde der Abend ausgehen? Aus dem Wohnzimmer hörte er das Geräusch eines Korkens, Annette hatte also die zweite Flasche Wein aufgemacht. Plötzlich dachte er an Kondome. Panik überkam ihn, dann fiel ihm ein, dass noch irgendwo im Bad welche sein mussten. Ein Kumpel hatte sie beim letzten gemeinsamen Fußballabend zusammen mit einem Sechser-Pack Bier und einer Tüte Salzbretzeln mitgebracht. »Das Reisegepäck für Unverheiratete und getrennt Lebende«, hatte sein Freund gescherzt und sich für unheimlich witzig gehalten.

Damals hatte Müller das kindisch gefunden, jetzt war er ungemein dankbar.

»Was macht der Kaffee?«, rief Annette und Müller antwortete: »Kommt gleich«, wobei er sich dabei ertappte, die Worte zu flöten, und sich dafür im Stillen als Depp beschimpfte.

Schließlich saßen sie nebeneinander auf der Couch, tranken ihren Kaffee und redeten über alles Mögliche. Annette war neugierig und fragte Müller über den Polizistenberuf aus, während er erfuhr, dass sie gelernte Krankenschwester war.

»Das mit dem Schichtdienst ist für mich immer schwierig gewesen«, sagte sie gerade. »Wenn dein Partner geregelte Arbeitszeiten hat, kann das auf die Dauer zum Problem werden. Aber ich liebe meinen Beruf!«

Müller versuchte, ihr aufmerksam zuzuhören, konnte sich aber nur noch auf ihren Mund mit den wohlgeformten Lippen konzentrieren. Als sie ihn jetzt anlächelte, war es endgültig um ihn geschehen. Er schob eine Hand in ihren Nacken und zog sie an sich. Annette gab ihm, ohne zu zögern, nach, ihre Lippen berührten sich. Zärtlich küsste er sie auf den Mund und wurde sanft etwas fordernder. Es war ein erster Kuss wie damals als Teenager. Müllers ganzer Körper schien unter Strom zu stehen und auch Annette hatte das Gefühl, ihr Herz würde zwei Schläge aussetzen. Eng schmiegte sie sich nun an ihn und er schloss sie in die Arme. Ganz selbstverständlich glitten seine Finger über ihren Körper und sie erwiderte die Liebkosungen.

»Bei mir ist es schon eine ganze Weile her«, flüsterte sie schüchtern. »Du darfst nicht zu viel erwarten.«

Er drückte sie noch fester an sich, küsste ihr Ohrläppchen und antwortete liebevoll: »Du hast schon alle meine Erwartungen erfüllt.«

Langsam führte er Annette ins Schlafzimmer, und sie begannen, sich gegenseitig auszuziehen. Es war nicht das leidenschaftliche Übereinanderherfallen, das man aus heißen Filmszenen kannte, sondern ein Austausch von Zärtlichkeiten zwischen zwei Menschen, die sich in aller Ruhe entdecken wollten. Annette lag auf dem Rücken und genoss seinen Körper. Sie fühlte sich bei diesem Mann so geborgen, dass sie sich ihm vollkommen hingeben konnte. Er schien zu spüren, wie gut ihr seine Berührungen taten, und genoss seinerseits das Gefühl vollkommener Harmonie. In diesem Moment löste sich endlich die Anspannung, die er die letzten Monate mit sich herumgetragen hatte. Alle Gedanken an die unglückliche Trennung von Sylvia schienen verflogen.

Seine Bewegungen wurden schneller, er erlebte eine Form der Sexualität, die er lange vermisst hatte. Gerne hätte er den Akt noch länger hinausgezögert, aber die Lust, die er mit Annette verspürte, war einfach zu mächtig. Es war ein herrlicher Moment und obwohl es das erste Mal war, fühlte er sich mit Annette bereits auf eine besondere Weise verbunden. Sie schlang ihre Arme fest um ihn und seufzte leise. In diesem Augenblick hatte er das Gefühl, endlich wieder glücklich sein zu können.

Die Nacht verbrachten sie gemeinsam. Eng umschlungen schliefen sie ein.

* * *

KAPITEL 8

Am nächsten Morgen

Sylvia Müller hatte neuen Mut gefasst. Vielleicht war es tatsächlich noch zu früh, wieder miteinander zu schlafen. Immerhin hatte sie mit ihrem Ausbruch aus der Ehe den Stolz ihres Ehemanns verletzt. Umgekehrt wäre sie sicher auch nicht sofort bereit gewesen, einen Neuanfang zu wagen.

Komisch, dachte sie, *eigentlich hätte ich Stein und Bein geschworen, dass ich ihn mit Sex zurückgewinnen kann.*

Nun, dann ließ sie es eben langsamer angehen. Vielleicht konnte sie ihn überreden, wenigstens wieder zu Hause einzuziehen, nur als Freunde, schon der Kinder zuliebe.

Ihre Mutter hatte sie gewarnt: »Mädchen, du erwartest zu schnell zu viel!« Aber Mütter wussten schließlich auch nicht alles.

Sylvia ertrug das Alleinsein nur schlecht. Auch wenn ihr Mann als Polizist oft nicht zu Hause gewesen war, hatte sie doch immer im Hinterkopf gehabt, dass er irgendwann wieder da wäre. Egal, wo sie hingegangen war, sie wusste, dass es ihn gab. Und heute? Sie fühlte sich auf Elternabenden unwohl, glaubte, dass man sich von ihr distanzierte. Das galt vor allem für andere Ehepaare. Manchmal vermutete sie, dass die Ehefrauen Angst um ihre Männer hatten, schließlich war sie jetzt eine alleinstehende Frau. Hatte sie sich früher genauso verhalten?

Eigentlich nicht, denn in dem Punkt konnte sie den Worten ihrer Mutter nur zustimmen: »Einen Besseren kannst du kaum finden. Es gibt wenige Männer, für die ich die Hand ins Feuer legen würde, dein Ehemann gehört dazu.«

Damals hatte Sylvia diese Sprüche nicht hören wollen. Im Gegenteil, sie hatte sich über seine Fantasielosigkeit und die fehlende Spontanität beklagt. Heute sehnte sie sich danach.

Es hilft nichts, dachte sie deshalb, *ich muss ihn zurückholen.*

Zurechtgemacht, als würde sie zu einem Date aufbrechen, brachte sie die Mädchen in die Schule und steuerte auf eine Bäckerei zu, die selbst gebackene, frische Brötchen und keine Aufbacksemmeln verkaufte. Außerdem erstand sie noch zwei große Becher Latte macchiato.

Sie würde es auf gut Glück versuchen, vielleicht war ihr Ehemann so früh am Morgen noch zu Hause. Ein spontanes gemeinsames Frühstück wäre sicher eine gute Idee. Wie praktisch, dass die Mädchen einen Schlüssel zu der Wohnung ihres Vaters hatten. So musste sie ihn nicht aus dem Bett klingeln, sondern konnte eine hübsche Überraschung vorbereiten. Erfreut stellte sie zwanzig Minuten später fest, dass sein Wagen noch auf dem Parkplatz stand. Leise schob sie kurz darauf den Schlüssel ins Schloss und öffnete die Wohnungstür.

* * *

Heerse hatte noch am Abend eine Nachricht für Commissaire Wisser hinterlassen. Deshalb wunderte es ihn nicht, schon am frühen Morgen von dem französischen Kollegen zu hören.

»Rolf, mon ami«, sagte der wie gewohnt höflich, »was geht bei euch nur vor?«

Heerse seufzte geräuschvoll. »Du kannst mir glauben«, die Männer waren seit dem gemeinsamen Abendessen beim *Du*, »mir wäre es lieber, die Leichen hätten an deinem Ufer gelegen.«

»Schlimme Sache«, erwiderte Wisser verständnisvoll, »wie kann ich helfen?«

»Ich bräuchte alle Informationen über diesen Gaston Lebourg und sicher wäre es interessant zu erfahren, ob er Kontakt zu unserem ersten Opfer, Charlotte Dubois, pflegte. Immerhin hatte die Rauschgift bei sich, wenn auch nur eine geringe Menge. Der, der die Leiche fand, ein gewisser Gregor Botner, wurde ebenfalls mit Kokain erwischt. Und Lebourg war ja offensichtlich im Geschäft. Und in diesem Zusammenhang muss ich an den abgestellten Pkw mit dem Kokain denken. Da muss es doch einen Zusammenhang geben …«

»Davon könnte man ausgehen«, entgegnete Wisser und notierte sich alles.

Dann berichtete er Heerse, was er bisher erfahren hatte: »Also, Lebourg war, wie du weißt, ein Autodieb und Dealer. Unsere Leute von der Drogenfahndung vermuten, dass er zuletzt in Kontakt mit einem gewissen Raoul Fador stand, Spitzname *Ralu*. Der hat sein Revier in den letzten Monaten immer weiter ausgebaut. Mädchenhandel, Waffen und Drogen. Leider konnte man ihm bisher noch nichts nachweisen. Aber er und seine Gang sind mehr als nur Gelegenheitskriminelle, da steckt ein ganzes Netzwerk dahinter und davon abgesehen sind die für ihre brutale Vorgehensweise bekannt. Ralu stammte aus einem der übelsten Banlieus von Paris. Behauptet, sein Vater sei Algerier, aber in Wirklichkeit weiß er gar nicht, wer sein Vater ist. Die Mutter hatte eine stolze Karriere als Prostituierte hinter sich, als man sie tot auffand, nachdem sie vom Balkon ihrer Wohnung im zwölften Stock gefallen war. Es gab den Verdacht, der Sohn hätte dabei seine Finger im Spiel gehabt. Sein Jähzorn ist berüchtigt.«

»Man hat Gaston Lebourg totgeprügelt, das gilt auch für Charlotte Dubois.«

»Könnte Ralus Handschrift sein«, erwiderte Wisser. »Außerdem war die Dubois zuvor doch in Marseille. Vielleicht hat sie für ihn gearbeitet?«

Einen Moment schwieg Heerse und überlegte, dann fragte er ohne große Hoffnung: »Gibt es denn eine Möglichkeit, mit diesem Ralu zu sprechen?«

Ein heiseres Krächzen, das wohl wie ein Auflachen klingen sollte, war dem Hauptkommissar Antwort genug.

Wisser führte seine Gedanken dennoch aus: »Wir haben nichts gegen den Typen in der Hand. Und abgesehen davon, dass wir nicht genau wissen, wo er sich momentan aufhält, würde der jedes Gespräch ablehnen.« Der Franzose dachte kurz nach und fragte: »Was ist mit der zweiten Frau?«

»Lydia Schmitt. Tja«, überlegte Heerse, »es gab keinerlei Hinweise auf Drogen.«

»Könnte sie ein Kurier gewesen sein?«, warf Wisser ein. »Womöglich hat auch sie für Raoul Fador gearbeitet, wollte aus der Reihe tanzen und er hat ein Exempel statuiert.«

»Gefühlsmäßig hätte ich bei der Frau keine Kontakte zum organisierten Verbrechen vermutet, aber wir werden dem noch einmal nachgehen.«

Das Gespräch endete und Wisser versprach seinerseits, nach weiteren Informationen zu suchen.

* * *

Sylvia schob leise die Tür auf. Dann zog sie den Schlüssel ab, klemmte die Brötchentüte unter den Arm und schnappte sich die beiden Kaffeebecher, die sie im Hausflur auf den Boden gestellt hatte. Sie betrat die Wohnung und gab der Tür mit ihrem Hinterteil einen sanften Stoß, damit sie wieder zufiel.

Die Luft im Wohnzimmer roch abgestanden und nach Alkohol. Im ersten Moment hoffte sie, er hätte gestern vielleicht aus Einsamkeit getrunken – das würde bedeuten, er sehnte sich zurück zu seiner Familie. Doch dann entdeckte sie die beiden Weingläser auf dem Couchtisch. Sie hätte nicht den Lippenstiftrand an einem davon sehen müssen, um zu wissen, dass ihr Mann weiblichen Besuch hatte. Die dunklen Pumps, die mitten im Zimmer lagen, waren als Information völlig ausreichend. Aber als würde ein gemeiner Dämon ihren Kopf bewegen, wanderte ihr Blick nun auch noch zu dem achtlos stehen gelassenen Tragekorb, der nicht ihrem Mann gehörte. Ein Schwenk in die Küche und sie sah die Teller und Schüsseln und die leeren Weinflaschen.

Aber noch hatte das gar nichts zu bedeuten, noch waren es einfache Gegenstände, die vermutlich aus völlig harmlosen Gründen hier herumstanden und lagen. Eine innere Stimme riet Sylvia, einfach zu gehen und nie ein Wort über das, was sie gerade vorgefunden hatte, zu verlieren. Doch diese Stimme wurde übertönt von der Eifersucht, die plötzlich wie eine schrille Sirene in ihrem Kopf aufheulte. Mechanisch ging sie zum Schlafzimmer und stieß mit dem Fuß die Tür weiter auf.

Sie haben nicht einmal mehr die Zeit gehabt, die Rollläden zu schließen, schoss es ihr absurderweise als Erstes durch den Kopf.

»Du Schwein«, krächzte Sylvia, da ihr die Stimme versagte.

Sie blickte auf einen dunklen Haarschopf neben ihrem Mann und sah zwei schlanke Damenfüße mit rot lackierten Nägeln, die unter der Bettdecke hervorlugten.

Ihr Mann lag auf dem Rücken und atmete laut. Wie hatte sie sein Schnarchen gehasst!

Ihr Gehirn versuchte zu verarbeiten, was sie hier gerade sah. Er hatte ihr vorgemacht, er bräuchte noch Zeit, dabei hatte er eine andere.

Sylvias Verzweiflung steigerte sich immer mehr. Aber anstatt sich selbst die Schuld zu geben, richtete sich ihr Zorn gegen die Frau, die ihr in der letzten Nacht den Mann gestohlen hatte. Die ihren Kindern den Vater nahm.

»Du Schwein«, schrie sie mit einem Mal und verlor komplett die Beherrschung.

Müllers Kopf sauste in die Höhe. Was war passiert?

Sylvia stand in seinem Schlafzimmer, träumte er noch? Sylvia, mit zwei Bechern Kaffee in der Hand. Noch während er versuchte, die Orientierung wiederzufinden, landete ein Schwall der braunen Flüssigkeit in seinem Gesicht. Zum Glück war sie nur noch lauwarm. Neben ihm schrie jemand erschrocken auf, während frisch gebackene Brötchen über den Teppich kullerten. Annette! Jetzt erinnerte er sich wieder. Aber was machte seine Frau hier?

Sylvia kreischte wie eine Furie: »Du hast also eine Schlampe für dein Bett gefunden, du dreckiges Schwein!«

Sie holte aus und warf den zweiten Becher Kaffee auf Annette, die sich reflexartig die Bettdecke über den Kopf zog.

Müller war aufgesprungen. Er stand völlig nackt vor seiner Frau und brüllte: »Hast du den Verstand verloren?«

Sie wollte auf ihn losgehen, gegen ihn treten und ihn schlagen, aber er hielt sie mit gestreckten Armen von sich und rief erneut: »Verdammt noch mal, hör sofort auf!«

»Du Schwein, du Schwein«, schluchzte Sylvia und ließ die Arme sinken.

Müller schob sie aus dem Zimmer. Auf dem Weg schnappte er sich seine Jogginghose, die er im Wohnzimmer ungelenk anzog.

Sie blitzte ihn wütend an, wollte ihn erneut beschimpfen, aber dieses Mal kam sie nicht zu Wort.

Hatte sie Reue oder Entschuldigungen erwartet, dann sollte sie bitter enttäuscht werden.

»Was fällt dir ein?«, die Stimme ihres Mannes klang nicht wie gewohnt verständnisvoll oder gelassen, sondern wütend. Und die Abscheu, die er gerade empfand, blieb ihr nicht verborgen.

»Wie bist du überhaupt hereingekommen?«

»Laras Schlüssel«, schluchzte sie und sah ihn flehentlich an.

»Der ist für die Kinder, für den Notfall. Was glaubst du denn, wer du bist, hier so ein Theater aufzuführen? Wir sind getrennt, schon vergessen?« Müller konnte sich nicht länger zusammenreißen. »Ich bin gutmütig, aber ich bin kein Idiot. Du hast dich dafür entschieden, ein anderes Leben zu führen, unsere Ehe zu beenden. Und jetzt, nachdem dein Experiment nicht geklappt hat, da meinst du auf einmal, dass der langweilige Müller Gewehr bei Fuß steht. Aber ich verrate dir etwas: Ich habe ein eigenes Leben und«, er zitterte vor Zorn, »auch ich habe das Recht, glücklich zu sein!«

»Und deine Familie?«, hielt Sylvia dagegen.

»Für meine Kinder werde ich immer da sein.« Er atmete durch, versuchte, sich zu beruhigen, und fügte schließlich in gemäßigterem Tonfall an: »Und ich bin auch für dich da, aber eben nicht mehr als Ehemann.« Mit einem Mal war er ganz ruhig, denn gerade eben war ihm etwas bewusst geworden.

Er hatte eine Entscheidung getroffen. »Sylvia, ich möchte die Scheidung.«

Er sprach die Worte ohne Groll aus, doch das machte es nur umso schlimmer. Denn das bedeutete, dass er es ernst meinte.

So hätte es nicht enden dürfen. Hilflos blickte sie ihn an – aber er war, wie er immer war: ein Fels, der nicht umfiel. Nur war er nicht mehr länger ihr Fels.

Diese Erkenntnis traf sie wie ein Faustschlag und ließ den Zorn erneut auflodern. »Das wirst du bereuen«, zischte sie gehässig. »Das wirst du bitter bereuen.«

Hysterisch warf sie ihm den Schlüssel vor die Füße, dann stolperte sie nach draußen, trat auf ihrem Weg gegen die Pumps auf dem Teppich, sodass einer davon scheppernd die Gläser auf dem Couchtisch zu Fall brachte, und knallte dann dermaßen laut die Wohnungstür zu, dass man nun bestimmt auch im obersten Stockwerk wusste, dass bei Oberkommissar Müller der Haussegen schief hing.

Er atmete durch, war froh, dass Sylvia fort war, und fragte sich, ob er vielleicht zu weit gegangen sei. Aber sein Herz sagte ihm, dass er das Richtige getan hatte.

Hinter sich hörte er Annettes Stimme: »Ich hoffe, letzte Nacht war nicht nur, um es ihr heimzuzahlen?«

Er drehte sich um. Sie sah ihn ängstlich an, Kaffee tropfte ihr aus den Haaren und in diesem Moment bekam er Angst, sie würde gehen und nie wieder zurückkehren. Er eilte zu ihr, schob ihr die nasse Strähne aus dem Gesicht und küsste sie auf den Mund.

»Wie kann ich das wiedergutmachen? Du musst mir glauben, ich hatte keine Ahnung, dass Sylvia hier auftauchen würde. Ich verstehe das ganze Theater nicht einmal. Immerhin hat *sie* mich verlassen.«

Annette lächelte und drückte ihm einen Kuss auf die Wange. »Manchmal bemerkt man erst, was man hat, wenn man es verliert.«

»Letzte Nacht hat mir sehr viel bedeutet«, sagte er nun verlegen. »Ich meine das mit uns.« Zu seinem Ärger wurde er rot.

»Bist du dir sicher? Weil …« Sie sah zu Boden und ihre Augen füllten sich mit Tränen. »Ich will nicht verletzt werden.«

»Das wird nicht geschehen, niemals!« Damit schloss er sie in die Arme und hätte sie am liebsten nie wieder losgelassen.

Erst einige Tage später wurde Müller so richtig bewusst, wie sehr sich sein Leben künftig verändern würde.

Es war verabredet, dass die Mädchen über Nacht bei ihm bleiben sollten. Er hatte den Nachmittag und den nächsten Morgen dienstfrei und wollte etwas Zeit mit seinen Kindern verbringen. Obwohl das Treffen schon vor der Auseinandersetzung zwischen ihm und Sylvia vereinbart worden war, ging er davon aus, dass sich daran nichts geändert hatte. Deshalb wunderte er sich, als er vergeblich an Sylvias Haustür klingelte.

Bisher hatten die Absprachen immer gut funktioniert und so befürchtete er im ersten Moment, es wäre etwas passiert. Über das Handy versuchte er, seine Ehefrau zu erreichen.

Tatsächlich meldete sich Sylvia mit einem knappen: »Was willst du?«

»Na hör mal«, entgegnete Müller, »es war ausgemacht, dass die Mädchen heute bei mir übernachten, und jetzt stehe ich vor verschlossenen Türen.«

Er bekam keine Antwort, denn seine Noch-Ehefrau hatte aufgelegt.

Dafür hörte er jetzt im Inneren Geräusche, kurz darauf wurde die Tür aufgerissen.

Mit zornigem Gesicht geiferte ihn Sylvia an: »Sie wollen nicht zu dir.«

»Bitte was?«

»Du hast schon richtig verstanden, die beiden haben keinen Bock auf ihren Vater.« Sie bebte vor Wut und es war ihr anzumerken, dass sie gerne noch mehr gesagt hätte.

»Was soll das werden? Hetzt du die Kinder gegen mich auf?« Müller sprach in ruhigem Ton mit ihr, obwohl er anfing, innerlich zu kochen.

»Das ist gar nicht nötig, so wie du dich benimmst«, antwortete sie ihm giftig.

»Sylvia«, versuchte er es im Guten. »Ich verstehe, dass du wütend auf mich bist, aber bitte, lass uns unsere Probleme nicht auf dem Rücken der Kinder austragen. Das bist doch nicht du.«

»Was weißt du denn, wer ich bin?« Unnachgiebig baute sie sich vor ihm auf.

Nur zu gerne hätte er ihr mit deutlichen Worten zu verstehen gegeben, dass sie kaum in der Position war, sich als moralische Instanz aufzuspielen, aber er unterdrückte seinen Zorn. Der Grund waren Sandra und Lara. Müller war davon überzeugt, dass sich die beiden im Haus befanden. Sie würden jedes Wort hören, und das wollte er den Mädchen ersparen.

»Du solltest schnellstmöglich zur Vernunft kommen«, sagte er daher kalt, drehte sich um und marschierte zu seinem Auto. Ein Blick nach oben und er sah das Gesicht seiner ältesten Tochter an der Scheibe. Er lächelte hinauf, aber das Mädchen wandte schnell den Blick ab.

Sylvia, die immer noch unter der Tür stand, schrie ihm etwas hinterher, aber er ignorierte die Beschimpfung und fuhr vom Hof.

Zu Hause entschied er sich dagegen, darüber mit Annette zu reden, sondern griff zum Telefon. Das Gespräch dauerte fast dreißig Minuten. Als Müller aufgelegt hatte, fühlte er sich erschöpft. Eigentlich hatte er geplant gehabt, bei diesem Treffen den Mädchen die neue Situation in Ruhe darzulegen, aber jetzt war ihm Sylvia zuvorgekommen und ganz offensichtlich auf eine sehr unsensible Weise. Ihm graute vor Gerichtsverhandlungen, Sorgerechtsstreitigkeiten und Auseinandersetzungen wegen des Besuchsrechts. Er kannte solche Familientragödien. Oft genug war er als Polizist in so etwas involviert gewesen und auch im Kollegenkreis hatte es die ein oder andere Schlammschlacht bei der Scheidung gegeben.

* * *

Zur gleichen Zeit

In letzter Zeit schwappten immer häufiger Erinnerungsfetzen an die Oberfläche. Er befand sich im Geiste am Rheindamm, blickte hinab auf das Wasser und fürchtete sich.

»Ich stand am Ufer der Angst«, flüsterte er, schloss die Augen und stellte sich das Aufschlagen seines Körpers im Wasser vor, spürte beinahe die kalte Flut, in der vollkommene Stille herrschte, den Druck auf seinen Lungen, den Tod und schließlich das Erwachen.

Würde ein solches Erlebnis den Menschen reinigen oder beschmutzen? Wo versteckte sich die Lüge? Sein Gesicht verzerrte sich, als hätte er große Schmerzen. Er wusste es doch bereits – so klar, wie kein Wasser jemals sein konnte, sah er die Wahrheit und doch wehrte er sich immer noch dagegen.

Seine Gedanken konzentrierten sich auf die Körper, die er dem Wasser übergeben hatte. Es war eine so friedvolle Angelegenheit gewesen. Schon die Vorbereitungen hatten seine Seele genesen lassen. Das gleichmäßige Aufschlagen des Paddels auf dem toten Leib, das Amputieren eines entstellten Gliedmaßes und das rhythmische Schaben des Fischentschuppers hatten ihn wie eine mit klarem Sopran vorgetragene, traurige Arie ergriffen.

Ja, genauso fühlte er sich, wie ein Gast in einem glamourösen Opernhaus, der von seiner Loge aus ein faszinierendes Schauspiel beobachten konnte. Nur war das dunkle Rot, das die Sessel mit den geschwungenen Lehnen zierte, kein farbiger Samt, sondern in Blut getauchter Stoff, genauso wie die rubinfarbenen Vorhänge, die die Bühne umrandeten. Und er war derjenige, der dafür sorgen wollte, dass es noch weitere Spektakel dieser Art geben würde.

* * *

Zwei Tage später, am Abend

Karla Drost war die Einzige, die sich noch in den Büros des Kieswerks aufhielt. Das war für die Achtundzwanzigjährige nicht ungewöhnlich. Sie galt mittlerweile als rechte Hand des Chefs, mit guten Chancen demnächst in die Geschäftsleitung aufgenommen zu werden. Karla war ehrgeizig, aber suchte den Erfolg nicht um jeden Preis und schon gar nicht auf Kosten anderer. Sie konnte stolz auf ihren Werdegang sein. Die junge Frau war intelligent und fleißig und ein wahres Organisationstalent.

Der Chef schätzte ihre Arbeit, mochte sie aber auch als Mensch.

Karla wollte heute noch einen Monatsbericht fertigstellen und nutzte dafür die Ruhe nach den üblichen Geschäftszeiten. Von ihrem Büro aus hatte sie einen guten Ausblick auf den See, in dem der große Bagger schwamm, und auf das Förderband, das quer über das Wasser lief und tagsüber den Kies zur Verladestation transportierte. Die letzten Sonnenstrahlen zauberten ein Glitzern auf den See, dann verschwanden sie und hinterließen ein trübes Bild. Die schweren Baumaschinen am Ufer waren verlassen, denn auch die Arbeiter hatten längst Feierabend gemacht. Karla wandte sich ab und begann mit der Arbeit.

Gerade als sie dabei war, den Drucker mit Papier zu füttern, vernahm sie ein vertrautes Geräusch. Das Förderband war angesprungen. Automatisch sah sie hinaus, konnte aber im Licht der Außenbeleuchtung nur den breiten schwarzen Plastikstreifen sehen, der sich, ohne Lasten zu transportieren, bewegte.

Karla verzog das Gesicht. Hatte einer der Arbeiter das Band nicht richtig abgeschaltet? So etwas kam zwar selten vor, war aber in der Vergangenheit schon passiert. Kurz überlegte sie, jemanden vom Sicherheitsdienst anzurufen. Die Männer waren irgendwo auf dem riesigen Betriebsgelände unterwegs – wären sie in der Nähe, hätten die sich sicher schon längst um das Band gekümmert.

»Was soll's«, murmelte Karla, »ich kann sowieso frische Luft gebrauchen.«

Sie zog ihre Jacke an, angelte die Zigaretten aus der Schublade und machte sich auf den Weg nach draußen. Schließlich war sie durchaus in der Lage, einen Knopf zu betätigen, um ein Förderband abzustellen. Morgen würde sie dann mit dem verantwortlichen Vorarbeiter sprechen und die Sache wäre erledigt. Sie wusste, dass es die Männer schätzten, wenn sie wegen solcher Lappalien kein Fass aufmachte. Und wenn sie zur Geschäftsführerin aufsteigen wollte, dann musste sie zeigen, dass sie auch mal selbst anpacken konnte.

Geistesabwesend zog sie an der Zigarette und verlangsamte ihren Gang. Die Sonne war längst untergegangen, aber das Gelände wurde von Scheinwerfern und Laternen gut beleuchtet. Sie kam an dem Grillplatz vorbei, wo während der Sommermonate im 14-Tage-Rhythmus freitags ein gemeinsames Barbecue stattfand; ein Zugeständnis an die Belegschaft.

Hat bisher auch noch niemand sauber gemacht, dachte sie ärgerlich mit Blick auf die Kohlereste. Auch das würde sie morgen an den Vorarbeiter weitergeben.

Sie hatte jetzt das Förderband erreicht, das immer noch vor sich hin ruckelte, und schaltete es ab. Unbefugte vermutete sie um diese Jahreszeit nicht, selbst im Sommer verschlug es nur selten einen illegalen Badegast hierher.

Karla schlängelte sich zwischen den abgestellten Baggern und Lkw hindurch, warf ihre Zigarette auf den Boden und drückte sie halbherzig mit dem Fuß aus.

»Überall lasst ihr euren Müll liegen«, sagte plötzlich eine männliche Stimme hinter ihr.

Erschrocken fuhr sie herum, sah das Holz in der Hand ihres Gegenübers, das einem kleinen Baseballschläger glich und von einem dunklen Rot war.

Sie schrie auf, doch im gleichen Moment krachte der Knüppel auf ihren Kopf nieder. Karla fiel zu Boden und rührte sich nicht mehr.

Die Gestalt beugte sich über sie. Die Frau war noch am Leben. Der Blick des Angreifers fiel auf die Zigarette und dann zurück auf das junge Gesicht – sein Opfer sah aus, als würde es schlafen.

Das Blut, das aus der Kopfwunde sickerte, verteilte sich in den rötlichen Haaren der Frau. Aber sie musste tot sein, sonst konnte er sein Werk nicht vollenden. Die Zigarette am Boden glomm noch und störte das Bild, das musste er ändern.

Unstet huschten seine Blicke hin und her und blieben schließlich an einem Minibagger hängen. Er näherte sich der Maschine und spähte hinein. Was für ein Glück, der Schlüssel steckte. Schnell eilte er zurück zu Karla und wenige Minuten später zogen kräftige Hände die junge Frau über den weichen Grund. Es war ein gewagtes Unterfangen, schließlich wusste er, dass es auf dem Gelände Wachpersonal gab. Allerdings hatte er beobachtet, dass die Männer sich ein gutes Stück entfernt auf der anderen Seite des Sees aufhielten. Trotzdem ließ er sich nicht zu viel Zeit und kletterte flink in die Fahrerkabine. Euphorie ergriff von ihm Besitz, als er die Baumaschine anließ und die Hebel betätigte, bis die Baggerschaufel direkt über dem Oberkörper seines Opfers schwebte. In diesem Augenblick öffnete Karla die Augen.

Das Letzte, was sie in ihrem Leben sehen sollte, waren die dreckverkrusteten Zähne der Schaufel, die nun mit voller Wucht in ihren Leib eindrangen. Innerhalb weniger Sekunden waren die zarten Glieder der Frau zertrümmert, die Rippen wie feines Glas in tausend Teile zersprungen, die Organe zerquetscht und ihre Kleidung blutgetränkt.

Er hatte alles sorgfältig geplant und dafür gesorgt, dass er nicht mit großem Gepäck hatte reisen müssen. Die Rolle mit der Angelschnur passte leicht in jede Jackentasche. Bei seinem ersten Opfer hatte sie nicht den gewünschten Effekt gebracht, deshalb war er beinahe davon abgerückt, sie ein zweites Mal zu gebrauchen. Aber dann erinnerte er sich an das faszinierende Bild von Charlotte Dubois' Leichnam, der gleich einer Marionette im Gewirr der eigenen Fäden gefangen gewesen war. Daher umwickelte er auch diesen Körper mit der dünnen, festen Schnur – wie eine Spinne, die das gefangene Insekt in ihrem Netz einspinnt. Karlas Gesicht, das von der Baggerschaufel verschont geblieben war, widmete er sich zuletzt. Ihm gehörte seine ganze Aufmerksamkeit.

Gleich wird es perfekt sein, dachte er voller Vorfreude und fischte die kleinen Kohlestücke aus der Tasche.

Bereits vor ein paar Tagen war ihm die Idee gekommen, dieses Mal die schwarzen Bröckchen zu verwenden, von denen es an der Grillstelle genug gab. Vorsichtige Nachforschungen hatten ihm geholfen, nützliche Details über das Gelände und sein Opfer herauszufinden. Er überließ nichts dem Zufall, einzig das herumschleichende Wachpersonal hatte ihn im Vorfeld beunruhigt. Aber schnell wusste er, wann die Männer in den dunklen Windjacken ihre Runden drehten, und erfreulicherweise hielten sie sich dabei immer an einen festen Ablauf. Wenn er ehrlich war, dann gab deren Anwesenheit seiner Arbeit eine noch größere Bedeutung. Schließlich musste er seine Aufgabe unter erschwerten Bedingungen erledigen. Und die Gefahr, das Risiko, entdeckt zu werden, ließ erfreulicherweise nichts von dem, was er gerade tat, zu öder Routine werden. Einzig das Töten war das, was sich ständig wiederholte. Es war der Anfang seines Werkes, das Fundament. Danach kam die Feinarbeit – und erst wenn diese mit aller erdenklichen Raffinesse abgeschlossen war, dann konnte der Körper dem Wasser übergeben werden.

Von Weitem hörte er Stimmen. War es schon so weit? Ein Blick auf die Uhr mahnte ihn zur Eile. Seine Arbeit war erledigt, jetzt zerrte er die Leiche zum Ufer.

Er wollte sie noch beschweren, griff schon nach dem dicken Seil, das er wie einen Gürtel um den eigenen Bauch gewickelt hatte, als er erneut die Stimmen vernahm. Irgendetwas passte nicht. Die Wachmänner waren früher als sonst in Richtung Förderband unterwegs. Ein Tropfen klatschte ihm auf die Stirn. Nun wusste er auch, warum: Es begann zu regnen, womöglich hatte das Sicherheitspersonal deshalb den Rundgang schneller als gewöhnlich beendet. Oder waren sie doch von dem Motorengeräusch des Baggers angelockt worden?

Ihm blieb nur wenig Zeit. Sollte er die Leiche beschweren und damit ein zu frühes Auftauchen verhindern, oder würde das zu lange dauern? Sekundenbruchteile später hatte er bereits seine Entscheidung getroffen. So anregend es war, mit der Gefahr zu spielen, so sehr lag ihm auch an der Freiheit. Immerhin wollte er seine Arbeit in Zukunft fortsetzen. Somit schleifte er die tote Karla ins Wasser und gab ihr einen Stoß. Der Körper trieb ein Stück hinaus auf den See und war in der Dunkelheit nicht mehr zu sehen.

Das Geräusch seiner eigenen Schritte schluckte der weiche Boden. Über einen verbogenen, rostigen Zaun gelangte er auf eine der Auenwiesen. Hier war es schon bei Tageslicht schwierig, sich zurechtzufinden, und in der Nacht beinahe aussichtslos. Aber natürlich hatte er auch das zuvor ausgekundschaftet. Er hielt sich neben dem Zaun und gelangte so auf einen Pfad zurück. Die Anspannung fiel von ihm ab, seine Muskeln entkrampften sich und endlich stellte sich wieder diese wohltuende Zufriedenheit ein. Der Regen hatte ihn auch in dieser Nacht begleitet, denn mittlerweile prasselten große Tropfen auf ihn nieder.

Er lächelte glücklich, was für ein wunderbarer Tag – doch plötzlich stockte er. Die Stimmung war verdorben. Hektisch klopfte er seine Taschen ab, aber er wusste auch so, dass er ihn nicht finden würde. Der rote Holzknüppel, wo war er? Und dann fiel es ihm siedend heiß ein: Er hatte ihn auf den Boden gelegt, um die Leiche zum Minibagger zu transportieren. Ihm war ein Fehler unterlaufen. Zurück konnte er nicht mehr, denn dann würde er direkt den Wachen in die Arme laufen. Womöglich waren die bereits darüber gestolpert. Er ballte die Hände zu Fäusten. Noch während er das tat, begann er sich zu beruhigen. Worüber machte er sich Sorgen, er trug doch Handschuhe! Der Knüppel war schon vor einiger Zeit mit Bedacht von ihm ausgewählt worden. Außerdem hatte er ihn abgewischt, damit war ausreichend Vorsorge getroffen. Und wer sagte denn, dass die Polizei überhaupt nach Spuren suchen würde. Bisher ahnten die ja noch nicht einmal, dass es eine weitere Leiche gab.

Verärgert, dass seine gute Laune durch den eigenen Leichtsinn so getrübt worden war, folgte er dem schmalen Pfad und dachte: *Wie ungerecht, dass mir nicht einmal dieses kurze Vergnügen vergönnt ist.*

* * *

Am Morgen im Kieswerk

Hajo Gerbe fluchte ungehalten, als er auf dem Weg zu seinem Arbeitsplatz mehrmals mit den schweren Gummistiefeln im Morast stecken blieb. Sein Kollege saß schon in der Kabine des großen Kiesbaggers und ließ die schwere Schaufel auf den Grund des Sees gleiten.

Verärgert stellte er nun fest, dass wieder einmal der Schlüssel im Zündschloss des Minibaggers vergessen worden war.

»Da kann ich ja lange suchen«, murrte der Arbeiter, der eine knappe Viertelstunde damit vertrödelt hatte, im Werksbüro auf die Herausgabe zu warten, bis man ihm endlich mitgeteilt hatte, der Schlüssel würde wohl noch stecken.

Wenn der Tag schon so anfängt, dachte Hajo, *dann kann man ihn vergessen.*

Der Fünfzigjährige neigte zum Pessimismus und empfand jede Störung seiner Alltagsroutine als unangenehm. So setzte er sich heute übel gelaunt in die Baumaschine, und begann, die Arbeiten zu erledigen, die man ihm aufgetragen hatte. Im Augenwinkel sah er die Gesteinsbrocken, die über das Förderband transportiert wurden. Alles schien wie immer und der Lärm, der nun auf dem Gelände des Kieswerks herrschte, ließ keinen Zweifel daran, dass jeder Mitarbeiter seinen Platz eingenommen hatte. Die Zeit verging schnell, denn Hajo musste sich beim Bedienen der Maschine konzentrieren.

Und dann, ohne Vorwarnung, wurde sein Tag erneut aufs Empfindlichste gestört. Irgendetwas stimmte nicht. Er sah das Förderband und den verdrehten Körper. Das Bild war so erschreckend, dass er nicht gleich reagieren konnte. Zwischen den Gesteinsbrocken, dem Schlamm und dem Sand lag ein Mensch. Die Bedeutung dessen, was er da sah, wurde ihm erst langsam bewusst.

»He!«, rief er, so als wollte er die Person ansprechen, dann besann er sich und schalt sich selbst einen Narren. Wer auch immer auf dieses Förderband gebettet worden war, er würde weder mit ihm noch mit sonst jemandem von dieser Welt sprechen können.

Hajo hatte die Situation nun vollständig erfasst. Schnell sprang er von dem kleinen Bagger, rief den anderen mit wild fuchtelnden Armen zu, sie sollten alles stoppen, und zog sein Funkgerät aus der Tasche.

»Abschalten«, brüllte er in den kleinen schwarzen Kasten.

»Was?«, ertönte die Stimme seines Kollegen zusammen mit einem lauten Rauschen.

»Haltet sofort das Band an, hier ist eine Leiche!«

Dieses Mal kam keine Antwort mehr, aber schon wenige Sekunden später stoppte das Förderband. Jetzt wurden auch die anderen aufmerksam. Motoren verstummten und dann ertönte die Sirene zum Zeichen, das etwas passiert war. Danach herrschte eine geisterhafte Stille.

Hajo war als Erster bei der Leiche und hielt sich eine Hand vor den Mund. Der Gedanke: *Ich wusste ja, dass dieser Tag nichts Gutes bringen würde,* kam ihm ganz automatisch. Aber er verspürte keinen Ärger mehr, sondern nur Trauer und Mitleid. Er erkannte die junge Frau, deren nasses Haar kaum heller war als das schwarze Plastikband. Hajo hatte den Eindruck, die Proportionen des Körpers würden nicht mehr stimmen, aber der Schock war zu groß, als dass er hätte erkennen können, was ihr tatsächlich zugestoßen war. Er sah nur Blut und Knochen. Hinter sich hörte er jetzt Stimmen. Seine Kollegen näherten sich, einige stöhnten beim Anblick von Karla auf, jemand musste sich übergeben und andere wandten sich entsetzt ab. Es schien ewig zu dauern, bis endlich der Vorarbeiter bei ihnen war. Er schob die Männer zur Seite, erblickte das Mädchen und übernahm das Kommando.

Eine halbe Stunde später trafen Hauptkommissar Heerse und sein Team ein. Die Arbeiter machten ihnen den Weg frei und stellten sich dabei schweigend zu einer Art Spalier auf, so als wollten sie der jungen Frau die letzte Ehre erweisen.

* * *

Nachdem die Leiche von Karla in die Gerichtsmedizin gebracht worden war, führte Hauptkommissar Heerse ein Gespräch mit dem Inhaber des Kieswerks. Der stellte sich als umgänglicher Mann heraus, der zutiefst betroffen von dem Tod seiner Angestellten war.

»Frau Drost ist mir nicht nur als Angestellte, sondern auch als Mensch ans Herz gewachsen. Ich kann nicht verstehen, wie jemand so etwas tun kann.«

Heerse forderte ihn auf, ihm einen Überblick über Karlas Aufgaben und Gewohnheiten zu geben.

Der Mann war sichtlich bemüht, umfänglich zu antworten. Schließlich sagte er: »Es war nicht ungewöhnlich, dass sie noch so spät gearbeitet hat. Sie war sehr engagiert. Ich wollte ihr einen Geschäftsführerposten anbieten. Sie hatte es sich verdient. Als ich heute Morgen kam, dachte ich, sie hätte früh angefangen und wäre irgendwo im Haus unterwegs. Ihr Arbeitsplatz war nicht aufgeräumt, der Computer lief. Kurz darauf ging die Sirene los. Mein Gott …« Er drehte Heerse den Rücken zu und atmete durch.

Der Hauptkommissar ließ ein wenig Zeit verstreichen, bevor er die nächste Frage stellte. »Können Sie sich erklären, was passiert ist? Sie hat ihr Büro gestern Abend verlassen, aber die Handtasche und ihr Auto waren noch da. Warum glauben Sie, war Frau Drost draußen?«

»Dafür könnte es eine Menge Gründe geben. Vielleicht wollte sie einfach nur eine Pause machen, sich die Beine vertreten, rauchen. Vielleicht hat sie etwas überprüft.«

Heerses fragendes Gesicht ließ den Mann weitersprechen. »Sie machte die Buchhaltung, führte das Anlageverzeichnis, womöglich gab es Unklarheiten bezüglich unseres Fuhrparks. Frau Drost konnte anpacken.

Wenn sie eine Information brauchte, mussten nicht Hinz und Kunz im Büro antanzen. Sie ging normalerweise direkt zu den Leuten und ließ sich die Arbeitsabläufe vor Ort erklären oder sah sich die Maschinen selbst an.«

»Wer war gestern Abend sonst noch auf dem Gelände? Können Sie das feststellen?«

»Selbstverständlich«, antwortete ihm sein Gesprächspartner eifrig und ging zu seinem Computer, »das kann ich Ihnen sofort sagen.« Er öffnete das entsprechende Programm und nannte Heerse die Namen der Wachmänner, die am Vortag Dienst gehabt hatten.

»Nur die beiden und Frau Drost also. Ist denen denn nicht aufgefallen, dass die ganze Nacht Licht im Büro gebrannt hat?«

Dieses Mal lächelte Karlas Chef traurig. »Aus Abschreckungsgründen sind immer einige Lichter im Gebäude an. Das hält Unbefugte fern.«

»Und kontrolliert denn niemand die Büros?«

»Normalerweise konzentrieren wir uns auf das Gelände, die Maschinen stellen das Betriebsvermögen dar.«

»Und das Fahrzeug von Frau Drost? Das stand doch die ganze Nacht auf dem Parkplatz.«

»Auch daran hätten sich die Wachleute nicht gestört. Unsere Mitarbeiter lassen ihre Fahrzeuge aus allen möglichen Gründen auch mal über Nacht stehen. Der Flughafen ist nicht weit entfernt. Wer zum Beispiel in den Urlaub fliegt, parkt sein Auto für gewöhnlich hier. Außerdem arbeiten wir mit einer Sicherheitsfirma zusammen. Die kennen zwar unsere Mitarbeiter, aber vermutlich nicht deren Gewohnheiten.«

»Gab es denn irgendjemand, mit dem Frau Drost Streit hatte? Ein Kunde, Kollege, Lieferant?«

Der Mann zögerte.

Heerse wollte seinen Gesprächspartner schon ermahnen, doch gefälligst alle notwendigen Auskünfte zu geben, da fuhr der Unternehmer bereits fort: »Es hilft ja nichts, die Geschichte unter den Teppich kehren zu wollen, Sie werden es ja sowieso herausfinden …« Er hielt inne, sah mit einem besorgten Blick zu dem Hauptkommissar und ließ es sich nicht nehmen, eindringlich zu sagen: »Trotzdem bin ich zu Hundertprozent überzeugt, dass die Sache nichts mit dem Tod von Frau Drost zu tun hat!«

»Welche Sache?«, hakte Heerse ungeduldig nach.

Der andere seufzte und machte ein betretenes Gesicht. »Es geht um die letzte Weihnachtsfeier. Wir hatten Probleme mit einem unserer Mitarbeiter.« Wieder folgte der beschwörende Ton: »Wohl gemerkt, wir hatten! Das gehört alles längst der Vergangenheit an.« Er sah abwartend zu dem Hauptkommissar, der ihn jedoch, ohne eine Reaktion zu zeigen, musterte.

»Einer unserer Arbeiter hatte zu viel getrunken. Der Mann kämpfte zu dieser Zeit mit erheblichen privaten Problemen. Seine Frau war ihm fortgelaufen und er versuchte, seinen Kummer im Alkohol zu ertränken. Auf der Weihnachtsfeier näherte er sich dann auf unschickliche Weise Frau Drost.«

»Es kam zu sexuellen Übergriffen?«, fasste Heerse sofort nach.

»Das wäre zu hart ausgedrückt, richtiger wäre zu sagen, er hat sich unhöflich benommen.«

Am Gesicht des Hauptkommissars konnte man dessen Missfallen über die Verharmlosung ablesen.

Sein Gesprächspartner wagte daher einen Erklärungsversuch. »Es wurde gefeiert, getrunken und getanzt. Die Stimmung war vergnügt und Herr Zober hat sich hinreißen lassen. Am nächsten Tag tat ihm das alles schrecklich leid und er hat sich ganz offiziell entschuldigt. Natürlich habe ich den Mann abmahnen müssen, ich kann Ihnen das Schreiben gerne zur Verfügung stellen.«

»Ich bitte darum. Und wie hat Frau Drost reagiert?«

»Sie war im ersten Moment verständlicherweise sehr aufgebracht, hat aber die Entschuldigung des Mannes akzeptiert und auf eine strafrechtliche Verfolgung verzichtet.«

»Was genau ist passiert?«, ließ Heerse nicht locker.

Nur widerwillig rückte der Inhaber des Kieswerks die Details heraus. »Herr Zober bat Frau Drost um einen Tanz, als diese ablehnte, wurde er wütend und packte sie am Arm. Er beschimpfte sie unflätig, die Kollegen mussten eingreifen.«

»Das hört sich für mich nicht nach harmloser Unhöflichkeit an!«

Wieder seufzte Heerses Gesprächspartner. »Sie haben ja recht, ich möchte die Angelegenheit auch nicht herunterspielen, aber Lutz Zober ist schon sehr lange bei uns und hat sich nie irgendetwas zuschulden kommen lassen. Ich wollte einfach zum Ausdruck bringen, dass es sich dabei um einen einmaligen Ausrutscher gehandelt hat und der Mann nicht in der Lage wäre, jemandem Gewalt anzutun. Er befand sich damals lediglich in einer schwierigen Phase.«

Heerse kniff die Augen zusammen. Gerne hätte er dem Unternehmer unter die Nase gerieben, dass die meisten Mörder der Meinung seien, in einer schwierigen Phase zu stecken, und das sogar oft als Begründung ihrer Taten aufführen, aber er schwieg. Sie waren auf die Mitarbeit des Mannes angewiesen, ihn vor den Kopf zu stoßen, konnte niemandem helfen. Der Hauptkommissar wusste außerdem genau, warum Karlas Chef so erpicht darauf war, Lutz Zober in einem möglichst guten Licht erscheinen zu lassen. Wäre der Mann nämlich Karla

Drosts Mörder, würde das unweigerlich auf ihn und sein Unternehmen zurückfallen. Immerhin hatte er eine gewisse Sorgfaltspflicht gegenüber seinen Mitarbeitern. Aber Heerse enthielt sich entsprechender Kommentare und ließ sich die Anschrift von Lutz Zober geben, der momentan Urlaub hatte. Kurz darauf verabschiedete er sich.

Auf dem Weg zum Parkplatz traf er auf Maren, die ihm ein interessantes Detail mitzuteilen hatte. Sie hielt einen Plastikbeutel in der Hand, in dem sich ein Kassenbon befand.

»Der steckte in der Handtasche unseres Opfers und stammt von Philippe Moriniers Supermarkt!«

Der Hauptkommissar hob die Brauen. »Eine mögliche Verbindung?«

»Nicht nur dort hin«, entgegnete Maren ernst. »Sie war auch öfter am Damm bei den Imbisswagen. Viele der Mitarbeiter verbringen dort ihre Mittagspause, zumindest im Sommer.«

»Gut. Wenn ihr fertig seid, dann nehmt euch die Wohnung der Frau vor. Ich will wissen, ob es Hinweise auf Drogen gibt. Müller und ich werden die Eltern aufsuchen. Und nehmt die Aussagen der Wachmänner auf.«

Maren nickte und machte sich sofort wieder an die Arbeit, froh, bei Heerses Besuch nicht dabei sein zu müssen.

Die Mutter von Karla Drost brach bei der Nachricht vom Tod ihres einzigen Kindes zusammen und musste medizinisch versorgt werden. Der Vater, ein schlanker, fast schon magerer Mann, beantwortete wie in Trance ihre Fragen, bis er schließlich weinend in Heerses Armen lag.

»Wie sollen wir nur weiterleben?«, schluchzte er immer wieder und Heerse wusste, dass es keine Antwort auf diese Frage gab.

Nicht zum ersten Mal wünschte er sich, ihre Arbeit würde nicht erst dann beginnen, wenn ein Unglück bereits geschehen war.

Aufgewühlt und frustriert verließen die beiden Beamten schließlich Karlas Vater, nachdem dessen Schwester erschienen war und die weitere Fürsorge übernommen hatte.

So war es auch nicht verwunderlich, dass Müller der Geduldsfaden riss, als er auf dem Parkplatz der Dienststelle von einer Reporterin auf die Ermittlungen angesprochen wurde. Gegen jede Vernunft ließ er sich zu einer Äußerung hinreißen und bezeichnete den Mörder als »mieses Schwein, dämlich und impotent«.

Schon am nächsten Morgen zitierte man ihn in der Presse, und obwohl Müller eigentlich mit einer scharfen Verwarnung gerechnet hatte, fiel die Rüge weit weniger dramatisch aus, als angenommen.

»Lassen Sie solchen Blödsinn gefälligst«, ermahnte ihn der Kommissariatsleiter, und an Heerse gewandt fügte er noch an: »Und Sie, Heerse, sorgen künftig dafür, dass sich der Kollege Müller im Griff hat.« Beide nickten wie begossene Pudel. »Ich will meine Zeit nämlich nicht damit verschwenden, meine besten Beamten zu maßregeln, bloß weil die die Dinge beim Namen nennen.«

Als sie das Büro verließen, murmelte Müller eine Entschuldigung, aber Heerse winkte nur ab.

Der Hauptkommissar schloss sich seinem Vorgesetzten an und war der Meinung, dass es Wichtigeres als diese Pressemeldung gab. Der vorläufige Bericht der Gerichtsmedizin hielt nämlich ein weiteres Rätsel für sie bereit: In Karla Drosts Mund und Kehlkopf fand man kleine Kohlestücke, auch im Gehörgang und den Nasenlöchern konnte der Arzt winzige Spuren der schwarzen Substanz feststellen. Warum der Mörder das getan hatte, machte für die Beamten keinen Sinn.

»Wieso ändert er bei jedem Mord seine Methode?«, fragte Müller gerade in die Runde, während er die Tatortfotos am Bildschirm betrachtete.

Die Kriminaltechniker hatten am Ufer einen Zigarettenstummel gefunden, der vermutlich dem Opfer gehört hatte. Die Marke stimmte mit der Packung überein, die aufgeweicht in der Jackentasche des Opfers gefunden worden war. Die langen, schmalen Zigaretten wurden ansonsten von keinem anderen Mitarbeiter des Kieswerks geraucht.

»Die erste Frau prügelt er mit dem Paddel zu Tode und umwickelt sie mit Angelschnur. Die nächste ersticht er mit einem Filetiermesser und schabt sie mit einem Fischentschupper ab. Und Karla Drost schlägt er nieder und zertrümmert ihr mit einer Baggerschaufel den Brustkorb. Und was will er uns mit den Kohlestücken sagen?« Müller schüttelte den Kopf.

»Die Angelschnur ist bei Charlotte Dubois und Karla Drost vom gleichen Hersteller. Und bei Lydia Schmitt, Opfer Nummer zwei, verwendet er Werkzeug aus dem Angelbedarf, genauso wie beim letzten Opfer. Dieser *Minibaseballschläger*, den die Spurensicherung im Schlamm entdeckt hat, ist ein Fischtöter; Karla Drost wurde damit niedergeschlagen. Die Kollegen haben übrigens einen Teilabdruck darauf gefunden, der durchläuft gerade unsere Datenbanken. Der Minibagger wurde am Morgen von einem Arbeiter benutzt, in der Kabine gab es daher keine brauchbaren Spuren. An der Schaufel fanden die Kriminaltechniker Blut vom Opfer. Das

Wachpersonal hat niemanden gesehen. Die Männer meinten, in der Nacht ein Motorengeräusch gehört zu haben, das aber schnell wieder verstummte, deshalb haben sie dem auch keine weitere Beachtung geschenkt. Wir können allerdings nicht sicher sein, dass das der Minibagger gewesen ist. Zu dem Zeitpunkt waren die Wachleute nämlich am anderen Ende des Geländes, da hätte das Geräusch auch von der Landstraße kommen können. Mehr gab es nicht, der Regen hat alles fortgespült«, führte Maren aus und räusperte sich. »Allerdings fällt auf, dass sich irgendwie alles ums Fischen dreht. Vielleicht ist das der gemeinsame Nenner? Wasser, Angeln, ein Kieswerk, die Rheinauen, der Hochwasserdamm, Slipstellen …«

Heerse nickte. »Das Einzige, was nicht wirklich dazu passt, sind die Drogen.«

»Das mit den Drogen muss gar nichts mit unseren Morden zu tun haben«, überlegte Maren weiter. »Immerhin hatte Charlotte Dubois nur wenig Kokain bei sich, Lydia Schmitt und Karla Drost sind sauber.«

»Und unser Zeuge und das verlassene Auto am Rheindamm mit dem Kokain?«, fragte Müller provozierend.

»Du meinst diesen Gregor Botner? Das widerspricht sich doch nicht. Wenn der wirklich von jemand Drogen gekauft hat, und davon können wir ja ausgehen, ist es nur logisch, dass er sich auf verschlungenen Pfaden damit davonmachen wollte. Natürlich würde er sich ein Gelände aussuchen, das auch die erste Wahl eines Mörders wäre, um eine Leiche verschwinden zu lassen. Vermutlich hätte Botner den Leichenfund niemals gemeldet, wäre da nicht auch Leo Fürth aufgetaucht.«

»Makaber, aber logisch. Zwei unterschiedliche Kriminelle präferieren das gleiche Versteck«, pflichtete ihr Müller bei.

Heerse schürzte die Lippen. »Also gut, was bleibt, wenn wir die Drogen aus unseren Überlegungen streichen und davon ausgehen, dass das verlassene Fahrzeug zufällig aufgetaucht ist und die Leiche von Gaston Lebourg nicht auf das Konto unseres Mörders geht, sondern zum Beispiel eine Abrechnung dieses *Ralus* war?«

»Friedrich Malosch, Berthold Agger, Philippe Morinier und seit gestern auch Lutz Zober, der eigentlich in den nächsten Minuten hier erscheinen wollte«, antwortete ihm Müller und blickte auf die Uhr.

Wie aufs Stichwort klingelte das Telefon, und ein Kollege kündigte Heerse den Zeugen an.

Kurz darauf saß er zusammen mit Maren und Zober im Verhörzimmer. Der Hauptkommissar wollte sehen, wie sich dieser gegenüber einer Frau verhalten würde.

Eines fiel den Beamten gleich zu Beginn auf, ihr Zeuge war über Gebühr nervös. Er spielte die ganze Zeit mit dem Zipfel seines Hemdes und ließ den Blick unruhig hin- und herschweifen. Lutz Zober war Anfang vierzig, stämmig, mit Stirnglatze und schwerer Brille. Maren mochte ihn nicht und hätte keinen Moment gezweifelt, wäre er ihr als ein gefährlicher Triebtäter vorgestellt worden. Sie schob solche Gedanken beiseite und bemühte sich um Sachlichkeit und Neutralität.

»Herr Zober, Sie sind lediglich hier, um uns einige Fragen über Karla Drost zu beantworten«, begann ihr Vorgesetzter das Gespräch.

Heerses Gegenüber fiel sofort mit der sprichwörtlichen Tür ins Haus: »Es ist immer noch wegen dieser dummen Weihnachtsfeier. Ich habe mich entschuldigt, mehrmals und das habe ich auch ernst gemeint. Ich schäme mich heute noch dafür«, jammerte der Mann. Er zeigte sich von einer geradezu erbärmlichen Unterwürfigkeit.

»Wenn ich nur nicht so viel getrunken hätte. Aber ich tue das nicht mehr«, setzte er vehement nach.

Der Hauptkommissar war sich nicht sicher, ob er einen grandiosen Schauspieler vor sich hatte oder ob er dem Inhaber des Kieswerks nicht doch recht geben musste. Neigte Lutz Zober tatsächlich zu Gewalt? Nun, womöglich galt das für ihn nur, wenn er getrunken hatte. Aber welche Garantie gab es, dass nicht genau das zum Zeitpunkt der Morde der Fall gewesen war?

»Wie kamen Sie mit Frau Drost seither aus?«

»Fantastisch!«, sagte er, ohne nachzudenken.

»Wirklich?«, hakte Maren skeptisch nach. Für einen Moment glaubte sie, Unmut in den Augen des Mannes aufblitzen zu sehen; aber entweder hatte sie sich getäuscht, oder er riss sich hervorragend zusammen, denn in mitleiderregendem Tonfall gab er seine nächste Erklärung ab. »Sie hat es mir nicht nachgetragen. Eine sympathische Frau, sehr verständnisvoll.«

»Aber Ihr Chef hat Sie doch abgemahnt«, bohrte Maren weiter.

Zober ließ sich nicht aus der Reserve locken. »Völlig zu Recht, muss ich sagen. Ich war froh, dass ich meinen Job behalten konnte.«

»Aber geärgert haben Sie sich dennoch?«, provozierte ihn die Polizistin.

Zober brauste auf: »Schluss damit, unterstellen Sie mir nicht solche Sachen.« Er war aufgesprungen und Heerse bat ihn mit einer beschwichtigenden Geste, sich wieder zu setzen.

Dieses Mal nahm er sich die Kordel seiner Kapuze vor und zwirbelte sie so fest um seinen Zeigefinger, dass man meinte, er wollte ihn für eine Amputation abbinden. »Ich habe mich nicht geärgert«, stieß er schließlich erregt hervor. »Vielleicht über mich selbst, ja, aber bestimmt nicht über Karla. Ich bin hierhergekommen, um Ihnen zu zeigen, dass ich nichts zu verbergen habe. Und jetzt stellen Sie mich als Perversen dar.«

»Niemand tut dergleichen«, beruhigte ihn Heerse. »Aber wir müssen diese Fragen stellen.«

Der andere nickte, sah dabei aber nicht auf. »Für mich läuft es langsam wieder richtig gut. Das Saufen habe ich aufgehört und ich lebe mit einer neuen Frau zusammen. Meine Bekannte weiß nichts von dem, was damals auf der Weihnachtsfeier passiert ist, und ich möchte gerne, dass das so bleibt.«

Nun war klar, warum der Mann so vehement darauf bestanden hatte, auf dem Revier vorbeizukommen.

»Angeln Sie?«, fragte Heerse unvermittelt.

Der Befragte sah auf und blickte ihn mit wachsamen Augen an. Dann veränderte sich sein Gesichtsausdruck und er wirkte wieder völlig unbedarft. »Ja, gelegentlich.«

»Und sind Sie auch manchmal am Damm bei den Imbisswagen?«

»Klar, im Sommer Eis von Vincenzo, im Winter Fischsuppe von Friedrich.«

»Sie kannten Lydia Schmitt?«

Zober bestätigte das und konnte sich auch an Charlotte Dubois erinnern. »Warum stellen Sie mir all diese Fragen? Sie bezwecken doch irgendetwas.« Seine Stimme hatte nun einen leicht hysterischen Unterton. »Ich habe nichts mit den Morden zu tun, das müssen Sie mir glauben.«

Auch diese Reaktion schien zumindest Maren zu dick aufgetragen.

Heerse befragte den Mann nach Alibis im Mordfall Lydia Schmitt und Karla Drost, von denen sie den ungefähren Todeszeitpunkt wussten. Zober war nicht fähig, ihnen etwas Konkretes zu liefern, was bedeutete, die Beamten konnten ihn als Täter nicht ausschließen.

Als er dann den Verhörraum verließ, raunte Maren ihrem Chef zu: »Das war mir jetzt eine Portion zu viel ›reuiger Sünder‹.«

»Ja, der Kerl war sehr bemüht«, antwortete ihr Heerse nachdenklich, »aber ist er deshalb bereits unglaubhaft?«

»Ich würde ihn auf jeden Fall zu den Verdächtigen zählen«, erwiderte die Kommissarin. »Kein Alibi!«

Müller betrat nun den Raum und äußerte sich in gleicher Weise wie Maren über Zober.

Heerse nickte bedächtig. »Und wieder ein Verdächtiger mit einer Verbindung zum Wasser. Malosch ist Fischverkäufer und Angler. Agger lebt direkt am Rhein, ist ebenfalls Angler und sowohl jähzornig wie gewaltbereit. Morinier verkauft zumindest auch Angelzubehör und ist sehr zwielichtig. Zober angelt und arbeitet außerdem in einem Kieswerk, der passt perfekt dazu.«

»Nicht zu vergessen, dass er gegen Karla Drost schon in der Vergangenheit übergriffig wurde«, ergänzte Müller.

»Und nur er kennt das Kieswerk und die Gewohnheiten des letzten Opfers«, gab Maren zu bedenken.

»Vielleicht wurde Karla Drost aber auch zufällig ausgewählt«, mischte sich Heerse ein. »Oder aber unser Mörder hat sowohl das Kieswerk als auch das Opfer zuvor ausspioniert. Wir sollten ihn keinesfalls unterschätzen.« Er seufzte: »Wir werden alle nochmals befragen. Wenn es einer von denen war, dann wird er sich früher oder später verraten.«

* * *

KAPITEL 9

Am nächsten Morgen in der Provence, Frankreich

Der Morgen dämmerte gerade, als dunkle Gestalten durch die knorrigen Weinstöcke schlichen, die um diese Jahreszeit bereits einen Teil ihres Laubes eingebüßt hatten. Der Nebel kam den Männern in den schwarzen Monturen gelegen, ließ er sie doch wie Schatten durch die dichten Schwaden huschen. Der Tipp war heiß, vielleicht ihre einzige Chance, diesen widerwärtigen Raoul Fador endlich hinter Schloss und Riegel zu bringen. Ihr Informant hatte von einer großen Lieferung gesprochen – mehrere Kilo Heroin sowie Waffen.

Es war ein gefährlicher Einsatz, denn die Zielperson hatte viel zu verlieren und würde nicht einfach die Waffen niederlegen, um sich ins Gefängnis eskortieren zu lassen. Die Beamten der französischen Spezialkräfte rechneten daher mit massiver Gegenwehr.

Nur noch wenige Meter trennten sie von dem verlassenen Gehöft, das neben den Weinbergen von im Sommer duftenden Lavendelfeldern umgeben war. Der Nebel schützte sie zwar vor den Blicken der Drogendealer, gleichzeitig verwehrte er ihnen aber auch die Sicht auf das Gelände. Immerhin musste man davon ausgehen, dass auch die Gegenseite Vorkehrungen getroffen hatte. Bei so einem wichtigen Deal würde Ralu mit großer Wahrscheinlichkeit Wachen postieren.

Wenige Sekunden vor dem Zugriff war die Anspannung natürlich am größten, dann entlud sie sich in lauten Schreien, Revolverschüssen, Salven aus Maschinenpistolen und den grellen Blitzen der Blendgranaten. Zwei von Ralus Männern wurden erschossen, mehrere verletzt – und am Ende kniete auch er, der Anführer, auf dem Boden, die Hände hinter dem Nacken verschränkt und ein verächtliches Grinsen im Gesicht. Ein ordinärer Fluch kam ihm über die Lippen. Kurz darauf führten Polizeikräfte die Gruppe Krimineller ab.

Der Einsatz war ein voller Erfolg gewesen. Heroin im Wert von mehreren Millionen Euro und ein ansehnliches Waffenarsenal konnten von den Beamten beschlagnahmt werden. Dieses Mal würde es für Raoul Fador kein Herauswinden geben, sondern den längst überfälligen Gefängnisaufenthalt. Und womöglich wäre das ein oder andere kleine Licht in seiner Organisation dann auch bereit, auszupacken. Die Aussicht auf ein geringeres Strafmaß sollte zumindest einen der Verhafteten dazu motivieren, mehr über Ralus kriminelle Aktivitäten preiszugeben.

* * *

Zur gleichen Zeit

Er betrachtete sich im Spiegel.

Sieht so ein Mörder aus?, überlegte er stirnrunzelnd.

Und überhaupt, war Mord denn das richtige Wort für das, was er tat? *Nein!,* schrie er innerlich auf.

So wäre sein Wirken nicht angemessen beschrieben. Schließlich würde Mord ja bedeuten, er täte all das ohne Ziel. Aber so war es nicht, er hatte eine Aufgabe, die er erfüllen musste, und das konnte man ihm doch nicht zur Last legen.

Sein Gesichtsausdruck änderte sich und er dachte verärgert an den Zeitungsbericht. »Mieses Schwein, dämlich und impotent«, hatte dort gestanden.

Er fühlte sich dadurch zutiefst beleidigt. Wie hatte es dieser Oberkommissar Müller wagen können? Dieser einfältige Laufbursche … Sein Zorn wuchs und mit ihm der Wunsch, zu bestrafen.

Er würde sie alle bloßstellen, ihnen auf der Nase herumtanzen.

Dieser Gedanke konnte ihn ein wenig versöhnen und er streifte sich langsam die Kleidung ab. Vorsichtig stieg er in das heiße Badewasser, ließ sich Zentimeter um Zentimeter hineinsinken und schloss die Augen. Um sich selbst zu belohnen, erinnerte er sich an seine Arbeiten. Die Frau, der er den Unterarm hatte abtrennen müssen, war von den Behörden immer noch nicht entdeckt worden. Das sprach doch für seine Raffinesse. Er dachte zurück an das Gemetzel in dem Transporter. Er hatte einige Zeit aufwenden müssen, um ihn anschließend zu säubern. Es hatte ihn zuerst irritiert, aber jetzt gefiel ihm die Vorstellung, so vollkommen Herr der Lage gewesen zu sein. Trotz aller Widrigkeiten hatte er seine Arbeit beendet.

Noch tiefer tauchte er in die Wanne und stellte sich vor, das angenehm temperierte Wasser, das nun vollständig seinen Körper bedeckte und in jede Pore eindrang, wäre das warme Blut seiner Opfer.

Abrupt richtete er sich auf. Sofort bildete sich auf seinen Armen eine Gänsehaut, aber das Frösteln störte ihn nicht, denn seine Gedanken überschlugen sich gerade. Er würde es wieder tun, ja wieder und wieder, und sich damit für immer dieses Gefühl der absoluten Zufriedenheit bewahren.

* * *

Am nächsten Tag wurde Berthold Agger aufs Revier gebracht. Zuerst zeigte sich der Mann erwartungsgemäß unkooperativ, aber als man ihn mit dem Vorwurf konfrontierte, er habe Karla Drost ermordet, veränderte sich sein Verhalten. Er begleitete die Beamten ohne weitere Gegenwehr, verlangte aber einen Anwalt.

Nun saß Heerse zusammen mit Maren im Verhörzimmer, belehrte den Mann über seine Rechte und ärgerte sich über das arrogante Verhalten des angeforderten Rechtsbeistands.

»Fürs Protokoll möchte ich festhalten, dass Ihre Vorwürfe lächerlich sind«, beeilte sich der Jurist zu sagen und gebärdete sich wie ein Strafverteidiger in einer amerikanischen Anwaltsserie.

Heerse gab sich unbeeindruckt, wies noch einmal darauf hin, dass ein Band mitlief, und bat um das Einverständnis Aggers beziehungsweise dessen Anwalts. Als die Formalitäten geklärt waren, kam Heerse sofort zum Punkt. Er legte eine Fotografie auf den Tisch und sagte: »Wir haben das hier am Tatort gefunden.«

Agger starrte überrascht auf den abgebildeten Gegenstand. »Meinen Fischtöter?«, rief er aus und fing sich dafür einen ermahnenden Blick seines Anwalts ein.

»Wir haben den Knüppel auf dem Gelände des Kieswerks entdeckt, dort, wo die Baumaschinen nachts abgestellt werden. Man hat mit ihm Karla Drost niedergeschlagen, bevor man sie mit der Baggerschaufel zerquetschte. Sie bestätigen also, dass der Fischtöter Ihnen gehört?«

»Ich sage nur, dass er wie einer aussieht, den ich mal hatte.«

»Wir fanden einen Teilabdruck am Griff, der mit Ihren Fingerabdrücken übereinstimmt.«

»Und wo haben Sie die Fingerabdrücke meines Mandanten her?«

Maren antwortete ruhig: »Aus unserer Kartei. Herr Agger wurde bereits wegen anderer Vergehen erkennungsdienstlich behandelt.«

Heerse fuhr fort: »Wo bewahren Sie Ihren Fischtöter für gewöhnlich auf?«

Agger ließ sich nicht zu einer weiteren Antwort hinreißen.

»Mein Mandant hat Ihnen doch bereits bestätigt, dass es eine Ähnlichkeit gibt, vermutlich handelt es sich bei diesem Fischtöter um ein Massenprodukt, das man in jedem Fachgeschäft kaufen kann.«

»Mit Herrn Aggers Fingerabdrücken?«

Noch bevor der Anwalt Heerses Frage beantworten konnte, wandte sich Agger an den Juristen und flüsterte ihm etwas ins Ohr. Der riss erst erstaunt die Augen auf, um kurz darauf über das ganze Gesicht zu strahlen.

Maren dachte für sich, dass der Kerl der schlechteste Pokerspieler der Welt sein musste, und wappnete sich innerlich schon einmal. Denn die unsympathische Gesichtsentgleisung des Anwalts ließ vermuten, dass der Kerl tatsächlich noch einen Trumpf im Ärmel hatte.

»Sie wissen, dass mein Mandant vor zwei Monaten einen Einbruch gemeldet hat?«

Davon wusste Heerse nichts und er konnte seine Unkenntnis nicht verbergen.

»Herr Agger hat die Behörden darüber informiert, dass in seinem Schuppen eingebrochen und dabei ein Fischtöter, der in Größe und Farbe wohl Ihrem Exemplar entspricht, entwendet wurde.«

Ein Blick von Heerse genügte und Maren sprang auf.

Müller, der das Verhör hinter der verspiegelten Scheibe beobachtet hatte, griff sofort zum Telefon, um das mit der Anzeige überprüfen zu lassen.

Als Maren in den Verhörraum zurückkehrte, bestätigte sie mit einem Nicken die Richtigkeit von Aggers Angaben. Sie nahm Platz, schob ihrem Chef ein Papier hin und sagte: »Fanden Sie es nicht merkwürdig, dass sonst nichts weggekommen ist?«

Agger, nun wieder völlig in seinem Element, schnauzte: »Ich habe Ihnen und Ihren Kollegen bereits oft genug gesagt, dass sich jede Menge Gesindel auf meinem Grundstück herumtreibt. Ständig kommt etwas weg. Da ich mich von den Behörden nicht ernst genommen fühle, bringe ich nicht alles zur Anzeige. Aber wie man sieht, wäre das besser. Sie glauben wohl, Sie können mich am Arsch kriegen?«

»Herr Agger«, beschwichtige ihn sein Anwalt, »ich bin mir sicher, dass Herr Hauptkommissar Heerse nichts dergleichen beabsichtigt.« Und an die Polizisten gewandt: »Bitte stellen Sie Ihre Fragen, falls Sie noch welche haben.«

Heerse lächelte unverbindlich und legte dem Mann ein weiteres Foto vor. »Kannten Sie die Frau?«

»Ist das die, die man kaltgemacht hat?«

»Karla Drost wurde ermordet, sie war gerade achtundzwanzig Jahre alt.«

»Schon gut«, brummte Agger. Er besah sich noch einmal das Bild. »Kann sein, dass ich sie mit anderen Büro-Weibern am Imbiss gesehen habe, aber ansonsten hatte ich nichts mit der zu schaffen.«

Heerse fragte nach dem Alibi des Mannes für die Mordnacht.

»Ich war zu Hause und ich habe keine Zeugen. Aber das ist ja sicherlich nicht verboten«, knurrte der Verdächtige.

Die Beamten stellten noch weitere Fragen, mussten Agger dann jedoch gehen lassen.

Im Gang traf Agger auf Oberkommissar Müller. »Sieh an, ist das nicht der Mann von der Titelseite?« Damit spielte er auf das abgedruckte Interview an. »Fragt sich jetzt nur, wer hier dämlich ist.«

Müller und seine Kollegen starrten Berthold Agger, der nun von seinem Anwalt energisch hinausgeführt wurde, wütend hinterher.

»Ich bleibe dabei, der war es«, sagte Maren ärgerlich.

»Ja, möglich, aber dann hat er das mit dem Diebstahl wirklich schlau eingefädelt und wir stehen wie Idioten da, weil wir schlampig recherchiert haben. Seine Anzeige hätten wir nicht übersehen dürfen!« Heerse war stinksauer.

»Der Mann müllt die Kollegen regelrecht mit Beschwerden und Anzeigen zu, da kann einem schon einmal etwas entgehen«, versuchte Müller zu beschwichtigen.

Der Hauptkommissar ließ sich dadurch nicht beruhigen. Er hatte gehofft, mit Berthold Agger endlich in dem Fall weiterzukommen. Der Fischtöter war ihre einzige konkrete Spur gewesen, jetzt schien wieder alles offen. Malosch und Morinier, Letzteren hatte der französische Kollege Wisser überprüft, hatten keine brauchbaren Alibis für die Morde, außerdem waren die Befragungen im Freundes- und Bekanntenkreis von Karla Drost ergebnislos verlaufen. Im Supermarkt von Philippe Morinier konnte sich eine der Kassiererinnen an Karla erinnern, allerdings ohne speziellen Grund, sondern nur, weil sie ein gutes Gedächtnis für Gesichter hatte. Sonst war niemand etwas aufgefallen. Als den Hauptkommissar dann die Nachricht von Aggers Teilabdruck erreicht hatte, war er davon ausgegangen, den Mörder gefunden zu haben. Und jetzt das. Entweder war Agger wirklich unschuldig und der Mörder hatte dessen Fischtöter verwendet, um eine falsche Spur zu legen, oder aber der angebliche Neandertaler war schuldig und nicht nur grausam, sondern auch gefährlich gerissen.

* * *

Noch am gleichen Abend bekam Müller die Gelegenheit, seine Beziehung mit Annette offiziell zu machen. Sie hatten sich verabredet, und da seine Besprechung am späten Nachmittag länger ging als erwartet, bat der Oberkommissar die neue Frau an seiner Seite ihn doch direkt im Präsidium abzuholen.

Auch wenn Annette so tat, als wäre das alles ganz normal, war sie nervös. Egal, wie alt man wurde, in der Liebe änderte sich nichts. Die Schmetterlinge flogen, wenn sie denn erst einmal da waren, genauso schnell wie bei einem Teenager und den Wunsch, den Freunden und der Familie des Angebeteten zu gefallen, wurde man mit den Jahren auch nicht los.

Sie hatte sich daher besonders sorgfältig zurechtgemacht und hoffte, niemand würde sagen, sie könne mit Sylvia nicht mithalten. Mit großem Bedauern hatte Annette nämlich festgestellt, wie attraktiv die Ehefrau ihres Freundes war. Und auch das änderte sich mit der Reife des Alters nicht: Konkurrenz tat immer noch weh.

Deshalb war ihr Lächeln, als sie jetzt die Büros betrat, besonders strahlend und freundlich.

Müller blickte erfreut auf, als man Annette zu ihm führte. Er begrüßte sie mit einem Kuss auf den Mund, der ihm eine leichte Röte ins Gesicht trieb. Konnte er doch die neugierigen Blicke von Maren spüren, die sich regelrecht in seinen Rücken brannten. Fast glaubte er, ihre Stimme zu hören, die verzweifelt rief: »Geh endlich aus dem Weg, ich will die Frau sehen.«

Kurz darauf tat er der Kommissarin den Gefallen, die unverhohlen neugierig Annette mit den Augen scannte, bevor sie die Hand ausstreckte und sich vorstellte.

Müller erklärte gerade ein wenig staksig, dass sie im selben Haus wohnten und Annette im Krankenhaus arbeitete, als Hauptkommissar Heerse und Leo Fürth, der die versprochenen Unterlagen vorbeigebracht hatte, aus einem der Büros traten.

Heerse, der im Gegensatz zu Maren nicht sofort verstand, wer denn nun diese nette Frau bei Müller war, machte es seinem Oberkommissar nicht gerade leicht.

Später würde Petra Heerse zu ihrem Mann sagen: »Typisch, da ist der Groschen wieder einmal in Zeitlupe gefallen!«

Irgendwann war es geschafft und die beiden Frischverliebten verabschiedeten sich. Annette war erleichtert, auch als Müller im Hinausgehen seinen Arm um sie legte. Das gab ihr das Gefühl, zu ihm zu gehören.

Als die beiden außer Hörweite waren, seufzte Maren: »Hat der ein Glück, bei dem zieht die große Liebe direkt eine Etage tiefer ein!«

Heerse, der sich sehr für seinen Mitarbeiter freute, sah sie belustigt an. »Komm, ich lade dich zu einer Bratwurst ein«, und an Leo Fürth gewandt, »Sie natürlich auch!«

Der lächelte freundlich, lehnte aber dankend ab mit dem Hinweis, noch ein Gutachten verfassen zu müssen. »Das Angebot ist wirklich verlockend«, sein Blick huschte kurz zu Maren, »aber die Pflicht ruft, vielleicht ein anderes Mal.«

Sie verabschiedeten sich und die Kommissarin hakte neugierig bei ihrem Chef nach: »Hast du das gewusst?«

Der verstand nicht und fragte: »Was?«

Maren rollte mit den Augen. »Na das von Müller!«

Heerse verneinte und wechselte vom Liebesleben seines Mitarbeiters zu der für ihn wesentlich wichtigeren Frage, welcher Würstchenbude sie denn heute ihre Aufwartung machen wollten.

»Mir egal«, brummte Maren, die wieder einmal erkennen musste, dass man mit Männern im Allgemeinen und mit Heerse im Besonderen nicht tratschen konnte.

* * *

In der Nacht

»Wir könnten uns auf den Friedhof schleichen«, schlug Lucas vor. Die anderen beiden sahen den Neunjährigen mit großen Augen an.

»Der ist verschlossen«, erwiderte Kevin schnell. Er war kleiner und sportlicher als die anderen und auch pfiffiger, wenn es darum ging, Ausreden zu erfinden.

Jens, der Zurückhaltendste der drei, stimmte Kevin sofort zu. »Genau, der ist verschlossen, außerdem gibt das nur Ärger. Lasst uns lieber das neue *Killerfight* spielen.«

Doch so schnell gab Lucas nicht auf. »Meine Eltern kommen erst in einer Stunde wieder, und bald ist Halloween, wir haben also jetzt die perfekte Gelegenheit, etwas Cooles zu machen.«

»Was ist denn daran cool? Es ist schweinekalt und Friedhöfe sind doch voll langweilig«, motzte Jens.

»Ja, bei Tag, aber nachts gibt es dort Geister«, hielt Lucas dagegen.

»Nur Mädchen glauben an Geister«, konterte Kevin.

»Du hast Schiss«, stellte Lucas zufrieden fest und verschränkte die Arme vor der Brust, wie es ihre Klassenlehrerin für gewöhnlich tat, wenn sie keine Widerworte mehr duldete.

Jens rollte bereits mit den Augen, er wusste, was jetzt folgen würde. So clever Kevin auch sein mochte, so leicht ließ er sich manipulieren. Und tatsächlich standen die drei Jungs wenig später in der Diele des Hauses und zogen ihre Schuhe an. Lucas hatte Taschenlampen besorgt, ein klarer Hinweis, dass er diesen nächtlichen Ausflug schon lange geplant hatte. Von wegen Computerparty mit Übernachtung.

»Los, beeilt euch«, forderte sie Lucas nun auf. »Meine Eltern kommen bald zurück, wir haben nicht viel Zeit.«

Offensichtlich wünschte sich nur Jens, dass Lucas' Erziehungsberechtigte vorzeitig auftauchen und dem hier ein Ende setzen würden, aber niemand kam und so machten sich die drei auf den Weg zu dem kleinen Friedhof, der keine fünf Minuten entfernt von Lucas' Zuhause lag.

Das schmiedeeiserne Tor war natürlich verschlossen, aber da es nur knapp einen Meter hoch war, kletterten die Jungs mühelos darüber.

»Und? Zufrieden?«, meckerte Kevin genervt. »Siehst du, voll öde, genau wie ich gesagt habe.«

»Wir sehen uns noch die Grabsteine an, oder hast du Schiss?«

»Mir ist kalt«, nörgelte Jens, dem alles andere als wohl bei dem Gedanken war, hier herumzuschleichen.

Deshalb fragte er sich auch, ob es nicht besser sei, die Angst einfach zuzugeben. Wer würde sich schon dafür interessieren, wie mutig ausgerechnet er in dieser Nacht gewesen war?

Aber die anderen beiden setzten sich bereits in Bewegung und so folgte er ihnen, um nicht alleine zurückzubleiben.

Das Licht ihrer Taschenlampen huschte als Erstes über ein Denkmal, das an ein Kreuz erinnerte. Von der entfernten Autobahn wurden gedämpfte Motorengeräusche zu ihnen herübergetragen, die Jens als beruhigend empfand. Dann drängte sie Lucas, weiterzugehen, und zwar dorthin, wo die alten verwitterten

Grabsteine mit den unleserlichen Inschriften standen, um die sich niemand zu kümmern schien.

»Hier haben sie die Verdammten beerdigt«, sagte er in unheilvollem Flüsterton, als sie die alten Gräber erreichten.

»Da liegen die, die schon lange tot sind, du Spinner. Meine Mutter sagt, die räumen die Gräber ab und machen Platz für neue. *Verdammte*, so ein Quatsch!«, entgegnete Kevin, der sehr bemüht war, gelassen zu wirken.

»Nein, das stimmt wirklich«, beharrte der andere. »Sie sind verdammt, deshalb hat man sie hier hinten verscharrt. Der Boden ist nämlich nicht geweiht!«

Kevin stöhnte: »Du hast zu viele Horrorfilme gesehen. Lasst uns verschwinden, mir ist kalt und außerdem will ich euch bei Killerfight abziehen!«

»Das schaffst du nie«, meldete sich jetzt das erste Mal Jens zu Wort, dem es sehr gelegen kam, dass endlich jemand über den Rückzug sprach.

»Ihr könnt ja schon vorgehen, wenn ihr Schiss habt«, bot Lucas großzügig an, »ich will mir noch die Gräber ganz hinten ansehen!«

»Also gut, aber dann hauen wir ab«, ließ sich Kevin erneut darauf ein, während Jens schwieg, da die anderen sowieso davon ausgingen, dass er sich der Mehrheit anschließen würde.

Je weiter sie sich vom Tor entfernten, desto ruhiger wurde es. Rechts von ihnen verlief eine hohe Mauer, die die Straße von der Grabanlage trennte; sie schützte die Jungs vor neugierigen Blicken. Allerdings war kaum anzunehmen, dass jemand um diese Zeit am Ortsausgang spazieren ging. Wenigstens warfen die wenigen Laternen, die an der Straße standen, ein diffuses Licht über die Mauer. Allemal besser, als lediglich auf die Taschenlampen angewiesen zu sein, die sich schnell als unzuverlässige Funzeln herausstellten.

Einmal meckerte Kevin: »Klasse Ausrüstung, Geisterjäger.« Eine Bemerkung, die Lucas mit einem eindeutigen Handzeichen kommentierte.

Der Rest des Friedhofes war durch dichtes Gestrüpp vom dahinterliegenden Wald getrennt.

Je länger sie zwischen den dunklen Grabreihen unterwegs waren, desto mulmiger wurde es den dreien. Erschrocken fuhren sie zusammen und rückten automatisch dicht aneinander, als sie nicht weit entfernt ein eigenartiges Scharren vernahmen.

»Was ist das?«, flüsterte Jens ängstlich.

»Da will einer aus seinem Grab«, antwortete ihm Lucas sofort mit dunkler, gruselig verstellter Stimme.

Allerdings verstummte er schnell, als das Geräusch immer stärker wurde und ein unmenschlicher Laut, ähnlich einem Grunzen, hinzukam.

»Los, hauen wir ab«, flüsterte Kevin.

Dieses Mal kamen keine Widerworte, auch kein Spruch über mangelnden Mut. Hinter ihnen schrie ein Kauz auf und gleichzeitig fiel Jens' Taschenlampe aus. Er griff nach dem Arm seines Freundes Kevin, der ihn nicht wegstieß.

Die Laute, die nun immer heftiger ausgestoßen wurden, ließen ihnen das Blut in den Adern gefrieren. Das Grunzen und Schaben wurde fordernder, dazu gesellte sich nun auch noch ein eigenartiges Knistern. Beinahe schien es, als wäre der, von dem diese bestialischen Töne stammten, unglaublich zornig.

Mittlerweile hatten sie sich wie verschreckte Äffchen aneinandergeklammert, als sie hinter sich eine laute Stimme hörten: »He, was treibt ihr da?«

Die Jungen kreischten schrill und blickten mit weit aufgerissenen Augen in den Schein eines starken Lichtstrahls.

»Was zum Teufel ...«, fuhr die wütende Stimme fort und schwenkte die Stablampe zu der Stelle, von der das beängstigende Geräusch kam.

Keiner der Jungs konnte sich bewegen, sie starrten wie hypnotisiert auf das Grab mit dem verwitterten Stein und überhörten das »Jesus Maria« neben sich, das der Friedhofswärter leise von sich gab. Auch registrierten sie nicht sein Zittern, das den Lichtkegel unruhig auf- und abhüpfen ließ. Alle Anwesenden blickten nur auf das Grab mit dem aufgewühlten Boden in der letzten Reihe, aus dem eine menschliche Hand ragte. Fast schien es so, als hätte sie sich aus der Erde gegraben.

Sie stand wie eine schaurige Klaue in die Höhe, die Finger gespreizt, bedeckt von schlammigem Grund und übersät von Spuren der Leichenfäulnis. Irgendetwas hatte die Gliedmaßen einst umhüllt. Etwas, das jetzt zerrissen am Boden lag und vom leichten Wind gespenstisch hin- und herbewegt wurde. Es war fast eine Erleichterung zu sehen, dass es sich lediglich um ein Stück Plastikfolie handelte. Ein bedrohliches Rascheln ließ sie herumfahren, automatisch schwenkte der Lichtstrahl zum Ursprung dieses Geräuschs. Für eine Sekunde konnten vier Augenpaare das mächtige Hinterteil eines Wildschweins erhaschen, das sich ärgerlich, da um das Mahl betrogen, das es so mühsam ausgebuddelt hatte, in den angrenzenden Wald verzog.

Am nächsten Morgen

Sylvia Müller näherte sich dem Haus mit gemischten Gefühlen. Was, wenn diese Annette nicht da war? Noch haderte sie mit sich, noch konnte sie umdrehen. Sie dachte an die mahnenden Worte ihrer Mutter. Wie clever von ihrem Mann, sich bei der Schwiegermutter auszuheulen. Er hatte sich umgehend an sie gewandt, als Sylvia ihm die Kinder vorenthalten hatte.

Natürlich war ihre Mutter sauer gewesen. »Wie kannst du so etwas tun?«, hatte sie die Tochter entsetzt zur Rede gestellt.

Sylvia erklärte es ihr. Der Zorn und die Verzweiflung, die Absicht ihres Mannes, sich scheiden zu lassen, die Hilflosigkeit, die sie deshalb empfand. Es war ein tränenreiches Gespräch und ihre Mutter hielt sie am Ende wie ein kleines Kind in den Armen. Natürlich zeigte sich Sylvia einsichtig und versprach, die Kinder nicht noch einmal in die Streitereien mit hineinzuziehen. Dafür war allerdings am gleichen Abend ein neuer Plan entstanden.

Sie sah nämlich überhaupt nicht ein, klein beizugeben und dieser blöden Kuh *Annette* das Feld zu überlassen. Gut, die Töchter gegen den Vater aufzuhetzen war schäbig gewesen, dafür schämte sie sich auch – aber immerhin waren sie noch verheiratet und ihr Mann hatte den Kindern gegenüber eine Verpflichtung. Sagte ihr Therapeut nicht immer, sie müsse auch lernen, an sich zu denken?

Genau das hatte Sylvia nun vor, als sie sich ganz selbstverständlich zusammen mit einer Frau, die ein Kleinkind auf dem Arm und eine Einkaufstüte trug, durch die Haustür schob. Dass ihr Ehemann nicht zu Hause war, wusste sie, denn sein Auto stand nicht auf dem Parkplatz.

Was allerdings diese Annette anging, versuchte sie es auf gut Glück.

Wenige Minuten später hatte sie die entsprechende Wohnungstür gefunden und klingelte. Dabei bemühte sie sich um eine beschämte Miene, denn man hätte sie durch den Türspion sehen können. Es dauerte einen Moment, bis sie im Inneren ein Poltern vernahm.

Dann rief eine Stimme: »Ich komme gleich.«

Kurz darauf öffnete sich die Tür, und eine verschlafene Annette Graub trat ihr entgegen. Diese erkannte in der fremden Frau nicht gleich die Ex ihres neuen Freundes und blickte erst fragend, dann, als die Erinnerung an jenen peinlichen Morgen zurückkehrte, erschrocken zu der Besucherin.

Sylvia war zufrieden. Ihre Widersacherin schien überrumpelt, deshalb legte sie gleich los. Ein Schwall wirrer Entschuldigungen ergoss sich über Annette und eine zerknirschte Sylvia wurde nicht müde, ihr Bedauern über den unglücklichen Zwischenfall auszudrücken.

»Ich dachte, ich muss mich einfach bei Ihnen entschuldigen. Es war nicht fair, Sie in unsere Eheprobleme mit hineinzuziehen. Schließlich ist das ja nicht das erste Mal …«

Sie stockte, sah verlegen zur Seite und wollte sich bereits verabschieden, als Annette sagte: »Wie meinen Sie das?«

Sylvia hatte Mühe, den triumphierenden Gesichtsausdruck zu unterdrücken, als sich der giftige Stachel des Misstrauens langsam in Annettes Fleisch bohrte.

Zuerst tat Müllers Frau so, als würde sie nicht ganz verstehen, dann schüttelte sie hektisch den Kopf und sagte: »Oh, ich wollte nicht für Verwirrung sorgen.« Die Lüge ging ihr leicht über die Lippen. »Wir hatten eben in der Vergangenheit einige Schwierigkeiten, da rutscht einem schnell etwas heraus, das man eigentlich gar nicht so meint. Man beschimpft sich, spricht von Scheidung, na ja.« Sie lächelte entschuldigend. »So war es auch an diesem Morgen, tut mir leid.« Dann warf sie einen Blick auf die Uhr, gab ein gehetztes »Oh Gott, ich muss los« von sich und verschwand. Zurück blieb eine verstörte Annette.

»Was war das denn eben?«, sagte diese laut zu sich selbst und tat das Ganze als einen raffinierten Versuch Sylvias ab, sie zu verunsichern. Aber ganz tief in ihr drin saßen plötzlich Zweifel. Wurde sie vielleicht doch nur benutzt, um Rache an einer einst abtrünnigen Ehefrau zu nehmen? Aber so war Müller nicht, oder doch? Sie versuchte, die Sache vernünftig anzugehen. Er hatte sie bereits seinen Kollegen vorgestellt und war auf der Suche nach einem Scheidungsanwalt. Einem ersten Impuls folgend wollte sie ihn anrufen, aber dann kam sie sich albern vor. Womöglich war er in einer Vernehmung, dann würde sie ihn nur stören. *Nein*, beschloss Annette. Sylvia war dafür viel zu unwichtig.

Während Annette mit ihrer Unsicherheit kämpfte, war Müllers Noch-Ehefrau geradezu tiefenentspannt. Sie hätte sich nicht träumen lassen, dass ihre kleine Intrige so erfolgreich verlaufen würde. Sie hatte zwar definitiv Unruhe gestiftet, würde aber immer behaupten können, nur einen versöhnlichen Weg für eine gemeinsame Zukunft zum Wohle der Kinder gesucht zu haben. Niemand könnte ihr das Gegenteil beweisen. Mit hocherhobenem Haupt stolzierte sie zu ihrem Auto und griff zum Handy.

* * *

Am späten Vormittag saß Sylvia mit ihrem Ehemann in einer kleinen Bäckerei.

Müller war über den Anruf seiner Frau erstaunt gewesen, hatte sich aber die Zeit für ein spontanes Treffen genommen und sich bei Heerse entschuldigt. Schließlich wollte ihn Sylvia wegen der Kinder sprechen, das war Grund genug. Vermutlich hatte seine Schwiegermutter ein paar deutliche Worte gesprochen und jetzt wollte sie sich entschuldigen.

In der Tat trat sie ihm reumütig gegenüber, bezeichnete sich selbst als Idiotin und schlechte Mutter und erreichte schließlich, dass ihr Ehemann sie unterbrach.

»Nun ist es aber gut. Die Situation ist eben für keinen von uns besonders leicht, aber wenn wir wenigstens Lara und Sandra da heraushalten könnten, wäre das doch ein Anfang.«

Sylvia nickte. »Keine Sorge, ich habe bereits mit den Mädchen gesprochen und ihnen erklärt, dass auch Mütter manchmal Fehler machen. Sie haben gut darauf reagiert und freuen sich jetzt natürlich auf das nächste Treffen mit ihrem Vater.«

»Ich werde auch noch einmal mit ihnen reden!«, versprach Müller.

»Ja, tu das«, entgegnete Sylvia leichthin und nahm einen Schluck ihres Kaffees. »Übrigens habe ich mich auch bei deiner Freundin entschuldigt.«

Er spürte, wie sich sein Magen zusammenkrampfte, und fragte eine Spur wachsamer: »Bei Annette?«

»Ja, ich hielt es für richtig, deshalb war ich vorhin bei ihr und habe für meine Sünden Abbitte geleistet.« Sie sah ihn an, lächelte und sagte: »Sie ist nett, ich freue mich für dich!«

Er atmete erleichtert aus. Einen Streit zwischen seiner Ehefrau und Annette hätte ihm noch gefehlt. Daher überkam ihn nun eine unglaubliche Erleichterung.

Er war ein Mensch, der in seinem Leben Harmonie brauchte, und wie es aussah, waren sie auf einem guten Weg.

Als Sylvia ihn nun mit einem schüchternen Blick ansah und hauchte: »Ich hätte allerdings eine Bitte«, da war sie ihr schon so gut wie erfüllt.

»Um was geht es?«, fragte er aufmunternd.

»Die Sache mit der Scheidung«, sie hantierte umständlich mit ihrem Kaffeelöffel und sah ihn nicht an. »Verstehe mich nicht falsch, ich bin durchaus für klare Verhältnisse, aber es wäre mir wegen der Mädchen ganz lieb, wenn wir noch etwas warten würden. Vielleicht ein Vierteljahr?« Jetzt blickte sie auf, und ein Flehen lag in ihren Augen. »Wir können dann gerne auch einen gemeinsamen Anwalt nehmen, das würde alles leichter machen.«

Müller atmete aus. Er hatte auf eine unproblematische Trennung gehofft und nun bot Sylvia sie ihm auf dem Silbertablett, wie könnte er sich in der Situation kompromisslos zeigen? Ohne lange nachzudenken, stimmte er zu. Und als sie ihm jetzt für einen Moment die Hand auf den Arm legte und »Danke« flüsterte, da empfand er wieder die alte Zuneigung für sie. Für einen winzigen Augenblick schoss ihm der Gedanke durch den Kopf, dass er vielleicht zu schnell alles aufgegeben hatte, doch dann erschien das Bild von Annette vor seinem geistigen Auge. Nein, es war richtig, endlich einen Neuanfang zu wagen.

Sylvia erhob sich, drückte ihm zum Abschied einen leichten Kuss auf die Wange und verschwand. Es war ein eigenartiges Gefühl, ihre Lippen auf der Haut zu spüren.

Bevor er jedoch weiter darüber nachdenken konnte, läutete sein Handy – es war Heerse.

»Tut mir leid, ich weiß, du triffst dich mit Sylvia.«

Müller unterbrach ihn: »Sie ist eben gegangen, alles in Ordnung.«

»Gut, denn ich brauche dich hier!«

* * *

Müller staunte nicht schlecht, als er kurz darauf das Revier betrat und ihm Commissaire Wisser gegenüberstand. Der französische Kollege hatte interessante Neuigkeiten für Heerses Team.

»Wir haben Raoul Fador verhaftet! Besser hätte es nicht laufen können und ich habe ein kleines Geschenk für *mes amis*.« Er zwinkerte Heerse zu. »Wir haben einen Mordfall für euch aufgeklärt und das Geheimnis um den mysteriösen Pkw mit dem Kokain gelüftet. Fangen wir mit Gaston Lebourg an, der geht auf Ralus Konto.«

Müller schnalzte mit der Zunge. »Also wurde dessen Leiche nur zufällig bei uns angespült?«

Der Commissaire nickte zustimmend.

»Hat Ralu denn gestanden?«

Dieses Mal klärte ihn Heerse auf, der den Bericht der Franzosen bereits gelesen hatte. »Einer von Ralus Handlangern will einen Deal. Gefängnisse sind, wie überall auf der Welt, nicht allzu beliebt, also verpfeift er seinen Boss.«

»Der hat geplappert wie ein Wasserfall, wie man hier so schön sagt«, wandte sich Wisser voller stolz an Müller. »Und neben einer ganzen Reihe schwerer Straftaten erzählte er uns auch von der Hinrichtung, so hat er sich ausgedrückt, an Gaston Lebourg, der eine Ladung Kokain verloren hat. Unser Zeuge will selbst dabei gewesen sein.«

»Glaubhaft?«, hakte der Oberkommissar nach.

»Ja, sehr glaubhaft. Und der Obduktionsbericht bestätigt die Aussage des Mannes«, antwortete Heerse.

Müller war aus zwei Gründen erleichtert. Zum einen hatten sie ein Rätsel gelöst, zum anderen stellte sich damit im Nachhinein heraus, dass sein Versäumnis mit den Fingerabdrücken ohne negative Folgen für den Ermittlungserfolg geblieben war.

»Und damit erklärt sich auch der Pkw mit dem Kokain. Mit größter Wahrscheinlichkeit ist das die Lieferung, die der arme Gaston Lebourg verloren hat«, fuhr Wisser fort.

»Aber warum hat er das Fahrzeug samt Drogen einfach am Straßenrand stehen lassen?«, fasste Müller nun interessiert nach.

»Diese Antwort kann ich Ihnen ebenfalls geben.« Wisser sah zu Heerse, der ihm zunickte und damit dem Franzosen signalisierte, fortzufahren.

»Wir wissen, dass Lebourg beteuert hat, nichts mit dem Verschwinden der Fracht zu tun zu haben. Ursprünglich hätte er die Ware nach Karlsruhe bringen und dort an einen Mittelsmann übergeben müssen. Ein einfacher Kurierdienst. Jedenfalls hat er gegenüber Ralu behauptet, eine gewisse *Cathy* habe die Fahrt übernommen. Gaston hat sie als ›drogenabhängige Schlampe‹ bezeichnet. Das ist alles, was uns Ralus Handlanger berichten konnte. Lebourg hat anscheinend nichts über den Verbleib der Dame und des Kokains gewusst. Er konnte ja nicht ahnen, dass Letzteres bereits in der Asservatenkammer der deutschen Polizei lag. Jedenfalls hat ihn Ralu daraufhin eiskalt und äußerst brutal zu Tode geprügelt und anschließend befohlen, den Leichnam in den Rhein zu werfen.«

»Also fehlt noch die Fahrerin des Wagens, diese Cathy. Womöglich eines unserer Opfer?«

Maren mischte sich ein: »Charlotte Dubois scheidet vom Zeitpunkt her aus, aber vielleicht die Schmitt oder Karla Drost …«

Heerse machte eine ungeduldige Handbewegung. »Ich glaube kaum, dass eine von denen diese ominöse Cathy ist. Aber setzt noch mal die Kollegen darauf an, vielleicht taucht der Name irgendwo in den privaten Unterlagen der Opfer auf.« Ohne viel Hoffnung fragte er Wisser: »Hat euer Zeuge vielleicht den Nachnamen der Frau genannt?«

Der Franzose schüttelte bedauernd den Kopf. »Wie es scheint, bringt in diesem Fall jede Antwort eine neue Frage hervor.«

* * *

Am Abend kam Müller gut gelaunt nach Hause, er freute sich auf Annette. Sie wollten kochen und dann einen Science-Fiction-Klassiker ansehen. Also duschte er und betrat mit einer Flasche Sekt unter dem Arm ihre Wohnung.

Sie war nicht so fröhlich wie sonst, also fragte er: »Alles in Ordnung?«

Noch war sie unschlüssig, was sie sagen sollte. Gleich mit Sylvias Besuch anzufangen, erschien ihr zickig, deshalb erfand sie eine Ausrede und schob einen anstrengenden Arbeitstag im Krankenhaus vor. Erst als sie beim Essen saßen, sagte sie bewusst gleichgültig: »Deine Frau war heute bei mir.«

Eigentlich hatte sie erwartet, ihr neuer Partner würde geschockt innehalten, aber stattdessen spießte er genüsslich das Fleisch auf die Gabel, murmelte mit vollem Mund »Ich weiß« und bat sie, ihm noch etwas Brot zu reichen.

»Was soll das heißen, du weißt?«, entgegnete sie schärfer als beabsichtigt.

Etwas verdutzt hob er den Kopf. »Sie hat es mir gesagt.«

Annette verlor die Geduld. »Sie hat es dir gesagt?«, fragte sie schrill und warf den Brotkorb mehr über den Tisch, als dass sie ihn reichte.

»Ja«, erwiderte er leicht genervt, »beim Kaffee ...« Bevor er sich erklären konnte, war Annette aufgesprungen und verlor endgültig die Beherrschung. »Ihr trefft euch zum Kaffee? Was soll das werden? Familienzusammenführung auf meine Kosten?«

Jetzt erst begriff Müller, dass nur ein weiteres falsches Wort genügen würde, um den ersten handfesten Streit heraufzubeschwören. Deshalb stand er ebenfalls auf, ging auf sie zu und zog sie in seine Arme, auch wenn sie sich anfangs dagegen sträubte.

Rasch erklärte er: »Es war ein kurzfristiges Treffen in einer Bäckerei um die Ecke. Sylvia hat sich entschuldigt, mir gesagt, dass sie auch bei dir gewesen ist, und eingelenkt, was die Besuchswochenenden der Kinder angeht.«

»Einfach so?«, hakte Annette argwöhnisch nach.

»Ganz so einfach war es wohl nicht, aber ich hatte meine Schwiegermutter gebeten, ihr ins Gewissen zu reden.«

»Deine Schwiegermutter?« Es klang höhnisch.

»Ja! Ich kam immer gut mit Sylvias Eltern aus.«

Annette atmete durch und ärgerte sich bereits darüber, sich so aufgeführt zu haben. Es war unreif und kindisch, ihm eine Szene zu machen, aber die Eifersucht war ein schwer zu kontrollierendes Gefühl.

»Ich wollte nicht streiten, aber die Situation ist neu für mich«, sagte sie daher kleinlaut.

Er streichelte ihr sanft übers Haar und gab ihr einen Kuss. »Ich bin auch nicht so oft frisch verliebt.«

Der Film fiel an diesem Abend aus und die gemeinsame Nacht bestärkte Annette zunächst darin, dass ihr neuer Partner es ernst mit ihr meinte. Trotzdem sprach sie am nächsten Morgen beim gemeinsamen Frühstück das Thema Scheidungsanwalt an.

Müller kramte gerade seine Schlüssel aus der Jacke, er war spät dran, als er sagte: »Aus Rücksicht auf die Kinder warten wir noch ein paar Monate, dann nehmen wir einen gemeinsamen Anwalt. Du siehst, alles ist bestens geregelt.«

Er küsste sie zum Abschied auf den Mund, sie lächelte mechanisch und schloss mit starrem Blick die Tür hinter ihm. Den ganzen Tag über verfolgten sie zwei Sätze – erstens: »Da rutscht einem schnell etwas heraus, das man eigentlich gar nicht so meint, man beschimpft sich, spricht von Scheidung …« Und zweitens: »Wir warten noch ein paar Monate.«

* * *

Die letzten Wochen hatte Friedrich Malosch als besonders unangenehm empfunden. Ständig wurde er von der Polizei zu irgendwelchen Morden befragt. Erst starb diese unangenehme Französin, dann seine Erzfeindin Lydia Schmitt und schließlich das junge Mädchen vom Kieswerk. Um die ersten beiden tat es ihm nicht leid und wenn er ehrlich war, dann löste auch der Tod dieser Karla Drost kein Bedauern bei ihm aus. Viel zu sehr erinnerten ihn junge Frauen an die ehemalige Freundin seines Sohnes. Für ihn waren das alles kalte, berechnende Geschöpfe, die über Leichen gingen – warum also um sie weinen.

Müde schloss er die Haustür auf. Am Damm war viel los gewesen und seit er der einzige Fischverkäufer da draußen war, hatte er alle Hände voll zu tun. Sein Blick fiel automatisch auf das zweite Paar grüner Gummistiefel, das im Eingangsbereich stand. Schnell wandte er den Kopf ab und schlurfte in die Küche. Wie gewöhnlich griff er nach den zwei großen Kaffeebechern, tat von dem löslichen Pulver hinein und schaltete den Wasserkocher an.

»Ich bin wieder da«, rief er nach oben, erwartete jedoch keine Antwort.

In aller Ruhe goss er das heiße Wasser in die Tassen, gab in eine noch etwas Zucker und trug sie ins Wohnzimmer, wo er sich einen kleinen Kirschschnaps genehmigte. Er nahm eine der Fotografien in die Hand, die seinen Sohn zeigten. Lange sah er auf das mürrische Gesicht, kämpfte gegen die Trauer, die er dabei empfand, und wünschte sich, er hätte nie dieses Unglück erlebt.

Am Morgen war Berthold Agger bei ihm am Stand gewesen. Er hatte sich lautstark über Hauptkommissar Heerse ausgelassen, der offensichtlich immer noch Erkundigungen über die Gegend einzog.

Gut zu wissen, war Maloschs erster Gedanke gewesen. Das Herumschnüffeln der Beamten gefiel ihm nämlich ganz und gar nicht.

Er seufzte und setzte sich an den Esstisch. Dort stapelten sich die Zeitungen der letzten Tage. Es war ihm nicht nach Lesen gewesen, aber da er das regionale Blatt nun einmal abonniert hatte, sah er sich genötigt, die Ausgaben zumindest durchzublättern. Das würde den Teil seines Gewissens beruhigen, der für die Finanzen zuständig war.

Plötzlich hielt er abrupt inne. »Was haben wir denn da?«, sagte er laut und verschlang förmlich den Artikel, in dem auch Oberkommissar Müller zur Person des Mörders zitiert wurde.

Malosch sah auf und blickte zu der dampfenden zweiten Kaffeetasse, die ihm gegenüberstand.

»Was weiß dieser Müller schon«, murmelte er kopfschüttelnd, erhob sich, griff nach dem Stapel Zeitschriften und stopfte sie kurzerhand alle ins Altpapier.

* * *

Ähnlich erging es auch dem Filialleiter des Supermarkts, Monsieur Morinier, der die Belästigungen durch Commissaire Wisser alles andere als angenehm empfand. Bisher hatte ihm niemand etwas anhängen können, und auch wenn dieser deutsche Polizist in der Zeitung mächtig die Klappe aufriss, waren die Beamten längst nicht so schlau, wie sie glaubten. Trotzdem mussten diese Bespitzelungen aufhören. Er wagte ja noch nicht einmal mehr, das Wort an seine Mitarbeiterinnen zu richten. Ausgerechnet jetzt, wo er doch gerade erst bemerkt hatte, dass diese Neue an der Kasse nicht die Augen von ihm lassen konnte. Er spürte ständig ihre begehrlichen Blicke, genau wie damals bei Charlotte Dubois. Und dann diese Unruhe zu Hause. Seine Frau war noch schlimmer als die Polizei und stellte ihn ständig zur Rede. Dabei wollte er nur seine Ruhe. Höchste Zeit, dass er wieder einmal etwas tat, das ihn entspannte.

* * *

Lutz Zober hingegen schäumte vor Wut, sein Chef hatte ihn vorerst freigestellt. »Nur bis die Sache aufgeklärt ist«, war ihm erklärt worden, »ich möchte Sie nicht irgendwelchen Anfeindungen von Kollegenseite aussetzen.«

Aber Zober war kein Idiot, niemand wollte ihn schützen. Noch nie in seinem Leben war jemand um ihn und sein Wohl besorgt gewesen. Nicht, als seine Frau die Trennung gefordert, und auch nicht, als diese bescheuerte Karla sich wie die Heilige Jungfrau Maria persönlich aufgeführt hatte.

Ja, er zeigte sich auch heute noch reumütig, ließ sich demütigen, nahm alle gut gemeinten Ratschläge scheinbar dankbar an und kroch zu Kreuze. Aber doch nur, weil er überhaupt keine andere Wahl hatte. Das Saufen bekam er mittlerweile in den Griff, aber was war mit seinem Beziehungsleben?

Anfangs schien es ihm das Wichtigste, nicht mehr alleine zu sein. In den ersten Wochen gab ihm das Wissen um eine Frau an seiner Seite ein wirklich gutes Gefühl. Aber das änderte sich bald, denn mit dem Alltag kam auch das Gemecker. Manchmal erinnerte ihn seine Lebensgefährtin an ein altes Fischweib, das über die Ladentheke kreischte – genauso, wie es Lydia Schmitt manchmal getan hatte. Immer öfter war es ihm sogar unerträglich gewesen, nach Hause zu gehen. Nur mühsam konnte er sich dann mit dem Trinken zurückhalten und er fühlte sich bei solchen Gelegenheiten wie ein aufgeblasener Luftballon kurz vor dem Platzen. Sein Arzt riet ihm, sich ein Ventil zu suchen, aber der hatte ja gut reden. In letzter Zeit war es ihm dann jedoch gelungen, das Spiel des braven Bürgers besser zu spielen. Die Ansprüche und Wünsche seiner Lebensgefährtin lernte er zu ignorieren und in der Firma sprach niemand mehr über die letzte Weihnachtsfeier.

Andere Skandale und Skandälchen machten die Runde und er glaubte, davongekommen zu sein. Doch jetzt setzte man ihm erneut wegen Karla zu, obwohl er nicht müde wurde, sie als großzügige und wunderbare Frau zu preisen. Vielleicht war er nicht glaubhaft genug gewesen?

Nun saß er zu Hause und musste sich Ausreden einfallen lassen, damit seine Freundin nicht misstrauisch wurde. Warum machte man ihm das Leben nur so schwer?

* * *

Aber auch für Oberkommissar Müller lief es nicht wie gewünscht. Zwar funktionierte die Übereinkunft mit Sylvia und er hatte, wie es besprochen gewesen war, Zeit mit seinen Kindern verbracht, aber dafür schien irgendetwas zwischen ihm und Annette im Argen zu liegen. Sprach er sie darauf an, antwortete sie ausweichend und schob ihre gedrückte Stimmung auf die Arbeit im Krankenhaus. Dazu kam, dass er immer mehr den Eindruck gewann, sie würde sich zurückziehen. Deshalb hatte er sich für den heutigen Abend vorgenommen, Nägel mit Köpfen zu machen. Er würde Annette die sprichwörtliche Pistole auf die Brust setzen. Wenn das das Ende ihrer Beziehung bedeuten würde, dann musste er das eben hinnehmen. Keinesfalls wollte er sich jedoch ständig das Hirn zermartern, was denn nun los sei.

Und da ihm viel an der Frau lag, gab er sich besondere Mühe. Er wählte ein kleines Restaurant in der Innenstadt, das wunderbares Essen zu sündhaft teuren Preisen anbot. Zudem hatte er noch eine Überraschung vorbereitet.

Als er das Treffen vorgeschlagen hatte, war sie wieder ausweichend gewesen, hatte dann aber doch zugestimmt. Nun saßen sich die beiden gegenüber und stießen mit einem hauseigenen Champagnercocktail an.

»Man sagt mir nach, dass ich manchmal auch privat den Polizisten nicht vergessen kann«, begann Müller das Gespräch und blickte ihr in die Augen. »Deshalb will ich nicht lange um den heißen Brei herumreden. Ich möchte etwas Ernstes mit dir besprechen.«

Annette sah ihn erschrocken an.

Oh nein, er will Schluss machen!, dachte sie entsetzt. *Deshalb die Einladung ins Restaurant, er hat Angst vor einer Szene und fühlt sich in der Öffentlichkeit sicherer.*

In diesen wenigen Sekundenbruchteilen wurde ihr erst so richtig bewusst, wie schmerzhaft es für sie sein würde, ihn zu verlieren. Natürlich hatte sie in den letzten Tagen versucht, sich zurückzuziehen. Sie traute ihren eigenen Gefühlen nicht mehr. Sylvias Besuch, deren Bemerkung über die nicht ernst zu nehmende Erklärung, sich scheiden zu lassen, sowie der Kommentar ihres Freundes, damit noch warten zu wollen, hatten ihr keine andere Wahl gelassen.

Da sie nichts sagte, fuhr er fort: »Ich möchte dich deshalb ganz offen fragen, ob dir unsere Beziehung zu viel geworden ist?«

Jetzt war es raus und er sah sie fragend an. Ihr Schweigen verunsicherte ihn, er bekam das Gefühl, sich erklären zu müssen. »Ich habe doch bemerkt, dass du mir ausweichst. Du willst mich nicht sehen, erfindest Ausreden, warum wir uns nicht treffen können … Ich meine, das ist doch merkwürdig.« Er kam ins Stottern, wich ihrem Blick aus und ergänzte leise: »Denkst du nicht, wir sollten ehrlich miteinander sein? Du bedeutest mir sehr viel und ich bin gerade dabei, mich richtig in dich zu verlieben. Also, wenn du mir das Herz brechen willst, dann tu es jetzt …« Er lächelte traurig, so als hätte er sich schon damit abgefunden.

Annette blieb immer noch stumm; doch endlich löste sich ihre Starre, sie stand auf. Müller glaubte schon, sie wolle gehen, aber sie kam um den Tisch herum und küsste ihn vor all den anderen Gästen leidenschaftlich auf den Mund. Dann richtete sie sich auf, setzte sich wieder, betrachtete stur die Serviette auf ihrem Schoß und sagte: »Wenn niemand mehr zu mir hersieht, gib mir Bescheid!«

Beide fingen an zu lachen. Dann fasste sie sich ein Herz und sprach aus, was sie bedrückte.

Müller fiel aus allen Wolken. »Das hast du völlig falsch verstanden!« Er hatte ja keine Ahnung gehabt, dass das hinter Annettes sonderbarem Verhalten steckte. *Verstehe einer die Frauen,* dachte er bei sich, hütete sich aber, das auszusprechen.

»Meine Ehe mit Sylvia ist beendet und ich wünsche mir klare Verhältnisse, aber natürlich auch einen Weg, friedlich auseinanderzugehen.« Er bemerkte Annettes zweifelnden Gesichtsausdruck und fuhr schnell fort. »Was aber nicht heißt, dass sich die Scheidung hinausziehen wird. Das war ein einmaliges Zugeständnis wegen der Kinder.«

Annette war glücklich, glaubte ihm und verfluchte Sylvia. Dieses elende Aas hatte es also darauf angelegt, sie zu verunsichern. Allerdings war Annette klug genug, diese Einschätzung für sich zu behalten – ihr neuer Partner sollte sich nicht eine Sekunde länger als nötig mit seiner Exfrau beschäftigen.

»Ich habe noch eine Überraschung«, sagte er nun aufgeregt, während er einen Briefumschlag aus der Tasche zog.

Annette machte große Augen, als sie das Logo eines Reisebüros darauf erkannte. »Urlaub auf dem Balkon?«, fragte sie fröhlich.

Er schüttelte vergnügt den Kopf. Sie öffnete schnell die Lasche und zog einen Gutschein heraus.

»Wow, Paris«, jubelte sie begeistert und hätte in diesem Moment die ganze Welt umarmen können.

* * *

KAPITEL 10

Am nächsten Morgen standen Hauptkommissar Heerse und sein Team zusammen mit einigen Beamten der Rastatter Kriminalpolizei in deren Gerichtsmedizin.

»Es tut mir ehrlich leid, dass wir dir den Fall nun auch noch aufhalsen müssen«, sagte gerade einer der Kollegen.

Heerse brummte ein undeutliches »Schon gut« und verfluchte innerlich noch einmal die Umstände, die dazu geführt hatten, dass er die Morde an Charlotte Dubois, Lydia Schmitt und Karla Drost aufzuklären hatte, obwohl die eigentlich in den Zuständigkeitsbereich der Rastatter Kollegen gefallen wären. Zwar war der Kongress mittlerweile vorbei, aber den Fall Heerse deshalb zu entziehen, hätte den Ermittlungen empfindlich geschadet. Und jetzt auch das noch. Er sah missmutig auf das Laken.

»Können wir?«, fragte der Gerichtsmediziner und zog das Tuch zur Seite.

»Er ist noch einigermaßen erhalten«, begann er sofort mit seinem Bericht. »Die Plastiktüte und die Liegezeit unter der Erde haben die Verwesung zumindest etwas verlangsamt. Trotzdem konnte der Fäulnisvorgang nicht aufgehalten werden und natürlich war der Kunststoff auch kein Schutz vor Käfern, Würmern und so weiter. Wir haben hier den Unterarm einer Frau ...«

»Wann wurde er der Frau abgenommen?«, unterbrach Heerse den Arzt.

»Das ist in dem Fall nicht ganz einfach. Wenn er nach dem Abtrennen direkt vergraben wurde, dann gehe ich davon aus, dass das vor ungefähr sechs bis acht Wochen geschehen ist. Aber nageln Sie mich da nicht fest. Womöglich wurde er noch irgendwo anders aufbewahrt. Es gibt viele Faktoren, die eine Rolle spielen und die Zeitspanne verkürzen oder verlängern können. Allein schon die Temperatur, die Luftfeuchtigkeit …«

Der Beamte verstand und bat den Mediziner, fortzufahren.

»Die Amputation wurde äußerst stümperhaft durchgeführt.« Er deutete auf die ausgefransten Wundränder. »Womöglich eine kleine Axt. Hier …«, wieder wanderte sein Finger an dem Körperteil entlang, »hat man sich mit einem Messer an ihr zu schaffen gemacht.«

»Wie alt war die Frau?«, fragte Maren mit belegter Stimme.

»Anfang zwanzig.« Er zeigte mit dem Daumen Richtung Schreibtisch. »Den kompletten Bericht kann ich Ihnen gleich mitgeben.«

Heerse blickte konzentriert auf den Unterarm, den drei Jungs vor wenigen Tagen auf einem Friedhof des Landkreises Rastatt entdeckt hatten, als sie auf der Suche nach einem Abenteuer gewesen waren. Aufgrund des Fundortes wäre damit eigentlich nicht das Team um Hauptkommissar Heerse zuständig. Jedoch war die Angelschnur, mit der man die Plastikfolie um den Arm fixiert hatte, von der gleichen Marke wie bei den anderen Opfern. Diese Tatsache hatte letzten Endes die Baden-Badener auf den Plan gerufen.

»Und Sie sind sich sicher, was die DNA angeht?«, fragte nun Heerse und griff damit ein weiteres überraschendes Ergebnis der bisherigen Ermittlungen auf.

Der Gerichtsmediziner nickte. »Der Abgleich mit der DNA-Analysedatei war ein Volltreffer. Die Kriminaltechnik konnte seinerzeit einige Haare auf dem Fahrersitz des Wagens sicherstellen, in dem man das Kokain gefunden hatte. Heute können wir die der Frau zuordnen, zu der dieser Unterarm gehört.«

»Damit hätten wir *Cathy*, die Fahrerin, gefunden«, seufzte Maren. Stotternd verbesserte sie sich: »Zumindest einen Teil von ihr.«

»Ja, sieht so aus«, antwortete Heerse nachdenklich. Wie ein Bumerang kam der Fall des verlassenen Fahrzeugs immer wieder zu ihm zurück. Erst die entstellte Leiche von Gaston Lebourg, für dessen Tod der Drogendealer Ralu verantwortlich war, und jetzt der Unterarm einer jungen Frau, die vermutlich den Wagen gefahren und auf den Namen Cathy gehört hatte.

»War sie tot, als man den Arm abgenommen hat?«, fragte Heerse, als er bemerkte, dass der Mediziner ungeduldig wurde. Grübeln konnte er später noch, als Erstes benötigte er die Fakten.

»In diesem Fall kann ich das nicht bejahen. Das heißt aber nicht, dass sie tatsächlich noch gelebt hat. Möglich wäre, dass man ihr den Unterarm unmittelbar nach Eintritt des Todes abgetrennt hat.«

»Aber sie könnte noch leben?«, fragte nun Müller mit belegter Stimme.

Der Arzt runzelte die Stirn. »Aus medizinischer Sicht, ja, vorausgesetzt die Wundversorgung wurde sofort und sorgfältig durchgeführt und es kam zu keiner Infektion oder sonstigen Komplikationen.«

»Dann ist sie tot«, sagte Maren heiser. »Warum sollte er sie retten, nachdem er ihr so bestialisch den Unterarm abgetrennt hat?«

Der Gerichtsmediziner nickte zustimmend. Keiner der Anwesenden hatte eigentlich noch den geringsten Zweifel daran, dass diese Cathy längst tot war. Aber auch wenn es noch Hoffnung geben sollte, konnten sie der jungen Frau nur helfen, indem sie sich voll und ganz auf die Arbeit konzentrierten.

Heerse fragte: »Was ist das auf ihrer Haut? Sind das Verletzungen?« Er deutete auf die Schnörkel, die vom Handgelenk bis zu der Stelle verliefen, an der man den Unterarm abgetrennt hatte. Das Muster war dort, wo Fäulnis und Insekten das Gewebe verändert hatten, nicht mehr durchgängig.

»Davon gibt es noch mehr«, sagte der Mediziner und drehte den Körperteil nun vorsichtig um, sodass die Beamten die Narben auf der Innenseite sehen konnten.

»Das sieht aus wie ein Wort«, schaltete sich Müller ein. »Luro?«

»Ich tippe auf *Love*«, sagte der Gerichtsmediziner. »Englisch für das Wort Liebe. Was Sie hier sehen, sind Brandnarben.«

»Hat man ihr die nach ihrem Tod zugefügt?«, meldete sich Maren schockiert zu Wort.

»Nein«, erwiderte der Arzt sachlich, »die Narben sind schon älter. Ich tippe eher auf eine professionelle Körpermodifikation. Body-Art auf Neudeutsch beziehungsweise Branding. Es gibt da verschiedene Techniken, aber letzten Endes ist es nichts anderes als das Erzeugen einer Narbe, indem man ein Motiv mit einem glühenden Eisen in die Haut einbrennt. Da es der Verschönerung dienen soll, spricht man nicht von Brand-, sondern von sogenannten Schmucknarben.«

»Das ist ja furchtbar«, stöhnte Müller und dachte an den Schmerz, den so eine Prozedur mit sich bringen musste.

Der Gerichtsmediziner zuckte mit den Schultern, für ihn war der Anblick nichts Außergewöhnliches.

»Sie sagten professionell«, griff Heerse den Gedanken auf.

»Ja. Sehen Sie, wie exakt die Abstände zwischen den einzelnen Buchstaben sind? Und die Ornamente auf der Oberseite, das wurde mit einem Cautery-Stift gemacht.

Ich bin mir sicher, dass das nicht die Handschrift irgendeines Hobbykünstlers ist.«

»Sie kennen sich gut aus«, stellte Maren anerkennend fest.

Es war das erste Mal, dass der Mann lächelte. »Na ja, das Thema interessiert mich, allerdings bevorzuge ich persönlich Tattoos und Piercings.«

Die Kommissarin sah den Arzt ungläubig an und fragte sich, wo der Mann seine Körperverschönerungen versteckt hatte.

Heerse unterbrach ihre Gedanken, indem er sagte: »Schön, das ist ein Anfang. Wir versuchen, das Studio zu finden, in dem diese Brandings gemacht wurden. Vielleicht erfahren wir so mehr über die Identität der Frau.«

* * *

Bereits zwei Tage später hatten die Beamten einen Termin in einem Atelier für Body-Art bei Karlsruhe. Von außen wies nur ein schrilles Ladenschild darauf hin, welche Dienstleistungen im Inneren angeboten wurden. Die Schaufenster waren aus Milchglas, sodass man von der Straße aus keinen Blick hineinwerfen konnte. Heerse und Müller betraten die Räume, nur um erneut überrascht zu werden. Was auch immer sie erwartet hatten, war nicht das Ambiente eines edlen Spa-Bereichs oder einer florierenden Zahnarztpraxis, so wie es sich ihnen jetzt darbot.

Eine Wasserwand, neben der eine prächtige Zimmerpalme stand, zog als Erstes ihre Blicke auf sich. Der zweite galt der Frau, die durch die melodische Türklingel informiert nun in den Empfangsbereich trat. Sie trug ein ärmelfreies T-Shirt, das den Blick auf zahlreiche Tätowierungen freigab, die über die Schultern bis zum

Kinn verliefen. In ihrem hübschen Gesicht zählte Heerse mindestens acht Piercings, die ihm bei der Vorstellung, sie sich selbst stechen lassen zu müssen, ein unangenehmes Ziehen im Unterleib verursachten.

Freundlich nannte er seinen Namen.

Die Frau lächelte: »Sie haben das Gefühl, eine andere Welt zu betreten, nicht wahr?«

Der Hauptkommissar sah keinen Anlass, das zu bestreiten, und gab sich geschlagen. »So ist es, tut mir leid!«

»Oh, das muss es nicht«, entgegnete ihm die Frau, die sich als Erika vorstellte, den Beamten zuzwinkerte und sagte: »Sie hätten einen weniger bodenständigen Namen erwartet, oder?«

Auch jetzt nickte Heerse und sie schien erfreut über seine Ehrlichkeit.

»Nun, was wir hier tun, ist zwar Kunst, aber«, sie forderte die Männer auf, ihr zu folgen, »ich bin weder verträumt noch eine Anhängerin des Mystischen.« Sie deutete auf die Liegen und Schränke mit den unterschiedlichsten Gerätschaften. Der Eindruck einer Arztpraxis verstärkte sich immer mehr.

»Body-Modification ist auch eine große Verantwortung. Wie Sie sehen, lege ich viel Wert auf Hygiene. Wer hierher kommt, entscheidet sich für eine Veränderung seines Äußeren, die meist von Dauer ist. Den Körper eines anderen Menschen auf diese Weise zu verwandeln, ist ein Privileg. Und das entgegengebrachte Vertrauen darf nicht enttäuscht werden.«

Sie führte sie in einen weiteren Raum. Auf einer Liege lag ein Mann mit nacktem Oberkörper auf dem Bauch, während ein Mitarbeiter des Studios gerade dabei war, einen Gasbrenner anzuzünden.

»Ich dachte mir, da es um Branding geht, wäre es für Sie womöglich interessant zu sehen, wie das gemacht wird.«

Während Müller skeptisch auf das kleine Eisenstück blickte, das in der Flamme bereits orange zu glühen begann, stimmte Heerse dankbar zu. »Das wäre wirklich hilfreich.«

»Diese Methode nennen wir Strike-Branding.«

Mit einigem Unbehagen beobachteten die Beamten, wie der Mitarbeiter nun das glühende Metallstück auf die Haut des Kunden drückte und schnell wieder zurückzog. Immer wieder wurde der Vorgang wiederholt, bis auf dem Schulterblatt die Umrisse eines Kreuzes zu sehen waren.

Jedes Mal, wenn der Mann auf der Liege zusammenzuckte, litten die Polizisten mit.

»War es sehr schmerzhaft?«, fragte Müller, als die Sitzung vorbei war.

»Man gewöhnt sich daran«, gab der Malträtierte auf der Liege bereitwillig Auskunft.

Erika lächelte und führte die beiden Männer auf die andere Seite des Raumes. Dabei sagte sie: »Der Schmerz ist sehr kurz und für manche bringt das sogar einen gewissen Glückskick.«

Müller blieb skeptisch und Erika bemühte sich um eine Erklärung. »Ich spreche dann gerne vom Endorphin-Cocktail.«

Das »Hm« des Oberkommissars entlockte ihr ein Lachen. »Ich sehe schon, Sie sind wohl eher der Tattoo-Typ.«

Heerse konnte sich auch das nicht vorstellen und sah seinen Mitarbeiter amüsiert an, dann wurde er wieder ernst und zog die Fotografien aus der Tasche.

»Die Kollegen hatten Sie ja bereits am Telefon befragt. Würde es Ihnen etwas ausmachen, sich die Bilder des Unterarms einmal anzusehen? Es ist kein schöner Anblick. Also wenn Sie lieber …«

»Nein, geben Sie her, ich bin nicht aus Zucker. Man sagte mir, es gehe womöglich um Mord, eventuell kann ich ja helfen.« Mit grimmiger Miene streckte sie dem Hauptkommissar die Hand entgegen.

Trotz der Vorwarnung musste sie beim Anblick der Bilder heftig schlucken, dann runzelte sie die Stirn und sagte, ohne lange zu überlegen: »Ja, das ist unsere Arbeit.«

»Sie können sich nicht zufällig an den Namen der Frau erinnern?«

Als sie das erwartungsvolle Gesicht des Hauptkommissars sah, fuhr sie schnell fort: »Doch, ich führe selbstverständlich eine Kundenkartei.«

Wenige Minuten später erhielten sie von Erika eine Kopie des Personalausweises von Ann-Kathrin Karlson. »Ich mache mir immer Kopien. Zum einen als Altersnachweis und zum anderen, weil ich wissen will, mit wem ich es zu tun habe. Ein Rat meines Anwalts.«

Sie sah die überraschten Mienen und erklärte: »Ich führe ein Geschäft, keinen Bauchladen!«

»Können Sie sich denn auch noch an den Besuch der Frau erinnern?«

»Ja, es passiert ja nicht alle Tage, dass sich jemand ein so umfangreiches Branding machen lässt. Wir hatten mehrere Sitzungen.« Sie studierte die Einträge im Computer. »Sie kam ein letztes Mal im Mai, als alles verheilt war, damit wir das Branding noch einmal wiederholen konnten.«

»Wieso denn das?«, hakte Müller entsetzt nach.

Erika antwortete sachlich: »Damit die Narben nicht verblassen.«

Heerse ging eine Frage durch den Kopf, die er nun der Frau stellte: »Hat sie Ihnen erzählt, warum sie sich ausgerechnet für diesen Schriftzug entschieden hat?«

»Wenn sich jemand ein Tattoo stechen lässt oder sich für ein Branding entscheidet, dann steckt da meistens eine Geschichte dahinter. Manchmal geht es darum, jemanden zu ehren, sein Andenken zu bewahren oder sich selbst zu erinnern. Andere drücken ihre Lebensfreude oder das, was ihnen wichtig ist, damit aus. Entgegen der landläufigen Meinung entstehen die meisten Body-Mods nicht aus einer Laune heraus, sondern aus dem tiefen Bedürfnis, sich und seine Gefühle auszudrücken. Das heißt: Ja, auch Ann-Kathrin hatte eine Geschichte. Sie hielt die Liebe selbst für den größten Schmerz auf Erden. Poetisch, nicht wahr?«

»Ja, allerdings. Und auch ein wenig traurig.«

»Sie haben recht. Diese junge Frau war sicher kein fröhlicher Mensch, aber mehr hat sie mir nicht erzählt, sorry.«

»Sie haben uns auch so schon sehr geholfen, vielen Dank.«

Erika begleitete die Beamten zur Tür. »Wenn einer von Ihnen Interesse an unseren Dienstleistungen hat, melden Sie sich. Ich würde Ihnen einen guten Preis machen.«

Dabei sah sie in Müllers Richtung, der abwehrend die Hände hob und entgegnete: »Wenn ich es mir recht überlege, bin ich wohl am ehesten der Typ *Bodypainting.*«

* * *

Die Identifikation von Ann-Kathrin Karlson, die sich offensichtlich selbst Cathy genannt hatte, half ihnen weiter. Die Mutter lebte in bescheidenen Verhältnissen in der Stadt Kehl, direkt an der französischen Grenze und circa fünfzig Kilometer von Baden-Baden entfernt.

Heerse hatte sich selbst auf den Weg gemacht, um das Gespräch zu führen. Dieses Mal nahm er Maren mit.

Frau Karlson öffnete ihnen die Tür, ihre Augen waren vom Weinen rot und ihre blasse, faltige Haut wirkte beinahe durchsichtig. Die Kollegen vor Ort hatten ihr bereits mitgeteilt, dass es nur wenig Hoffnung gab, die Tochter noch lebend zu finden.

Ann-Kathrins Mutter mochte höchstens fünfundvierzig sein, sah aber mindestens fünfzehn Jahre älter aus. Ihr Haar war dünn, ihr Körper gebeugt und die unübersehbaren Zahnlücken zeugten davon, dass sie sich schon längst aufgegeben hatte. Sie bat die Beamten höflich, einzutreten. Ihr Atem roch nach Alkohol; wer konnte es ihr verdenken.

In dem vollgestopften, überhitzten Wohnzimmer saß eine weitere Frau, die der Mutter ähnlich sah, aber wesentlich fülliger war. Sie stellte sich als Linda Meier vor, Ann-Kathrins Tante und Schwester von Frau Karlson.

Heerse nickte und drückte als Erstes sein Mitgefühl aus. Er sprach zwar nicht vom Tod, unterließ es aber auch, der Frau Hoffnung zu machen. Besser sie stellte sich bereits auf das Schlimmste ein. Er hatte das im Vorfeld sorgfältig abgewogen und hielt dieses Vorgehen für das Ehrlichste. Frau Karlson, der die Anteilnahme des Beamten nicht entging, brach erneut in Tränen aus.

Sie schnäuzte sich mehrmals und knetete dann das völlig durchnässte Papiertaschentuch in ihren zittrigen Händen. Trotzdem brachte sie es nicht über das Herz, ihr Kind bereits aufzugeben, und verwendete die Gegenwartsform. »Mein Mädchen ist zu gut für diese Welt.«

Sofort fiel Heerse auf, dass die Tante ein leises Schnauben von sich gab und genervt die Augenbrauen nach oben zog. Offensichtlich war sie anderer Meinung.

»Das ist alles meine Schuld. Ich kann ihr nichts bieten. Sie müssen wissen, dass mein Mann früh verstorben ist, auch er hatte es nicht leicht.«

Automatisch sah der Hauptkommissar zu der Schwester der Frau und wieder lag da dieser missbilligende Ausdruck auf deren Gesicht.

»Vermutlich wäre alles anders gekommen, wenn er noch da wäre.«

Im Augenwinkel bemerkte der Hauptkommissar die unruhigen Bewegungen von Linda Meier. Sie glich einem Hund, der unbedingt von der Kette wollte.

»Meine Kleine ist wie ihr Vater, ein Freigeist. Solche Menschen haben es schwer.«

Die letzte Bemerkung der Mutter schien nun endgültig dafür zu sorgen, dass die imaginäre Kette zersprang.

Linda sagte nämlich mit ihrer unerwartet tiefen Stimme: »Vielleicht solltest du dem Herrn Kommissar und der jungen Frau einen Kaffee anbieten.«

Frau Karlson wirkte ertappt. »Oh, entschuldigen Sie, wie unhöflich von mir. Möchten Sie etwas trinken?«

Heerse stimmte sofort zu und brannte darauf, nun die Version der Tante zu hören. Kaum war Ann-Kathrins Mutter aus der Tür, beugte sich diese verschwörerisch nach vorne und knallte den Beamten ihre Sicht der Dinge vor den Latz.

»Hab mir schon gedacht, dass meine Schwester wieder diese rosarote Märchenversion von sich gibt. Nehmen Sie es ihr nicht übel, aber das ist ihre Strategie zu überleben. Sie bastelt sich ihr Leben zurecht. Behandelt man sie schlecht, dann will sie es nicht wahrhaben und erfindet Ausreden. So wie für ihren Alten.

Der Kerl war ein Kotzbrocken, hat sich totgesoffen und ihr einen Berg Schulden hinterlassen, an dem sie jetzt noch abzahlt. Ich sage es, wie es ist: Würde Karlson noch leben, wäre es viel schlimmer. Ann-Kathrin war ein hübsches Kind und meine Schwester hat alles für sie getan. Verstehen Sie mich nicht falsch, ich mochte das Mädchen, und Gott gebe, dass sie noch lebt. Aber ich bin keine Träumerin, war ich nie.« Sie machte eine wegwerfende Handbewegung. »Das Leben ist, wie es ist. Und wenn hier lauter Polizisten mit kummervollen Mienen auftauchen, dann weiß ich, dass es keine Hoffnung mehr gibt.«

»Sie sprachen über Ihre Nichte«, versuchte Heerse, das Gespräch wieder auf Ann-Kathrin zu lenken.

Die Frau besann sich und fuhr fort: »Wie gesagt, ich mochte die Kleine. Bis sie anfing, die eigene Mutter in Schwierigkeiten zu bringen. Meine Schwester hätte sie rauswerfen müssen, als das mit den Drogen überhandnahm. Das Kind hatte nur Flausen im Kopf, nannte sich selbst *Cathy*.« Die letzte Bemerkung sagte sie übertrieben affektiert. Dann fluchte sie wütend und hievte sich weiter nach vorne, um nach der Schachtel Zigaretten zu greifen.

»Sehen Sie sich meine Schwester doch an, die ist fertig, ein Wrack. Sieht aus wie ihre eigene Großmutter.«

»Was genau hat Ann-Kathrin in den letzten Monaten denn so gemacht? Wo hat sie gelebt?«

Linda zog den Rauch ihrer Zigarette so stark ein, dass ihr Gesicht dabei ganz schmal wurde, dann stieß sie ihn mit vibrierenden Lippen wieder aus. »Viel wissen wir nicht. Jedenfalls hat sie sich mit so abgefuckten Typen herumgetrieben. Das fing bereits mit fünfzehn an, Ann-Kathrin hat die Schule geschwänzt, kam nicht mehr nach Hause und hat geklaut. Meine Schwester hat für gewöhnlich hinter ihr aufgeräumt. Ich habe ihr damals schon gesagt, dass das Mädchen lernen müsse, für die Fehler, die es macht, geradezustehen, aber meine Schwester ist ein dummes Schaf.« Sie äffte die zarte Stimme von Frau Karlson nach: »Aber das ist doch mein Kind, das kann ich doch nicht im Stich lassen …« Linda drückte energisch die Zigarette im Aschenbecher aus und sprach weiter: »In letzter Zeit kam sie nur noch selten nach Hause. Wenn Ann-Kathrin auftauchte, dann weil sie Geld gebraucht hat, um ihre Drogen zu bezahlen.«

»Kennen Sie zufällig einen ihrer Freunde?«

In diesem Moment betrat die Mutter wieder das Wohnzimmer und trug ein Tablett vor sich her, dessen Gewicht, so schien es zumindest, ihr die letzte Kraft raubte. Automatisch sprang Maren auf und nahm ihr die Last ab.

Linda antwortete auf die Frage: »Das letzte Mal war sie im April hier, da hatte sie so einen verlausten Kerl dabei.«

»Linda«, entrüstete sich ihre Schwester, die sich nun an Heerse wandte. »Entschuldigen Sie meine Schwester. Linda will mich beschützen und sieht deshalb in allen Menschen nur das Schlechte.«

»Was war denn jetzt mit diesem jungen Mann?«, hakte Heerse behutsam nach.

»Sein Name ist Gaston und er schien meine Ann-Kathrin sehr zu mögen. Er ist Franzose und will sie mit ans Meer nehmen.«

»Pah!«, entfuhr es Linda, aber als sie den verzweifelten Blick ihrer Schwester sah, murmelte sie: »Schon gut, der Kerl ist ein Heiliger.«

Maren holte eine Fotografie aus der Tasche, die ihnen die französischen Kollegen überlassen hatten. Darauf sah man Gaston Lebourg.

»Ja, das ist er«, rief Frau Karlson offensichtlich erfreut, den jungen Mann wiederzusehen. »Er war sehr nett. Weiß er vielleicht, was mit meinem Mädchen passiert ist?«

Heerse überlegte, ob er der Frau überhaupt weitere schlechte Nachrichten zumuten konnte, sagte aber schließlich doch: »Gaston Lebourg ist tot, ermordet.«

Sofort flossen bei Ann-Kathrins Mutter wieder die Tränen, während Linda Meier resigniert den Kopf schüttelte.

Frau Karlson gestattete den Beamten, sich im ehemaligen Kinderzimmer ihrer Tochter umzusehen. Ein Team der Spurensicherung hatte sich bereits durch die Habseligkeiten gewühlt und Proben genommen, um einen weiteren DNA-Abgleich vornehmen zu können. So konnten sie sich zumindest bezüglich der Identität hundertprozentig sicher sein.

Maren machte große Augen, als sie das überfüllte Mädchenzimmer betrat. So ähnlich hatte auch ihr Zuhause ausgesehen. Auch ihre Eltern waren stets bemüht gewesen, ihr jeden Wunsch von den Augen abzulesen. Hatte sie ihnen dafür jemals genügend gedankt?

»Was ist hier schiefgelaufen?«, fragte sie traurig und Heerse verstand, was in der Kollegin vorging.

»Es gibt keine Garantien, für niemanden«, antwortete er ihr gedankenverloren, während er die vielen eingerahmten Fotografien betrachtete, die Ann-Kathrin in verschiedenen Lebensphasen zeigten und ihn an Maloschs Wohnzimmer erinnerten.

Schweigend durchsuchten sie den Raum und schnell war klar, dass sie hier nichts Interessantes finden würden.

* * *

Zurück in der Dienststelle überlegten die Beamten gemeinsam, wie Ann-Kathrin Karlson ins Bild passte.

»Die einzige Verbindung ist momentan die Angelschnur und das abgestellte Fahrzeug am Rhein mit der DNA der Frau«, fasste Müller zusammen.

»Die Drogen im Fahrzeug stammten von diesem Ralu, den wir als Mörder der Frauen bisher ausgeschlossen haben«, ergänzte Maren und betrachtete die Fotos des Fahrzeuges und den Bericht der Kollegen. »Was ist passiert? Sie hatte einen Unfall. Der Reifen ist geplatzt, als sie vermutlich mit hoher Geschwindigkeit über den Fahrbahnrand gerast ist«, beantwortete sich die Kommissarin ihre Frage selbst.

»Ja«, sagte Heerse, »und das kann unser Mörder nicht wissen oder beeinflussen. Also ist er zufällig dort aufgetaucht.« Der Hauptkommissar fluchte. »Zur falschen Zeit am falschen Ort. Diese Erklärung ist in jeder Hinsicht unbefriedigend, weil wir damit überhaupt keinen Ansatzpunkt haben. Die drei anderen Frauen hatten zumindest den Parkplatz mit den Imbisswagen gemein.«

»Und sie hatten alle Kontakt, wenn auch flüchtig, zu unseren Verdächtigen«, fuhr Müller fort.

»Letzten Endes gibt es aber doch einen gemeinsamen Nenner«, sagte Maren nachdenklich, »und das ist die Gegend.«

»Du hast recht«, nahm Heerse den Faden auf, »damit würde sich der Kreis dann doch wieder schließen. Er sucht seine Opfer am Rhein. Keine Vorlieben was Haarfarbe, Aussehen oder Alter angeht. Einzig das Geschlecht ist bei allen gleich. Seine Auswahl erfolgt mehr oder weniger zufällig, somit passt auch Ann-Kathrin dazu.«

»Aber warum vergräbt er ihren Unterarm auf einem Friedhof abseits des Rheins? Wenn er ihn im Wasser entsorgt hätte, wären wir niemals darauf gestoßen«, wandte Müller ein.

»Nun, ohne das Wildschwein hätten wir ihn auch so vielleicht nie gefunden. Ich denke nicht, dass der Täter mit der Entdeckung gerechnet hat, aber die Frage ist dennoch interessant. Warum vergräbt er den Arm?«

* * *

Die nächsten Tage verbrachten die Beamten damit, sich in Krankenhäusern nach einer Frau zu erkundigen, die mit einem amputierten Unterarm eingeliefert worden war. Wie zu erwarten, war das eine Sackgasse. Müller sprach mit dem Friedhofswärter und Maren mit den drei Jungs, die durch ihr schauriges Erlebnis zu den Stars der Grundschule geworden waren. Trotzdem gelangten sie zu keinem Ergebnis. Natürlich überprüften sie Verbindungen von Ann-Kathrin Karlson zu Malosch, Morinier, Zober oder Agger – ein Unterfangen, das lediglich der Pflicht geschuldet war. Mittlerweile waren sich Heerse und seine Mitarbeiter nämlich sicher, dass Ann-Kathrin ein zufälliges Opfer war. Alibis konnten sie kaum überprüfen, hatten sie doch noch nicht einmal einen eindeutigen Beweis dafür, dass die junge Frau überhaupt tot war, geschweige denn den möglichen Todeszeitpunkt.

Heerse studierte stundenlang das Informationsmaterial, das er von Leo Fürth erhalten hatte, außerdem überprüfte er die Fundorte der Leichen auf einer Karte. Es gab kein Muster oder irgendetwas, das Rückschlüsse auf künftige Taten zulassen würde. Schließlich grenzte er seine Überlegungen auf wenige Fragen ein. Warum die vielen Schläge mit dem Paddel bei Charlotte Dubois? Warum die Haut von Lydia Schmitt mit dem Fischentschupper abziehen? Wieso Kohle in Karla Drosts Mund stecken und warum einer Frau den Unterarm amputieren? Der Hauptkommissar war sich sicher, dass hinter diesen Handlungen ein und derselbe Beweggrund steckte, aber noch sah er die Lösung nicht.

Es war schon spät am Abend und Heerse hatte einen langen Tag gehabt. Sein Schädel brummte und er schloss für einen Moment die Augen, nur um in der nächsten Sekunde durch ein schepperndes Geräusch hektisch hochzuschrecken.

»Himmel noch mal«, fuhr er herum. Sofort tat ihm sein Fluchen leid, als er das betretene Gesicht der Reinigungskraft sah, die gerade geräuschvoll ihren Arbeitswagen in sein Büro geschoben hatte.

»Ich wollte Sie nicht stören …«

Heerse antwortete ihr nicht, sondern blickte starr auf den mit Eimern und Reinigungsmitteln beladenen Karren der Frau.

Sie richtete erneut das Wort an ihn, aber er ignorierte sie, während sein Gehirn auf Hochtouren lief. Es war absurd und doch wiederum so einfach.

Schließlich zeichnete sich ein zufriedener Ausdruck auf Heerses Gesicht ab, endlich antwortete er der Frau: »Keine Sorge, Sie haben mich nicht gestört. Im Gegenteil, Sie haben mir sehr geholfen!«

Damit sprang er auf und machte sich auf den Weg in die Cafeteria. Er würde sich zunächst einen starken Kaffee gönnen und dann seine Theorie überprüfen, womöglich kamen sie endlich ein Stück weiter.

* * *

KAPITEL 11

Am frühen Morgen war in dem kleinen Jachthafen kein Betrieb. Das Klubhaus lag im Dunkeln und die Außenbeleuchtung, die den Steg in orangefarbenes Licht tauchte, ließ kaum einen Blick in die Ferne zu. Die Boote schwankten gleichmäßig auf dem Wasser und gelegentlich erklang ein leises Knarzen aus der Takelage der Segelschiffe. Die kleinen Bullaugen der Boote waren ebenfalls dunkel, denn um diese Jahreszeit hielten sich ihre Besitzer selten hier draußen auf. Allerdings brannte im Schuppen neben dem Klubhaus Licht.

Petrina Lütge verfluchte den Tag, an dem sie diesen Job angenommen hatte. Aber was war der Achtzehnjährigen denn anderes übrig geblieben? Sie wollte nach dem Abitur im Sommer unbedingt diesen Trip nach New York mitmachen. Ihre Freundinnen bekamen das Geld natürlich von den Eltern, aber sie kam aus einfachen Verhältnissen und hatte noch drei jüngere Geschwister. Wenn sie so etwas tun wollte, dann musste sie sich das Geld verdienen.

So war sie an den Putzjob im Jachthafen gekommen. Ihre Mutter erließ ihr zumindest vorübergehend einige häusliche Pflichten, und da man sie für gewöhnlich frühmorgens vor der Schule einteilte, konnte sie den Nebenjob wunderbar mit dem Lernen unter einen Hut bringen.

Heute lag ein Zettel mit einer Liegeplatznummer und ein Schlüsselbund für sie bereit. Sie wusste, was das bedeutete, also suchte sie ihren Kram zusammen: Leder- und Mikrofasertücher, Polituren für Teakholz, sanfte Polstersprays sowie einige andere Dinge, die für den Job notwendig waren. Sie hatte zwischenzeitlich gelernt, wie man pfleglich mit dem Inneren einer Kajüte umging, und sie wusste auch, dass selbst die kleinsten Motorjachten, die hier vor Anker lagen, mehr kosteten, als ihr Vater im Jahr verdiente.

Erfreulicherweise brachte ihr die Arbeit gutes Geld. Erstens war es schwer, hier draußen Reinigungspersonal zu finden, und zweitens brauchte man für die Arbeiten in den engen und manchmal sehr niedrigen Bootskörpern ein gewisses akrobatisches Geschick, sodass nicht jeder dafür infrage kam. Petrina war sportlich, gelenkig und zuverlässig, also hatte sie der Klubvorstand gerne eingestellt. Die Achtzehnjährige hielt es zwar für übertrieben, die Boote in regelmäßigen Abständen von innen zu reinigen, wo sie doch zurzeit gar nicht benutzt wurden, andererseits war das Abstauben und Wischen dadurch auch schnell erledigt.

Petrina schnappte sich ihre Utensilien und machte sich auf den Weg. Sie kannte sich zwischenzeitlich gut genug aus, um, ohne lange zu suchen, das Boot mit dem Namen *Rosi II*, das heute an der Reihe war, zu finden. Sie sah auf die Uhr und erschrak. Es wurde bereits hell, was bedeutete, dass es höchste Zeit wurde anzufangen. Auf dem Oberdeck steckte sich Petrina die Kopfhörer ihres MP3-Players in die Ohren und startete die Playliste mit ihren Lieblingssongs, dann stieg sie die schmalen Stufen hinunter und machte sich an die Arbeit.

* * *

Er wusste, dass sie heute Morgen hier sein würde. Als er sah, wie die junge Frau ihr Fahrrad auf dem leeren Parkplatz abstellte, ergriff eine fast kindliche Vorfreude von ihm Besitz. Aber zuerst beobachtete er sie, wie sie im Schuppen verschwand und sich dann wenig später, bewaffnet mit Putzeimer und Besen, auf den Weg zu einem der Boote machte.

»So ist es brav, bring all die feinen Sachen mit«, flüsterte er zufrieden und verfolgte jede ihrer Bewegungen von seinem Platz aus.

Er hatte sich hinter einem kleinen Segelschiff verschanzt, das mit einem gewaltigen Loch im Rumpf auf dem Trockendock lag. Das Tageslicht hatte die Dunkelheit bereits verdrängt; und auch wenn man heute mit einem grauen Morgen rechnen musste, fühlte er sich doch so wohl, als erlebte er nach einem harten Winter den ersten Frühlingstag. Tatsächlich entwickelte sich alles sehr verheißungsvoll: Der Geruch des Flusses, das sanfte Wogen der Wellen und die vielen Boote gaben ihm das Gefühl, zu Hause zu sein.

Als Petrina schließlich unter Deck verschwand, folgte er ihr. Dass das Holz des Steges das Geräusch seiner Schritte verstärkte, störte ihn nicht. Zu wissen, nun eine Chance zu bekommen, bescherte ihm ein angenehmes Kribbeln. Letzte Woche war er schon einmal hier gewesen und hatte die attraktive Petrina beobachtet. Aber da war ihm ein Bootsbesitzer in die Quere gekommen und er hatte unverrichteter Dinge gehen müssen. Heute blieb eine solche Unterbrechung aus, vermutlich hielt das schlechte Wetter Besucher ab.

Die *Rosi II* schaukelte leicht, als er das Oberdeck betrat. Ihm tat es gut, das Wasser unter seinen Füßen zu spüren. Wie leicht man die Fluten doch bezwingen konnte. Ein wenig Stahl, Holz oder Kunststoff, und schon beherrschte man die Wellen. Boote waren etwas Wunderbares.

Ein letztes Mal warf er den Blick auf die vielen unterschiedlichen Schiffe, die dicht nebeneinandergedrängt in ihrem Winterquartier ausharrten, dann nahm auch er die schmale Stiege nach unten in die Kajüte.

Petrina hatte ihm den Rücken zugekehrt. Sie war gerade dabei, die Tischplatte mit der Möbelpolitur abzureiben, und bewegte dazu rhythmisch die Hüften. Ihre blonden Haare hatte sie zu einem Zopf gebunden, der nun rhythmisch hin- und herschwang.

Für sie hatte er ein besonders handliches Werkzeug vorbereitet. Schnell zog er es aus seiner Jackentasche. Noch tanzte die junge Frau gedankenverloren zu den Klängen ihres MP3-Players, doch plötzlich stockte sie. Hatte sie ihn bemerkt?

Er war sich sicher, dass sie sich gleich umdrehen würde, höchste Zeit also, mit dem Werk zu beginnen. In der nächsten Sekunde legte sich der geflochtene Strang aus Angelschnur um Petrinas zarten Hals. Die harten, scharfen Fasern drückten ihr unbarmherzig auf die Kehle. Instinktiv wollte sie die Schlinge lösen, versuchte, mit den Daumen darunterzufahren, aber es war vergebens. Sie verletzte sich die Fingerkuppen, während sie hilflos nach Atem rang. Der Mann hinter ihr ließ ihr keine Chance. An den Enden des Strangs hatte er jeweils Holzstücke befestigt, die er wie die Griffe eines Springseils mit seinen Händen fest umschloss und nun immer heftiger daran zog. Petrina zappelte und trat um sich, sodass er sich anstrengen musste, nicht doch noch die Kontrolle zu verlieren. Ihr Japsen beunruhigte ihn, und er fragte sich, wann es denn nun endlich vorbei wäre.

Erneut riss er mit aller Kraft an der Schnur. Dabei hatte er das Gefühl, schon ewig die Schlinge um den Hals des sich aufbäumenden Körpers festzuziehen und das Keuchen der jungen Frau zu hören, die so verzweifelt ums Überleben kämpfte. Doch endlich ließ ihre Gegenwehr nach, das Zucken und Krampfen hörte auf. Schlaff fiel ihr Körper nach hinten und er trat einen Schritt zurück.

Jetzt erst wagte er, ihr Gesicht zu betrachten. Große Augen beobachteten ihn starr.

»Sieh mich nicht so an«, flüsterte er, »das ist nur zu deinem Besten.«

Sein Blick wanderte zu dem roten Striemen, der quer über ihren Hals verlief, und blieb an der hervorquellenden Zunge hängen. Die Mundpartie gefiel ihm und störte keineswegs das Bild. Allerdings empfand er die Augen als unpassend. Sie begannen, ihm unangenehm zu werden, wie zwei dunkle Schmutzflecken auf einem weißen Teppich. Der Vorwurf, der darin lag, könnte seine Arbeit zerstören. Er hob den Kopf und sah erleichtert, dass sie tatsächlich alles mitgebracht hatte, was er jetzt benötigen würde. Seine Hand griff nach dem Reiniger, dessen Flasche das Bild eines Totenkopfes zierte und auf dem plakativ davor gewarnt wurde, die Substanz jemals in Kinderhände zu geben. Etwas umständlich drehte er den Sicherheitsverschluss auf. Ein scharfer Geruch stieg ihm in die Nase und er ließ den Kopf zurückschnellen.

»Wir haben das Richtige gefunden«, murmelte er zufrieden. Dann begann er, die ätzende Flüssigkeit in die Augen der Toten zu träufeln, und drückte ihre Lider zu.

Wie Tränen lief ein Teil des scharfen Reinigers nun unter den langen dichten Wimpern hervor und zog feine Linien durch Petrinas einst so rosige Haut.

»Weine nicht«, sprach der Mann beruhigend auf die Tote ein. »Bald wird alles gut.«

Wenig später schleifte er sie nach oben. Mehrmals verhakten sich dabei ihre Beine, denn es war nicht einfach, die Leiche hinter sich herzuziehen. Auf Deck besah er sie sich erneut. Die Schlinge lag immer noch um ihren Hals. Er verknotete sie im Nacken, damit sie sich auch künftig wie eine edle Kette um die zarte Kehle schmiegen konnte. Es wäre nicht recht gewesen, diese harmonische Komposition zu zerstören. Und warum etwas verbergen? Die letzten Frauen hatte man trotz seiner Anstrengungen gefunden. Seinem Werk hatte es nicht geschadet, denn er hatte seine Arbeit beenden können. Schön wäre es gewesen, sie alle für immer im Wasser zu wissen, aber er war bescheiden und dankbar für jeden Moment, den sie darin verbracht hatten. Geschadet hatten ihm die Funde jedenfalls nicht. Möglich, dass man ihn verdächtigte, aber ohne Beweise?

Ein leichter Nieselregen ließ nach und nach viele kleine Tropfen auf Petrinas Gesicht zurück. Wie schön das aussah. Nun trug sie die perfekte Leichenmaske. Seine Kraft kehrte zurück und er brachte es zu Ende. Links neben ihm ankerte eine größere Motorjacht, die man mit einer grauen Plane überzogen hatte.

»Es wird Zeit«, murmelte der Mann, zog den toten Frauenkörper noch ein Stück weiter und ließ ihn über die Reling rollen. Petrina landete auf dem Rücken, genau zwischen der Rosi II und der Jacht mit der grauen Abdeckung. Durch das Schaukeln hätten sich die Boote beinahe berührt. Aber die Fender, die man als Schutzkörper ringsum an den Außenseiten befestigt hatte, verhinderten das Aufeinanderprallen.

Petrinas Leichnam schwamm zwischen den beiden Schiffen und versank langsam in dem dunklen Wasser. Ihr Körper würde unter das Boot gelangen und dort eine letzte Ruhestätte finden. Was für ein herrliches Schauspiel. Er genoss es, dem Mädchen hinterherzusehen, und spürte ihre Anwesenheit selbst dann noch, als sie schon längst aus seinem Sichtfeld verschwunden war.

Leider konnte er nicht länger hier stehen bleiben, irgendwann würde man ihn entdecken. Aber die Vorstellung, dass sie hier unter den gewaltigen moosbewachsenen Rümpfen schlummerte, bereitete ihm ein unbeschreibliches Vergnügen. Solange er sie in ihrem nassen Grab wusste, würde er regelmäßig herkommen, um dann noch einmal den besonderen Moment zu erleben, als die Leiche dem Wasser übergeben, von ihm umhüllt und letztlich verschlungen worden war.

Zu leichtsinnig durfte er allerdings nicht sein. Deshalb riss er sich von dem verführerischen Anblick los und betrat noch einmal die Kajüte der Rosi II. Mit wenigen Handgriffen hatte er den Putzeimer und die Reinigungsmittel zusammengepackt und die wenigen Blutstropfen, die das Mädchen hinterlassen hatte, beseitigt. Zumindest würde niemand auf den ersten Blick vermuten, dass hier ein Mensch gestorben war.

An der Kajütentür steckte noch der Schlüssel. Er verschloss die Kabine ordentlich und brachte die Sachen zurück in den Schuppen. Dort stellte er alles auf den Tisch und nahm die Jacke der jungen Frau an sich, die er zusammen mit dem Fahrrad in einem der sumpfigen Waldgebiete entsorgen wollte. Jeder würde annehmen, sie hätte ihre Arbeit erledigt und sich dann auf den Weg zur Schule gemacht.

Zur gleichen Zeit in Heerses Büro

»Reinigung?«, rief Maren überrascht aus und auch Müller schüttelte ungläubig den Kopf. »Diese Rituale sollen der *Reinigung* dienen?«

Heerse nickte. »Am offensichtlichsten ist es bei Lydia Schmitt.«

»Stimmt! Der Fischentschupper ist ein Küchenhelfer, um Fische zu reinigen, aber was ist mit den Kohlestückchen bei Karla Drost?«

Bevor Heerse antworten konnte, stieß Müller einen anerkennenden Pfiff aus. »Natürlich, Aktivkohlefilter!«

Maren sah ihn immer noch fragend an und er begann zu erklären: »Ich hatte einmal ein Aquarium, da habe ich zur Wasseraufbereitung auch einen Kohlefilter eingesetzt.«

»Genau«, führte Heerse weiter aus, »Aktivkohle kommt in der Wasser- und Luftaufbereitung, also der Reinigung zum Einsatz.«

»Wenn man nun auch noch berücksichtigt, dass Karla Drost geraucht hat, scheint das tatsächlich einen Sinn zu machen.«

Der Hauptkommissar griff den Punkt auf. »Falls er mit den Kohlestücken darauf anspielen wollte, könnte man sogar noch ein Stück weiter gehen und die Zertrümmerung des Brustkorbs mit der Baggerschaufel ebenfalls als Teil des Reinigungsrituals ansehen.«

»Du meinst, er hat auf ihre Lunge gezielt?« Marens Stimme klang ungewohnt schrill.

»Wäre das denn nicht denkbar?«

Niemand antwortete ihm, denn die Erfahrung lehrte sie, dass in so einem Fall alles denkbar war.

»Aber was ist mit dem ersten Opfer? Charlotte Dubois, die wurde doch erschlagen …«

»Ja, vermutlich ist es bei ihr am schwersten zu erkennen. Aber wenn wir bedenken, dass er viele Male auf die Frau eingeschlagen hat, nachdem sie schon tot gewesen war, dann muss man sich doch fragen, warum. Es könnte natürlich eine Handlung aus unkontrollierter Wut gewesen sein, oder …«

»Das ist nicht dein Ernst«, fiel ihm Maren ins Wort. Sie ahnte, auf was ihr Chef hinauswollte. »Du denkst, er hat das Paddel wie einen dieser altmodischen Teppichausklopfer verwendet?«

»Das ist meine Theorie: Bei Charlotte Dubois war es das Paddel, das als Teppichklopfer fungiert hat, bei Lydia Schmitt der Fischentschupper, der für sich selbst spricht. Für Karla Drost hat er Kohle verwendet, in Anlehnung an die Filterwirkung und bei Ann-Kathrin Karlson trennte er den Arm mit den Brandnarben ab. Vermutlich fand er die Brandings auf der Haut störend beziehungsweise unsauber. Erst danach hat er die Körper ins Wasser geworfen.«

»Was ebenfalls eine reinigende Wirkung hat«, nahm Müller den Faden wieder auf.

Maren runzelte die Stirn. »Er säubert die Frauen auf bizarre Weise, bevor er sie in den Rhein wirft. Sollten wir dann nicht davon ausgehen, dass diese Seebestattungen und damit das Wasser selbst eine bestimmte Rolle für ihn spielt?«

»Meiner Meinung nach ist das der Fall. Vermutlich sind wir deshalb bisher nicht weitergekommen. Wir waren womöglich zu sehr auf die Opfer konzentriert. Mittlerweile befürchte ich aber, dass wir diesen Mistkerl nur fassen werden, wenn wir seine Verbindung zum Wasser begreifen.«

»Unsere Verdächtigen haben alle eine Verbindung dazu«, warf Müller ein. »Selbst Morinier, der sich zumindest mit Angelsport auskennt, können wir nicht ausschließen.«

»Und Zober, der bei der letzten Weihnachtsfeier übergriffig wurde, arbeitet schon seit Jahren im Kieswerk, ihn ernährt das Wasser sozusagen.«

»Das trifft auch auf Agger und Malosch zu«, ergänzte Müller die Ausführungen seiner Kollegin.

»Ja, nur dass Malosch auch noch seinen Sohn ans Wasser verloren hat«, gab Heerse zu bedenken.

* * *

Erwin Ströl war eigentlich ein begeisterter Skipper, aber den heutigen Tag hätte er normalerweise nicht für eine Ausfahrt ausgesucht. Allerdings erschien am frühen Nachmittag völlig unerwartet die Schwester seiner Frau, eine entsetzliche Quasselstrippe. Er mochte sie – aber nur, wenn ein Abstand von mehreren Kilometern zwischen ihnen herrschte. Sein Schwager Heinz hingegen war so stumm wie ein Fisch, was nicht nur damit zu tun hatte, dass er selten zu Wort kam. Dieser war sofort hellauf begeistert gewesen, als Erwin vorgeschlagen hatte, doch dem Boot einen Besuch abzustatten. Natürlich hatten die Frauen dieses Vorhaben argwöhnisch beäugt und als albernes Männerding abgetan.

»Ich denke, das Boot ist bereits winterfest?«, war ihm seine Frau in den Rücken gefallen.

Doch Erwin, dem nicht entging, dass auch Heinz eine steife Brise dem Wohnzimmer voller Klatsch vorzog, blieb stur. Jetzt waren sie gerade dabei, die schwere Plane abzustreifen; was kein Problem war, da ihnen einige Vereinsmitglieder, die das gute Essen in der Klubgaststätte genossen hatten, gerne halfen. Natürlich würde es nicht leicht werden, die Anlegestelle zu verlassen, denn die Liegeplätze waren alle besetzt und die Lücken zum Manövrieren entsprechend eng. Aber Erwin war erfahren und frohen Mutes, als er mit beiden Händen die Kurbel umschloss, um den Anker zu lichten. Die Kette ratterte gemächlich nach oben und jetzt, wo er erst einmal hier draußen war, freute er sich auf den geplanten Ausflug. Heinz, der eine Dose Bier in den Händen hielt, wirkte gelöst und zufrieden und betrachtete interessiert, wie sich die Glieder der Ankerkette akkurat über die Winde legten. Plötzlich stockte der Vorgang und er sah überrascht zu seinem Schwager.

Erwin entfuhr ein: »Was ist das denn für eine Scheiße?« Ein Vorteil, wenn keine Frau an Bord war, denn dann konnte man allen Gefühlen freien Lauf lassen. »Scheint, dass sich etwas verklemmt hat«, brummte er nun ärgerlich und sah sich schon um sein Vergnügen gebracht. »Kannst du etwas sehen?«, rief er seinem Schwager zu.

Heinz, der sich zwar nicht mit Booten auskannte, aber ansonsten ein patenter Mann war, machte ein paar Schritte nach vorne und blickte über die Reling.

Er schrie nicht auf, wie es vielleicht eine Frau getan hätte, trotzdem gab er einen panischen Laut von sich und taumelte einige Schritte zurück.

Erwin war alarmiert, ließ die Kurbel einrasten und eilte zu seinem Schwager.

»Da hängt jemand«, stammelte der und zeigte mit zittrigem Finger auf die Stelle.

Erwin spurtete nach vorne und lehnte sich ebenfalls weit über die Reling. Da sah er ihn, den Körper einer Frau, die wie eine Galionsfigur am Bug seines Schiffes hing – verheddert in der Ankerkette, die zu einer überdimensionalen Fessel geworden war.

* * *

Hauptkommissar Heerse war zeitgleich mit den Kollegen von Spurensicherung und Gerichtsmedizin am Tatort. Sie befanden sich an einem der größeren Jachthäfen, die entlang des Rheins angelegt worden waren. Auf dem vordersten Steg hatten sich bereits einige Leute versammelt. Der Vereinsvorsitzende, den man umgehend informiert hatte, stürmte auf Heerse zu und schleuderte ihm Beteuerungen entgegen, die vor allem dazu dienten, seine Ahnungslosigkeit zu untermauern. Er hatte die Leiche bereits gesehen und sie als seine Mitarbeiterin Petrina Lütge identifiziert.

Der Hauptkommissar hörte ihm nur mit halbem Ohr zu, im Moment interessierte ihn lediglich der Tatort.

Man lotste ihn den Steg entlang; kurze Zeit später stand er neben Erwin Ströl und dessen Schwager, die beide um Fassung rangen. Man bat die Männer, das Boot zu verlassen, und zusammen mit dem Gerichtsmediziner näherte sich Heerse dcm Bug.

Ein kurzer Blick genügte und der Arzt gab seine Anweisungen: »Wir müssen die Kette wieder runterlassen und sie über das Wasser an Land holen.« Er drehte sich bereits um und machte sich auf den Weg.

Heerse bleib noch zurück. Auch er musste sich weit vorlehnen, um die Tote zu sehen. Ein Gefühl tiefer Trauer überkam ihn bei dem Gedanken daran, dass man erneut einen Menschen um sein Leben betrogen hatte. Er besah sich die Anlegestellen. Die übrigen Boote trieben friedlich an den Stegen. Ihr sanftes Schaukeln hätte unter anderen Umständen beruhigend gewirkt. Der Hauptkommissar seufzte, sein Blick erfasste einen der stolzen Höckerschwäne. Das schneeweiße Tier mit dem orangefarbenen Schnabel starrte zu ihm nach oben und betrachtete, so schien es, voller Kummer die Leiche am Bug des Schiffes. Dann schwamm es näher heran, zog majestätisch seine Runden und Heerse dachte unvermittelt an die langsamen, gleichförmigen Bewegungen eines Trauerzugs.

Wenig später wurde die Leiche fotografiert und ihre Lage genau erfasst, bevor man langsam die Ankerkette löste und sie ins Wasser gleiten ließ. Zwei Polizeitaucher samt Schlauchboot hielten sich bereit, um bei der Bergung zu helfen. So gelang es schließlich, den Körper der jungen Frau sicher an Land zu bringen.

Heerse wurde von dem Gerichtsmediziner herbeigerufen. »Sie liegt noch nicht lange im Wasser, höchstens acht bis zehn Stunden. Gut möglich, dass unser

Mörder gehofft hat, der Körper würde wegen der eng angelegten Boote nicht wieder nach oben kommen. Es bestand durchaus die Möglichkeit, dass man sie erst im nächsten Frühjahr gefunden hätte, wenn hier der Betrieb wieder losgegangen wäre. So gesehen war es ein glücklicher Zufall, dass ausgerechnet *die* Ankerkette nach oben gezogen wurde, an der sich der Leichnam verfangen hatte.«

»Laut dem Vereinsvorsitzenden war sie für das Boot nebenan, die Rosi II, eingeteilt gewesen. Die Spurensicherung wird sich dort noch umsehen. Petrina Lütge, eine Schülerin, die morgens hier gejobbt hat. Vermutlich können wir den Todeszeitpunkt weiter eingrenzen, wenn wir mit den Eltern gesprochen haben«, entgegnete Heerse und starrte auf die Schlinge um den Hals der jungen Frau. »Stranguliert?«

»Ja, mit dieser selbst gebauten Garrotte. Sieht so aus, als hätte sich jemand sehr viel Mühe gemacht, diesen Strang zu knüpfen. Vielleicht hilft es uns weiter, wenn wir das Material analysiert haben.«

»Vergleichen Sie es als Erstes mit der Angelschnur, die wir bei den anderen Opfern gefunden haben«, schlug Heerse müde vor und beobachtete, wie der Gerichtsmediziner den Kopf der Frau leicht bewegte, um die im Nacken miteinander verschlungenen Holzstäbe zu betrachten.

Eine Frage brannte dem Beamten noch auf der Seele und da er nicht wusste, wie er sie hätte in geeignetere Worte fassen können, stellte er sie ganz direkt. »Gibt es an ihr irgendwelche Spuren, die auf ein Reinigungsritual schließen lassen würden?«

Der Mediziner sah ihn überrascht an. »Außer dem Wasser?« Er erwartete keine Antwort, sondern besah sich die Leiche, während er nachdachte. »Bei der ersten Inaugenscheinnahme kann ich nichts feststellen. Einige

Verletzungen der Fingerkuppen, vermutlich hat sie sich gewehrt und versucht, die Schlinge zu lockern, ansonsten …«

Heerse erklärte ihm daraufhin seine Theorie und der Arzt versprach, diesen Punkt während der Obduktion besonders zu berücksichtigen.

Die Männer verabschiedeten sich gerade, als zum Entsetzen des Hauptkommissars der Vater der Toten auf dem Steg erschien. Am liebsten hätte Heerse denjenigen, der die Familie so leichtfertig verständigt hatte, verhaftet. Aber nun war an der Situation nichts mehr zu ändern. Petrina lag bereits in einem der schwarzen Leichensäcke, als ihr Vater sich durch die Arme der Polizisten drängte, die ihn zurückhalten wollten.

»Lassen Sie mich zu meinem Kind!«, schrie er verzweifelt und stieß die Beamten grob zur Seite. Am Ende kniete er weinend neben dem Leichnam seiner Tochter, die Hände vors Gesicht gepresst und unfähig, gegen das Gefühl der vollkommenen Hilflosigkeit anzukämpfen.

In den folgenden Tagen trugen die Polizisten die Fakten zusammen: Petrina hatte das Elternhaus am Morgen um sechs Uhr dreißig verlassen, ihr Unterricht hätte um neun Uhr begonnen. Also gingen sie davon aus, dass der Mord vor neun geschehen sein musste, zumal bereits um kurz nach neun zwei andere Vereinsmitglieder den Jachthafen betreten hatten und denen nichts Ungewöhnliches aufgefallen war.

In der Kajüte der Rosi II fanden sie Blutspuren des Opfers, obwohl man offensichtlich versucht hatte, diese zu beseitigen. Sie stammten von den Verletzungen an den Fingern. Die Kriminaltechniker konnten mehrere Fingerabdrücke sowohl in der Kajüte als auch an den Putzutensilien sicherstellen. Der Abgleich dauerte noch an, aber so wie es aussah, stammten die meisten vom Opfer und den Besitzern der Jacht oder von anderen Angestellten. Natürlich konnte man auch von denen niemand als Täter ausschließen, allerdings erwiesen sich deren Alibis schnell als hieb- und stichfest.

Petrinas Eltern machten sich schwere Vorwürfe, gaben sich die Schuld und waren kaum ansprechbar. Trotzdem versuchten sie, die Polizisten, so gut es ihnen eben möglich war, zu unterstützen. Am Ende war die ganze ermittlungstechnische Maschinerie angelaufen und auch die Verdächtigen wurden erneut überprüft.

Morinier, der Filialleiter des Supermarkts, bekam ein Alibi von seiner Ehefrau, dessen Wahrheitsgehalt fraglich blieb. Zober behauptete, im Kieswerk gewesen zu sein, um über sein weiteres Arbeitsverhältnis zu verhandeln. Seine Aussage konnte zwar bestätigt werden, allerdings war er bereits um acht Uhr wieder gegangen. Wie die Befragungen ergaben, hatte er sich äußerst ungehalten verabschiedet, was mit dem für ihn unbefriedigten Ausgang des Gesprächs zu tun gehabt hatte. Er hätte durchaus auf seinem Weg einen Halt am Jachthafen einlegen können. Das galt auch für Agger und Malosch. Der *Neandertaler* wurde zwar beim Angeln in seinem Boot gesehen, aber einen Zeugen für die gesamte mögliche Tatzeit fanden sie nicht. Was Malosch anging, so erzählte der ihnen, bis um zehn geschlafen zu haben, natürlich ebenfalls ohne Zeugen.

Wenn sie auch in diesem Punkt noch im Dunkeln tappten, so hatte sich bestätigt, dass die Schlinge der selbst gebauten Tatwaffe, wie von Heerse angenommen, aus einer Angelschnur hergestellt worden war. Es handelte sich um die Marke, die man auch bei den anderen Opfern verwendet hatte. Der Täter hatte daraus einen etwa fünf Millimeter dicken, festen Strick geflochten.

Außerdem konnte der Gerichtsmediziner ein weiteres interessantes Detail bei der Obduktion feststellen, nämlich Reste einer chlorhaltigen Substanz in den Augenhöhlen des Opfers. Diese stammten von einem scharfen Reinigungsmittel, das man im Jachthafen verwendete.

»Warum es ihr in die Augen schütten?«, hatte Maren ungläubig gefragt, als der Bericht der Gerichtsmedizin vorlag. »Sie hatte schöne Augen, keine Verunstaltungen oder sonstige Fehlbildungen. Also, was hat ihn dazu veranlasst?«

Auch Heerse war ratlos. »Vielleicht störte ihn die Farbe?«

»Jedenfalls wissen wir jetzt, dass deine Theorie stimmt.«

Wenig hilfreich war allerdings, dass die Presse noch einmal Müllers Bemerkungen über den Täter aufgegriffen und sogar ein Bild des Oberkommissars veröffentlicht hatte, das ihn mit grimmiger Miene zeigte. Die Aufnahme war am Jachthafen, nach dem Fund von Petrina Lütge entstanden. Der Schreiber des Artikels zitierte den Polizisten und scheute sich nicht, die grausamen Morde vehement anzuklagen und die unschuldigen Opfer zu betrauern. Heerse hätte jede Äußerung unterschreiben können, trotzdem wäre es ihm lieber gewesen, sein Mitarbeiter wäre nicht auf diese Weise in den Fokus der Öffentlichkeit geraten.

* * *

Obwohl Heerse sich nicht wirklich neue Informationen von Friedrich Malosch erhoffte, wollte er noch einmal mit dem Mann sprechen. Vielleicht konnte er doch noch etwas erfahren – immerhin hatte Malosch durch den Tod seines Sohnes einen ganz besonderen Bezug zum Wasser. Beim jetzigen Stand der Ermittlungen mussten sie nach jedem noch so kleinen Strohhalm greifen, um voranzukommen.

Heerse wollte alleine mit Malosch reden und so postierten sich Maren und Müller im Wagen vor der Tür.

»Ich könnte mir vorstellen, es fällt ihm leichter, etwas preiszugeben, wenn nur einer von uns ihm gegenübersitzt«, hatte er seinen Mitarbeitern erklärt.

»Was glaubst du denn, was er zu erzählen hat?«, war daraufhin die Frage von Maren gekommen.

»Nun, erinnern wir uns an die zweite Kaffeetasse, als wir das letzte Mal dort gewesen sind. Wer weiß …«, hatte ihr Heerse geantwortet und war aus dem Auto gestiegen.

Malosch riss erschrocken die Augen auf, als er den Hauptkommissar erblickte. »Ist schon wieder jemand gestorben?«

Heerse verneinte, woraufhin sein Gegenüber die Tür weiter öffnete und den Polizisten hineinbat.

Dieses Mal standen keine Kaffeetassen auf dem Tisch. Heerse ließ jedoch unauffällig seinen Blick in die Küche gleiten und entdeckte in dem Abtropfgestell Geschirr von zwei Personen. Womöglich ließ Malosch vor dem Abspülen immer erst ein paar Teller zusammenkommen, vielleicht hatte er auch Besuch gehabt. Nichtsdestotrotz wurde Heerse das Gefühl nicht los, dass da eine andere Erklärung dahintersteckte.

Malosch setzte sich umständlich auf einen Stuhl und klagte kurz über seine Ischiasbeschwerden. Der Hauptkommissar nickte ihm verständnisvoll zu und nahm ebenfalls Platz.

»Nun, dann lassen Sie die Katze mal aus dem Sack, Herr Hauptkommissar. Ihre Kollegen haben mich doch bereits wegen der Geschichte im Jachthafen befragt.

Welche Unterstellungen haben Sie denn heute dabei, außer der, dass ich ein Frauenmörder bin?«

Malosch sah ihn feindselig an und Heerse wusste auch, warum – in letzter Zeit hatte er sicher über Gebühr mit der Polizei zu tun gehabt.

»Niemand will Ihnen irgendetwas unterstellen, Herr Malosch«, begann er das Gespräch.

Sein Gesprächspartner ließ sich nicht so leicht versöhnen und verzog spöttisch das Gesicht.

»Wir ermitteln in einer Mordserie, da müssen wir unbequeme Fragen stellen«, fuhr Heerse fort. »Sehen Sie, ich betrachte Sie vor allem als Zeuge. Sie kannten einige der Opfer. Selbst die Tote vom Jachthafen war laut Aussage Ihres Kollegen Vincenzo im Sommer auf dem Parkplatz und hat Eis gekauft. Vielleicht ist Ihnen doch etwas aufgefallen? Etwas, an das Sie bisher gar nicht gedacht haben.«

»Ich habe Ihnen und Ihren Leuten bereits mehrmals gesagt, dass ich nichts weiß«, entgegnete Malosch daraufhin genervt.

»Hatte Ihr Sohn als Kind Probleme?« Heerse wechselte so unvermittelt das Thema, dass sein Gegenüber ins Stottern kam.

»Bitte was?«, stammelte Malosch und sah ganz automatisch zu den eingerahmten Fotografien.

»Hatte er Probleme? Zum Beispiel mit anderen Kindern?«

»Mein Junge?« Er war sichtlich verwirrt. »Niemals, Friedrich war ein liebes Kind. Sehr ruhig, aber trotzdem beliebt. Er ist immer mit allen gut ausgekommen.«

»Er hat nicht dazu geneigt, seine Spielkameraden zu bedrängen, unter Druck zu setzen oder zu quälen?« Heerse hatte lange über Leo Fürths Erzählung nachgedacht und war zu dem Schluss gekommen, der Sache auf den Grund zu gehen. Was, wenn Gewalttätigkeit in der

Familie lag? Was, wenn Malosch sie an seinen Sohn weitergegeben hatte? Gewalttätige Kinder hatten nicht selten ein gewalttätiges Elternhaus. Womöglich hatte Friedrich junior deshalb irgendwann den Freitod gewählt, um aus diesem Teufelskreis auszubrechen. Und wäre das der Fall, dann könnte es doch durchaus sein, dass der Vater nun andere Opfer suchte, um seine brutale Natur auszuleben.

»Niemals«, wiederholte Malosch voller Inbrunst, dann kniff er die Augen zusammen und fixierte den Hauptkommissar. »Wie kommen Sie auf so was?«, zischte er schließlich ärgerlich, obwohl Heerse für einen Moment das Gefühl hatte, er erwartete nicht wirklich eine Antwort.

»Ich muss verschiedenen Hinweisen nachgehen«, kam die ausweichende Antwort.

»Und Ihre Hinweise führen zu meinem toten Sohn?«

»Und damit zu Ihnen«, erwiderte Heerse gelassen.

Malosch stieß geräuschvoll die Luft aus.

»Wie war das Verhältnis zu Ihrem Sohn?«

Der Befragte blickte ihn eine Weile, ohne zu blinzeln, an, sodass der Hauptkommissar schon befürchtete, der Mann wollte ihm nicht antworten, doch plötzlich sagte er in ruhigem Tonfall: »Es war schlecht, sehr schlecht.«

Die Sekunden verstrichen, in denen sie nur das Ticken eines altmodischen Weckers hörten, der auf dem Fernseher stand, dann endlich sprach Malosch weiter: »Wie anders könnte ich es beschreiben. Mein Junge hat sich umgebracht und ich habe nichts geahnt. Tag für Tag saßen wir zusammen beim Frühstück, und ich habe nichts geahnt. An dem Morgen verließ er das Haus, und ich habe nichts geahnt. Seit fünfzehn Jahren lebe ich nun damit und frage mich, ob ich es nicht hätte verhindern können. Nein …«

Er hob den Kopf, seine Augen hatten sich mit Tränen gefüllt. »Ich hätte es verhindern müssen.«

Er wischte sich fahrig über das Gesicht, stand auf und hinkte zur Anrichte, wo er sich einen Schnaps einschenkte.

Es folgte ein lautes Räuspern, bevor er sich wieder an den Polizisten wandte. »Ich bin zu feige, ihm ins Wasser zu folgen, das gebe ich zu. So muss ich mit der Schuld leben.«

Heerse hielt es für seine Pflicht, dem Mann ärztliche Hilfe zu empfehlen.

»Das habe ich alles hinter mir. Ich lasse mir nicht mehr im Gehirn herumpfuschen«, gab er zur Antwort, »aber danke für den Ratschlag. Ich weiß, dass Sie es nur gut meinen.« Malosch riss sich zusammen. »Mein Sohn war ein guter Junge, er hat niemanden gequält oder unter Druck gesetzt. Er konnte ja noch nicht einmal einen Fisch totschlagen. Natürlich wollte er das vor mir nie zugeben, aber ich wusste es auch so. Also habe ich das immer übernommen.« Jetzt blickte er zu Heerse und lächelte, was ihm einen gütigen Gesichtsausdruck verlieh. »Ich erfand für ihn Ausreden, behauptete, er würde nicht die richtige Stelle treffen, so was eben. Dem Jungen hat seine Mutter gefehlt.« Er seufzte. »Wenn man jung ist, macht man viele Fehler. Ich war hier fest verwurzelt, und meine Frau fühlte sich eingesperrt. Sie wollte in die Großstadt. Wir hätten einen Kompromiss finden müssen, schon unserem Sohn zuliebe. Aber wir waren beide Egoisten. Nun bin nur ich noch übrig und habe das Gefühl, mein Leben verschwendet zu haben.«

Er goss sich noch einen Schnaps ein, den er sofort trank, und kam zurück zum Tisch. Seine Wangen waren vom Alkohol gerötet. »Wissen Sie«, sagte er versonnen, »ich rede mit ihm.«

»Mit wem?«, fragte der Hauptkommissar verblüfft.

»Mit meinem Jungen«, murmelte Malosch. »Manchmal sehe ich ihn da sitzen, wo Sie jetzt sitzen, und wir trinken Kaffee oder essen zu Mittag; wie früher. Ich blättere die Zeitung durch, lese laut die Schlagzeilen vor und er hört zu. Nicht weil es ihn interessiert, sondern nur, um mir damit eine Freude zu machen.« Malosch verstummte und beobachtete seinen Gast. »Ich bin nicht verrückt, falls Sie das glauben.«

Der Hauptkommissar winkte ab. »Jeder hat eine andere Art, mit Trauer umzugehen.«

»Damals sagten alle, ich müsse nach vorne sehen. Versucht habe ich es, aber das Einzige, was ich dort entdecken konnte, war ein dunkles Loch. Ich blicke lieber zurück!«

Heerse nickte. Der Mann tat ihm leid und doch konnte und wollte er ihn nicht endgültig von der Liste streichen. Vielleicht war er auch nur ein sehr guter Schauspieler. Wie, um noch für mehr Verwirrung zu sorgen, sagte er jetzt: »Irgendwie scheint sich in meinem Leben nie etwas zum Positiven zu entwickeln. Die Schmitt ist tot und jetzt läuft mein Geschäft so gut, dass ich durch die viele Arbeit endgültig meine Gesundheit ruiniere. Meine Hausärztin will mich in Rente schicken, keine Ahnung, was ich dann den ganzen Tag machen soll.«

Das Gespräch war beendet und der Hauptkommissar verabschiedete sich, immer noch unschlüssig, ob der Mann unschuldig war oder nicht.

Kaum schloss sich die Tür hinter Heerse, sagte Malosch müde: »Was meinst du, werden sie uns irgendwann einmal in Ruhe lassen?«

* * *

Die Beschreibung des Leichenfundes in der Zeitung faszinierte ihn und erfüllte sein Herz mit Stolz. Wäre es seine Entscheidung gewesen, dann hätte die junge Frau gerne noch länger im Wasser bleiben können, aber sie auf diese Weise zu bergen, das glich ja fast schon einer Wiedergeburt. Wie gerne hätte er das gesehen.

Was ihm allerdings nicht gefiel, war das Bild auf der ersten Seite.

»Oberkommissar Müller«, untertitelte das Blatt, *»wird nicht ruhen, bis der Gerechtigkeit Genüge getan wurde. Er hält den Täter für ein mieses, dämliches, impotentes Schwein.«*

Er zischte wütend. Wie hatte es dieser Müller wagen können, ihn derart in der Öffentlichkeit bloßzustellen. Was dort geschrieben stand, war eine Lüge. Zum zweiten Mal zog man ihn und sein Werk durch den Dreck und das war ganz alleine die Schuld dieses Polizisten. Aber er wollte sich das nicht länger gefallen lassen. Hatte er sich noch vor Kurzem ermahnt, deswegen Ruhe zu bewahren, bestätigten ihm die letzten Wochen, in denen niemand auf seine Spur gekommen war, dass er auf Zurückhaltung verzichten konnte.

Deshalb wollte er endlich dafür sorgen, dass dieser Polizist in seine Schranken verwiesen wurde, sonst würde es ihm künftig schwerfallen, die notwendige Arbeit zu erledigen. Tiefer Hass stieg in ihm auf. Für Oberkommissar Müller würde er eine besondere Überraschung vorbereiten. Alle Welt sollte davon erfahren, sollte sehen, wie er diesen großmäuligen Beamten zur Räson bringen würde. Dessen Demütigung sollte zu seinem Triumphzug werden. Und dann hätte dieser Müller wenigstens einen guten Grund, ihn zu verdammen.

* * *

KAPITEL 12

Annette Graub gähnte ausgiebig, als sie den warmen Eingangsbereich der Klinik verließ und in die kalte Nacht hinaustrat. Es war bereits nach vierundzwanzig Uhr, kein Wunder, dass sie sich so erschöpft fühlte. Eigentlich hätte ihre Schicht bereits vor zwei Stunden enden sollen, aber dann hatte es noch einen schweren Unfall auf dem Stadtzubringer gegeben; und da die Abteilung wegen einer Erkältungswelle sowieso unterbesetzt war, musste sie kurzfristig Überstunden machen. Andererseits konnte sie diese gut gebrauchen – das geplante Paris-Wochenende stand kurz vor der Tür, ein Tag Extra-Urlaub würde also nicht schaden.

Annette atmete tief durch, dann machte sie sich auf den Weg zum Angestelltenparkplatz, der hinter der Klinik lag, und hing ihren Gedanken nach. Was für ein Glück sie gehabt hatte. Gleich an ihrem ersten Tag in Baden-Baden war ihr der Mann ihrer Träume regelrecht in die Arme gelaufen. Sie lächelte und dachte voller Zärtlichkeit an Müller. Er tat wirklich alles dafür, dass ihre Beziehung funktionierte. Manchmal fühlte sie sich regelrecht wie eine Prinzessin, der alle Wünsche von den Augen abgelesen wurden – aus diesem Grund brachte sie sogar Verständnis für Sylvias kleines Manöver auf. Sie selbst hätte so einen Ehemann auch unter allen Umständen zurückhaben wollen.

Ein wenig boshaft dachte sie: *Pech, jetzt gehört er mir!*

Schade nur, dass er momentan so viel mit dem Fall zu tun hatte, da blieb wenig Zeit für gemeinsame Unternehmungen. Wieder malte sie sich Paris aus. Sie hatte sich extra einen Reiseführer besorgt und sogar einige Worte Französisch gelernt.

Annette lächelte glücklich, als sie unter der nächsten Laterne durchging, und nahm wenig Notiz von dem Mann, der ihr entgegenkam. Nur beiläufig registrierte sie den leeren Rollstuhl, den er vor sich herschob. Er war schnell aus ihrem Blickfeld verschwunden und sie glaubte, sein Gesicht schon einmal gesehen zu haben. Doch gerade als die Erinnerung zurückkam, spürte sie einen heftigen Schlag auf den Hinterkopf. Der Schmerz durchlief ihren Körper wie eine Welle, ihr wurde schwarz vor Augen und sie sank auf die Knie. Aber noch bevor die verletzte Frau den Boden erreichte, fingen starke Arme sie auf und verfrachteten sie in den Rollstuhl.

Wenige Minuten später befand sich Annette Graub ohnmächtig auf der kalten Stahlladefläche eines geschlossenen Transporters. Wäre sie bei Bewusstsein gewesen, hätte sie vielleicht den feinen metallenen Blutgeruch wahrgenommen, der immer noch in der Luft hing und der das Vermächtnis von Ann-Kathrin Karlson war. Aber Annette hatte eine schwere Kopfverletzung. Sie spürte weder ihre schmerzenden Hand- und Fußgelenke, die man ihr fest zusammengebunden hatte, noch das Stoppen des Wagens, der nun sein Ziel erreichte.

Irgendwann wurde sie wach gerüttelt, mühsam öffnete sie die Augen. Ihr Schädel dröhnte und hämmernde Kopfschmerzen machten es ihr im ersten Moment unmöglich, einen klaren Gedanken zu fassen. Schlagartig kehrte jedoch die Erinnerung zurück. Sie versuchte, ihre Hände zu bewegen, bemerkte die engen Fesseln und riss hektisch daran, was alles nur noch schlimmer machte. Die feine Angelschnur schnitt ihr wie ein Skalpell in die Haut. Dann leuchtete ihr jemand mit einem starken Strahler ins Gesicht.

»Um Gottes willen, bitte tun Sie mir nichts«, flehte sie unter Tränen. Ihre Panik war unbeschreiblich groß. Sie bettelte verzweifelt um ihr Leben, rief immer wieder, dass er sie doch gehen lassen solle. Sie schwor, nichts von dem, was hier gerade passierte, jemals jemandem zu verraten.

Er gab ihr keine Antwort, sondern lauschte so entspannt, als würde er eine wundervolle Symphonie anhören, ihren hilflosen Versuchen zu überleben. Er genoss ihre Angst zutiefst – was nichts mit ihrer Person zu tun hatte, sondern mit dem Umstand, dass sie Oberkommissar Müllers Freundin war. Die Verzweiflung der Frau kam ihm jedoch auch noch aus einem anderen Grund gelegen, würde sie doch seine Arbeit um vieles leichter machen.

Anstatt zu antworten, leuchtete er auf ein leeres Ölfass. Annette folgte dem Strahl und verstummte.

»Siehst du das?«, richtete er jetzt das erste Mal das Wort an seine Geisel.

Sie nickte schluchzend.

»Wenn du alles genauso machst, wie ich es dir sage, dann wird dir nichts geschehen.«

Sie hörte die falschen Versprechungen, die Lüge, aber sie erkannte sie nicht. Stattdessen klammerte sie sich an die Hoffnung, dass alles gut werden würde, wenn sie sich dem Willen des Entführers nur beugte. Das kannte sie aus den Filmen – Entführer brauchten die Geisel doch lebend als Druckmittel. Getötet wurde man nur, wenn man nicht kooperierte. Annette vertraute auf diese Theorie, überzeugt, so am Ende überleben zu können.

»Ich werde dir jetzt die Fußfesseln durchschneiden, und du wirst langsam aus dem Wagen und in dieses Fass steigen.«

»Was?«, schrie sie schrill auf.

Etwas traf sie an der Schläfe. Der Hieb war zwar dieses Mal nicht so stark, dass sie das Bewusstsein verlor, aber der Schmerz durchfuhr sie trotzdem wie ein elektrischer Schlag.

»Steig in das Fass«, zischte ihr Peiniger.

Annette beschwichtigte ihn mit tränenerstickter Stimme: »Bitte, tun Sie mir nichts. Ich werde gehorchen.« So gut es eben ging, beeilte sie sich, in das leere Fass zu klettern – was mit gefesselten Händen nicht einfach war. Ihr Entführer half grob nach.

Als sie in dem Fass stand, das ihr fast bis zur Brust reichte, folgte ein weiterer Befehl: »Öffne den Mund.«

Annette war starr und er schrie sie an: »Mund aufmachen!«

Zögerlich kam sie dem nach, während ihre Augen versuchten, etwas von der Umgebung zu erkennen. Sie befanden sich im Freien, es war sehr ruhig. Sie hörte Wasser rauschen, aber hatte trotzdem keine Ahnung, wo sie war.

Ihr Angreifer stopfte ihr etwas in den Mund. Sie wollte den Kopf zur Seite drehen, aber er hielt sie mit einer Hand im Nacken fest. »Halt still, dann ist es gleich vorbei.«

Sie schmeckte die Seife auf ihrer Zunge, musste würgen und wollte den Fremdkörper zwischen den Zähnen wieder loswerden. Aber er war schneller und drückte ihr einen breiten Streifen Klebeband über die Lippen. Tränen liefen ihr über das Gesicht.

»Jetzt geh in die Knie«, befahl er in unbarmherzigem Ton, und Annette tat, was er verlangte. Das Fass war viel zu eng und nur mit Mühe konnte sie eine unbequeme Haltung in der Hocke einnehmen.

Er leuchtete zu ihr hinein. »Hast du es auch gemütlich da drin?« Es folgte ein höhnisches Lachen, als er sie mit der Stablampe blendete.

Dann schwenkte er den Strahler so, dass sie sein Gesicht sehen konnte.

Sie wusste seinen Namen nicht, hatte ihn aber schon einmal gesehen. *Der Mann mit dem Rollstuhl*, ging es ihr durch den Kopf; aber er kam ihr noch aus einem anderen Grund bekannt vor.

»Ich will, dass du deinem lieben Oberkommissar Müller Grüße von mir ausrichtest«, sagte er nun und verzog hämisch das Gesicht.

Und in diesem Moment wusste Annette, dass sie sterben würde, dass es keine Rettung für sie gab und nie gegeben hatte. Sie wollte aufstehen und kämpfen, aber in der Enge ihres Gefängnisses hatte sie keine Chance. Ein weiterer Schlag traf sie auf den Kopf und verhinderte erneute Fluchtversuche. Nur schemenhaft nahm sie noch wahr, was um sie herum geschah. Erst als sie das kalte Wasser spürte, das unter ihre Kleidung kroch, kam sie ein letztes Mal wieder zu sich. Das Fass war schon über die Hälfte gefüllt. Gerade wurde ein neuer Schwall hineingeschüttet. Sie versuchte zu schreien, biss auf die Seife in ihrem Mund, von dem sich ein Stück löste und ihre Speiseröhre hinunterrutschte. Mit aller Kraft probierte sie zu schaukeln, um so das Fass zum Umstürzen zu bringen. Aber das Gewicht des bereits eingefüllten Wassers ließ es keine Sekunde wanken. Immer weiter, Eimer für Eimer, schob sich die nasse Kälte nach oben. Schließlich erreichte das Wasser ihr Kinn.

Hektisch atmete sie durch die Nase ein. Gleichzeitig bemerkte sie, dass sich das Klebeband löste. Mit der Zunge schob sie die Seife dagegen, um es so vielleicht entfernen zu können. Jede Sekunde wollte sie nutzen, um zu überleben. Der letzte Eimer füllte das Fass bis zum Rand, sie hielt automatisch die Luft an. Wie lange würde sie durchhalten? Ihre Gedanken kreisten um ihren Sohn in Venezuela, mit dem sie schon seit Tagen nicht mehr telefoniert hatte, dann dachte sie an Müller, ihr Glück, Paris. Über ihr wurde der Deckel des Fasses geschlossen. Sie war verdammt, in diesem dunklen, kalten Gefängnis zu sterben. Sie war Krankenschwester, wusste, wie ein Mensch ertrank. Absurderweise erinnerte sie sich ausgerechnet jetzt an das, was sie in ihrer Ausbildung gelernt hatte. Irgendwann würde sie automatisch versuchen, Luft zu holen, das Eindringen des Wassers in ihre Atemwege konnte dann nicht mehr verhindert werden. Was erwartete sie anschließend? Bewusstlosigkeit, Krämpfe? Was der Tod auch für sie vorgesehen hatte, eines wusste sie mit trauriger Sicherheit: dass ihre letzten Minuten qualvoll sein würden und sie den erlösenden Herzstillstand schließlich sehnsüchtig erwarten würde.

Der Mann beobachtete mitleidlos das Fass. Er hörte das Rumoren im Inneren, wusste um den Todeskampf, der gerade darin stattfand, und wartete geduldig auf das Verstummen sämtlicher Geräusche. Anschließend holte er eine Sackkarre aus dem Transporter und ließ eine Rampe herunter. Er verstaute das Fass im Fahrzeug.

Wenige Stunden später war er unterwegs nach Baden-Baden. Er war klug genug, nicht direkt vor der Polizeidienststelle zu halten. Für seine Rache hatte er sich bereits einen Parkplatz etwas entfernt von dem Behördengebäude ausgesucht. Das Ausladen war schnell erledigt, es war immer noch dunkel und er rechnete nicht mit unliebsamen Beobachtern. Damit das Fass auch den richtigen Empfänger erreichte, heftete er noch den Zeitungsausschnitt mit Müllers Bild daran, auf den er mit einem dicken Stift »Geschenk für Oberkommissar Müller!« geschrieben hatte.

Innerhalb kürzester Zeit war er wieder verschwunden. Erst an der nächsten Kreuzung kam ihm ein alter

Mann mit noch älterem Hund entgegen, den er allerdings nicht bemerkte.

Der Alte sah stirnrunzelnd erst zu dem Fahrzeug, das viel zu schnell unterwegs war, dann zu seinem Vierbeiner und murmelte: »Siehst du, Else, wir sind nicht die einzigen Frühaufsteher.«

* * *

Müller wollte zeitig ins Büro. Als er seine Wohnung verließ, fiel ihm natürlich auf, dass Annettes Wagen auf dem Parkplatz fehlte. Sie hatten sich gestern nicht mehr gesehen, da seine Freundin noch gebeten worden war, Überstunden zu machen. Trotzdem war er irgendwie beunruhigt, auch wenn Annette bereits angedeutet hatte, dass sie für ihren Paris-Trip vorarbeiten wollte. Gut möglich, dass sie heute entweder bereits sehr früh zur Klinik aufgebrochen war oder gleich im Bereitschaftszimmer übernachtet hatte. Er versuchte erneut, sie auf dem Handy zu erreichen, bekam aber nur Antwort von der Mailbox. So hinterließ er eine Nachricht und machte sich auf den Weg.

Im Büro konnte sich Müller nicht konzentrieren, seine Unruhe wuchs. Manchmal gab es Tage im Leben, da hatte man einfach das Gefühl, sich bereithalten zu müssen.

Er wusste noch genau, wie es bei Laras Geburt gewesen war: Die Ärzte hatten ihr noch mindestens eine Woche gegeben, aber er hatte an jenem Morgen gespürt, dass es so weit war. Auch an diesem Tag war er in Erwartung der kommenden Ereignisse rastlos gewesen. Allerdings waren seine damaligen Empfindungen überwiegend von Vorfreude geprägt. Heute kam es ihm eher vor, als würde etwas Bedrohliches in der Luft liegen.

Hätte man ihn direkt gefragt und er spontan geantwortet, dann wäre ihm vermutlich das Wort *Angst* herausgerutscht. Allerdings konnte er dieses Gefühl nicht begründen. Vielleicht versuchte er deshalb, erneut Annette zu erreichen.

Als er über ihr Handy wieder keine Antwort erhielt, rief er direkt in der Klinik an, dort verband man ihn mit der entsprechenden Abteilung. Zum Glück meldete sich Schwester Regina – eine Kollegin, mit der sich Annette angefreundet hatte und der auch Müller schon einmal begegnet war.

»Ah, Herr Müller«, begrüßte ihn die Frau gut gelaunt. »Sagen Sie nicht, Annette ist auch krank, die Grippewelle macht uns …«

Er unterbrach sie. »Nein, ich wollte eigentlich nur wissen, ob sie schon wieder im Dienst ist. Wir haben uns gestern nicht mehr gesehen«, fügte er noch erklärend an und hatte Mühe, sich seine stetig wachsende Sorge nicht anmerken zu lassen.

»Ich dachte, sie ist bei Ihnen«, platzte Schwester Regina verblüfft heraus.

»Wie kommen Sie darauf?« Nun war Müller alarmiert.

»Na ja, ihr Wagen steht doch immer noch auf dem Parkplatz, da ging ich davon aus, Sie hätten sie gestern Nacht abgeholt«, die Stimme der Frau klang kleinlaut. »Ich hoffe, ich habe jetzt nichts Falsches …«

Müller hörte das Ende des Satzes nicht mehr. Er hatte aufgelegt und zog sich die Jacke über. Während er aus seinem Büro stürmte, wählte er noch einmal Annettes Nummer. Wieder nur diese verdammte Mailbox.

Heerse kam ihm entgegen. Ein Blick in das Gesicht seines Mitarbeiters genügte und er wusste, dass etwas nicht in Ordnung war.

»Was ist passiert?«, fragte er besorgt.

»Annette, sie ist nicht von der Klinik nach Hause gekommen, ihr Wagen steht noch dort auf dem Parkplatz. Kein Rückruf, das passt einfach nicht zu ihr.«

Jemand, der Müller nicht so gut kannte wie Heerse, hätte dessen Sorgen vielleicht für übertrieben gehalten, aber der Hauptkommissar nahm die Angelegenheit sofort ernst. Sein Mitarbeiter war kein Mensch, der zu überzogenen Reaktionen neigte.

»Ich fahre mit«, sagte er entschlossen und rief nach Maren, die überrascht aus ihrem Büro kam. Mit wenigen Worten erklärte er, dass Annette Graub vermisst wurde. »Schick jemanden von der Streife zur Klinik. Die sollen sich umhören, womöglich hat man sie gesehen.«

Maren klemmte sich sofort ans Telefon und Müller ging zusammen mit Heerse in Richtung Ausgang.

Der Hauptkommissar war sehr beunruhigt. Erwachsene Frauen ließen nicht einfach ihr Auto irgendwo stehen. Sie besprachen für gewöhnlich die Anrufbeantworter ihrer Partner mit klaren Anweisungen, klebten Zettel an Kühlschranktüren und scheuten sich auch nicht davor, die Herren der Schöpfung aus dem Bett zu klingeln, wenn sie sich mitteilen wollten. Keinesfalls verschwanden sie jedoch komplett vom Radar.

Die beiden Männer waren noch nicht einmal bis zum Empfangsbereich gekommen, als ihnen zwei Kollegen aufgeregt entgegentraten.

Sie blickten zwischen Heerse und Müller hin und her.

»Rolf, ich muss dich sprechen«, sagte nun der Ältere der beiden. Die Stimme des Mannes klang so eindringlich, dass überhaupt kein Zweifel daran bestand, dass etwas vorgefallen war.

Müller registrierte sofort, dass man ihn nicht dabei haben wollte, ein weiteres Alarmsignal.

Wieder wanderten die Augen des Kollegen von Heerse zu Müller, dann gab er sich einen Ruck. »Auf dem Parkplatz, Richtung Kreuzung, haben wir etwas entdeckt.«

»Was?«, blaffte Heerse, der plötzlich extrem angespannt war.

»Ein Fass.«

Der Hauptkommissar wollte schon erleichtert aufatmen und fragen, was ihn das angehen würde, da sprach der Kollege bereits aufgeregt weiter. »Es hängt eine Nachricht daran. Offensichtlich ist dieses Fass für Oberkommissar Müller.«

Noch bevor Heerse ihm antworten konnte, rannte Müller los. Der Hauptkommissar hatte keine Chance, ihn rechtzeitig einzuholen.

Als Müller den Parkplatz erreichte, sah er das Ölfass bereits von Weitem. Mehrere Kollegen von der Streife schirmten den Bereich ab, das übliche Verfahren. Solche »Präsente« mussten mit größter Vorsicht gehandhabt werden. Aber er verschwendete keinen Gedanken an Sprengfallen oder eine Bombe, er dachte nur an Annette. Sein Gefühl hatte ihn also nicht getrogen, irgendetwas war passiert.

Hinter ihm rief Heerse seinen Namen. Die Kollegen reagierten viel zu langsam, als der Hauptkommissar über den Platz brüllte, sie sollten Müller aufhalten. Vergebens versuchten sie, sich ihm in den Weg zu stellen.

Er hatte das Fass bereits erreicht. Der Deckel saß nur lose darauf. Wer auch immer dafür verantwortlich war, er hatte offensichtlich gewollt, dass der Empfänger schnell den Inhalt in Augenschein nehmen konnte.

Noch bevor es Heerse gelang, einzugreifen, hatte Müller das Fass geöffnet. Ein Blick auf das Haar, das wie ein feiner Teppich an der Oberfläche trieb, genügte, um Gewissheit zu haben.

»Nein«, schrie er außer sich, wiederholte dieses eine Wort wieder und wieder, ohne sich dessen bewusst zu sein, während er in das eiskalte Wasser griff und ihren Körper spürte. Er zerrte hilflos daran, stemmte sich mit aller Kraft gegen das stählerne Gefängnis und konnte nicht aufhören, ihren Namen zu rufen.

»Helft ihm«, schrie Heerse, doch da kippte das Fass bereits um. Wasser ergoss sich über den grobkörnigen Kies und Müller konnte den Leichnam nun endlich befreien.

»Annette«, schrie er wie ein Besessener. Er saß auf der Erde, hielt seine tote Freundin im Arm und wiegte sie hin und her. Tränen liefen ihm über das Gesicht. Er spürte weder die Kälte des Wassers, das seine Kleidung völlig durchtränkt hatte, noch die Hände, die ihn berührten, beruhigen wollten und versuchten, ihm Annette abzunehmen. Er fühlte nur einen tiefen, anhaltenden Schmerz, so als wäre jeder einzelne Knochen in seinem Körper zerbrochen, als hätten tausend Messer auf ihn eingestochen und als läge ein dorniger Draht um seinen Hals, der ihm langsam die Luft abschnürte.

Heerse hatte das Gefühl, vollkommen versagt zu haben. So etwas durfte nicht passieren. So funktionierte die Welt nicht. Sie taten nur ihren Job, die Familie hatte damit nichts zu tun. Es gab doch Regeln …

Jemand stieß ihn an der Schulter und Heerse kam zu sich. Der sonst so besonnene Hauptkommissar brüllte Anweisungen über den Platz. Die Kollegen störten sich nicht an seinem groben Ton, im Gegenteil, sie waren ihm dankbar für die klaren Befehle. Endlich konnten sie etwas tun, damit beginnen, das Schwein zu fassen, das Müller so etwas angetan hatte.

Am schwersten war es, Müller von der Leiche zu entfernen. Er strich Annette unaufhörlich über das nasse Haar, drückte sie fest an sich und schien seine Umgebung überhaupt nicht mehr wahrzunehmen.

In einiger Entfernung stand Maren und weinte ungeniert; auch manche Kollegen konnten die Tränen nicht zurückhalten. Andere begannen mit starren Gesichtern, den Tatort zu sichern.

Heerse kniete sich neben seinen Mitarbeiter. »Du musst sie jetzt loslassen. Es wird Zeit, dass wir unsere Arbeit machen.«

Müller weinte. »Wir wollten nach Paris.«

Heerse nickte dem Team der Gerichtsmedizin zu. »Wir werden sehr vorsichtig sein. Du weißt, dass die Kollegen sie respektvoll behandeln.« Er legte seine Hand auf Müllers Schulter. »Es muss sein.«

Zögerlich gab er Annette schließlich frei.

Heerse winkte sofort den Notarzt, den man gerufen hatte, zu sich. »Kümmern Sie sich um ihn«, sagte er zu dem Mann, der besorgt nickte.

Es war nicht einfach, Müller wegzubringen. Der Notarzt gab dem Oberkommissar schließlich eine starke Beruhigungsspritze, die die nächsten Stunden für ihn erträglich machen sollte, mehr konnte man momentan nicht tun.

Für Heerse und die Kollegen wurde es etwas leichter, als Müller den Tatort verlassen hatte. Sie begannen, ihre Gefühle zu verdrängen und bestmögliche Arbeit zu leisten. Auch Maren riss sich wieder zusammen und nahm sofort Kontakt mit den Polizisten auf, die sie keine zehn Minuten zuvor zum Krankenhaus geschickt hatte. Als sie den beiden von den jüngsten Ereignissen berichtete, konnte sie ein Schluchzen nicht unterdrücken. Für einen Moment herrschte Schweigen, so als wäre das

Funkgerät ausgeschaltet, dann meldete sich der Kollege zurück. Auch seine Stimme klang zittrig, als er fragte: »Was können wir tun?«

Am Tatort schien die ganze Behörde versammelt. Man versuchte, Spuren zu sichern und Hinweise auf den Täter zu finden. Einige Kollegen waren bereits dabei, die Anwohner zu befragen. Heerse hoffte, dass irgendwer etwas gesehen hatte. Hinter sich hörte er Marens Rufe.

Sie rannte ihm entgegen und brachte Neuigkeiten von den Kollegen, die gerade Nachforschungen an Annette Graubs Arbeitsplatz anstellten. Ein Patient der Klinik, ein nächtlicher Raucher, hatte eine möglicherweise interessante Beobachtung gemacht. Laut seiner Aussage hatte er zu der Zeit, zu der Annette laut Zeiterfassung die Klinik verlassen hatte, eine Person einen Rollstuhl vom Angestelltenparkplatz Richtung Hauptstraße schieben sehen. Dem Zeugen war es merkwürdig vorgekommen, dass um diese Zeit jemand einen Kranken spazieren fuhr. Hinzu kam noch, dass der Haupteingang und die Notaufnahme auf der anderen Seite der Klinik lagen, sodass die Strecke für eine Krankenanlieferung auch ungewöhnlich gewesen wäre. Eventuell hatte man Annette also auf diesem Weg fortgebracht.

»Das könnte eine Spur sein«, antwortete ihr Heerse, der selbst wusste, wie vage das alles war. »Gibt es denn Kameras auf den Parkplätzen?«

»Schon, aber nicht flächendeckend. Das Material wird noch gesichtet, aber wenn er vorsichtig gewesen ist, hat er sich unbemerkt davonmachen können.«

»Wir müssen unbedingt etwas finden«, sagte Heerse leise, »das sind wir Müller schuldig.«

* * *

KAPITEL 13

Hinter der Absperrung herrschte großes Gedränge, momentan wurde niemand zum Polizeigebäude durchgelassen. So zwängten sich nicht nur Schaulustige, sondern auch Lieferanten, Boten, Anwälte, einbestellte Zeugen oder Menschen, die eine Auskunft benötigten, hinter der Barriere.

Leo Fürth blickte auf die Beamten, denen es kaum gelang, die Leiche durch hochgehaltene Tücher zu verbergen. Das umgestürzte Fass war umgeben von Kriminaltechnikern, und Polizeihunde suchten den Parkplatz ab. Fürth wich zurück, als sein Vordermann einen Schritt nach hinten machte. Die Beamten weiteten erneut die Absperrung aus und baten die Anwesenden, sich zu entfernen. Die Menschen ließen sich jedoch nur schwer aus dem Blickfeld der tragischen Szenerie vertreiben, aber schließlich zerstreute sich die Menge doch.

Plötzlich tippte jemand auf Fürths Schulter. Der fuhr erschrocken herum und sah in die wütend blitzenden Augen von Friedrich Malosch. »Was tust du hier?«, herrschte ihn der Ältere an.

»Ich wollte dem Hauptkommissar Infomaterial bringen«, stammelte Fürth und wedelte mit einem Briefumschlag, um seine Aussage zu unterstreichen, immer noch verwundert darüber, Malosch hier zu sehen.

»Du scheinst dem guten Herrn Heerse ja einige Informationen gegeben zu haben, nicht wahr?«

Fürth schluckte. Er ahnte schon, auf was sein Gegenüber anspielte, und verfluchte sich selbst dafür, dass er der Polizei gegenüber nicht den Mund gehalten hatte. Es war ein Fehler gewesen, so leichtfertig über Maloschs Sohn zu sprechen, ein Fehler, der ihm nicht hätte unterlaufen dürfen.

»Ich würde mich gerne einmal mit dir unterhalten«, fuhr Malosch fort.

Sein Blick war nach wie vor durchdringend, Leo Fürth fühlte sich plötzlich hilflos.

Sein Gegenüber legte ihm nun die Hand auf die Schulter. »Komm, wir können bei mir zu Hause einen Kaffee trinken und reden.«

Fürth lehnte dankend ab. »Ich muss zur Arbeit, mein Auto steht gleich da vorne«, sagte er viel zu schnell und deutete auf seinen Kleinwagen, der – da leuchtend rot – auch auf die Entfernung gut zu sehen war.

»Fahr hinter mir her«, drängte Malosch, »eine Tasse Kaffee und ein kurzes Gespräch wirst du mir doch nicht abschlagen.« Jetzt lächelte er Fürth an und die Spannung, die eben noch in der Luft gelegen hatte, war scheinbar verschwunden.

* * *

Maren Teuber durchsuchte zusammen mit der Hundestaffel das Gebüsch. Die erfahrenen Polizisten hätten sie dazu nicht gebraucht, aber irgendetwas musste sie tun. Es brach ihr fast das Herz, Müller in dieser Verfassung zu sehen. Und sie kam sich nutzlos vor.

Heerse hatte Anweisungen gegeben, laut, klar und sehr konzentriert. Es war gut, dass er der leitende Beamte war. Nur wenige Kollegen hatten seine Erfahrung und die Fähigkeit, in so einem Moment den Überblick zu behalten.

Als Erstes war ein Streifenwagen zu Müllers Familie geschickt worden. Weitere Angriffe auf das persönliche Umfeld des Oberkommissars konnten schließlich nicht ausgeschlossen werden. Alle mit dem Fall betrauten Mitarbeiter sollten sich sofort um die Sicherheit ihrer Angehörigen kümmern. Maren hatte Petra Heerse auf

Geheiß ihres Chefs angerufen und ihr kurz geschildert, was passiert war. Eigentlich hätte deren Kuraufenthalt morgen geendet, aber Heerse ließ ihr ausrichten, sich vorerst nicht von der Stelle zu bewegen.

Die Kommissarin bemerkte, dass sie zitterte, obwohl ihr Pullover durchgeschwitzt war. Der Schock saß tief. Sie atmete durch, sah zu dem grauen Himmel und automatisch glitt ihr Blick über den Platz hinter der Absperrung. Nur noch wenige Personen standen unschlüssig herum, vermutlich hatten sie Termine und wussten nicht, wie sie sich verhalten sollten.

Sie wollte sich schon abwenden, da fiel ihr ein Mann auf. Er war von großer Statur und kam ihr bekannt vor.

Natürlich, dachte sie, *das ist doch Agger, der Neandertaler!*

Sie war sich sicher, dass er nicht von ihnen einbestellt worden war. Also was tat er hier? In der Vergangenheit hatte er oft genug sein Missfallen über die Polizeibeamten geäußert, warum dann also freiwillig hier auftauchen?

Sie bewegte sich auf die Absperrung zu, griff automatisch zu ihrer Dienstwaffe, nur um sich im nächsten Moment zu ermahnen, jetzt nicht die Nerven zu verlieren.

Er sah sie kommen und starrte ihr entgegen. Eigentlich hatte sie befürchtet, er würde sich auf der Stelle umdrehen und verschwinden, aber er wartete mit der üblichen ablehnenden Haltung.

Erst als sie vor ihm stand, nickte er ihr zur Begrüßung leicht zu.

»Herr Agger, was machen Sie hier?« Ihre Stimme klang unfreundlich.

»Gibt es ein Verbot, sich hier aufzuhalten?«, konterte er.

»Ich habe keine Zeit für Spielchen, also was machen Sie hier?« Mit ungewöhnlich autoritärer Stimme schnauzte sie den Mann an. Entweder war der raue Ton ihrer wachsenden Erfahrung mit möglichen Straftäterin geschuldet oder der momentanen nervlichen Belastung, jedenfalls wären ihre Ausbilder heute sehr mit ihr zufrieden gewesen.

Agger sah sie überrascht an. Eigentlich erwartete die Kommissarin bereits die nächste Frechheit, aber er überlegte es sich anders und sagte: »Immer mit der Ruhe. Ich wollte …« Er stockte.

»Was?«, fauchte Maren wütend. Da er zögerte, setzte sie nach: »Sie sind Verdächtiger in mehreren Mordfällen und tauchen jetzt an einem weiteren Tatort auf. Was glauben Sie, wie das aussieht?« Sie war damit weit über das Ziel hinausgeschossen, aber Wut und Frustration machten es ihr schwer, die Beherrschung nicht zu verlieren.

Der Mann atmete durch und gab seinen Widerstand auf. »Wenn Sie es unbedingt wissen wollen, ich wollte mit Ihrem Heerse reden.«

»Worüber?«

»Über die Morde.«

Ihre weit aufgerissenen, fragenden Augen ließen ihn sofort weitersprechen: »Nicht, was Sie denken. Kein Geständnis, ich habe damit nichts zu tun.«

»Was wollen Sie dann?«

»Ich wollte fragen, ob es etwas Neues gibt.«

»Wieso?« Maren hatte nicht mit dieser Antwort gerechnet.

Er schnaufte geräuschvoll durch die Nase und ruderte hilflos mit den Armen, bevor er mit mühsam beherrschter Stimme zischte: »Was glauben Sie denn, wie das ist, wenn einen alle für den Mörder halten. Ihr Bul…

Ihr Polizisten grabt irgendwo eine Leiche aus, und schon steht ihr bei mir auf der Matte.«

»Ich denke, Sie machen sich nichts aus anderen Leuten?«

Er kniff ärgerlich den Mund zusammen. »Hören Sie, Frau Kommissarin, ich mag es nicht, wenn Fremde auf meinem Grundstück herumlungern. Das heißt nicht, dass ich keine privaten Kontakte habe. Man hat im Leben wenig genug Freunde«, sagte er verbittert, »und wenn die einen für einen Mörder halten …«

»Das stelle ich mir nicht besonders lustig vor«, entgegnete Maren und ließ ihn spüren, dass sie ihn deshalb nicht wirklich bedauerte. »Sie wollen mir also weismachen, dass Sie hier sind, um sich über den Stand der Ermittlungen zu informieren?«

»Ja«, antwortete Agger, ohne zu zögern. »Und offensichtlich bin ich ja auch nicht der Einzige.«

»Wie darf ich das verstehen?«, hakte Maren nach.

»Na, der alte Malosch war doch auch hier. Ist aber zusammen mit Leo Fürth gegangen.«

Die Kommissarin hatte keine Ahnung, ob diese Information von Bedeutung war oder nicht. Aber sowohl Malosch als auch Agger waren Verdächtige und beide tauchten heute hier auf. Deshalb entschied sie sich zu handeln. »Vielleicht möchte Hauptkommissar Heerse tatsächlich mit Ihnen sprechen. Wären Sie denn bereit, mit ins Präsidium zu kommen?«

Zu Marens Überraschung stimmte der Besucher zu. Entweder setzte es ihm tatsächlich gewaltig zu, dass man ihn schnitt, weil er von der Polizei verdächtigt wurde, und er war nun bereit, sich deshalb kooperativ zu zeigen, oder er war schuldig und nur hier, um das Unglück, das er über andere gebracht hatte, zu genießen.

So oder so, dachte Maren, *ist es besser, ihn im Blick zu haben.* Somit lotste sie ihn zu den Büros, wo sie ihren Vorgesetzten vermutete.

Währenddessen waren Männer der Streifenpolizei immer noch unterwegs, um die Anwohner zu befragen. Gerade hatte Heerse den Telefonhörer aufgelegt, als einer der Kollegen hereinstürmte.

»Rolf, ich glaube, ich habe einen Zeugen!«

Heerse folgte dem Polizisten mit weit ausladenden Schritten durch die Gänge der Behörde. In dem Moment kam ihm Maren mit Agger im Schlepptau entgegen.

Sie sprach ihren Chef an, aber der vertröstete sie auf später und hetzte weiter.

Der Zeuge saß unglücklich auf einem der Besucherstühle am Eingang und richtete sich sofort auf, als er Heerse erblickte.

Der Mann war betagt und streckte dem Hauptkommissar eine knochige Hand entgegen. »Ich war mit Else unterwegs«, sagte er, als man ihn zu den Vorfällen befragte.

Heerse wollte sich schon nach dieser Else erkundigen, als der Streifenpolizist ihm zuflüsterte: »Das ist sein Hund.«

»Jedenfalls sind wir immer früh auf. Else kann nicht mehr so lange durchhalten, wenn Sie verstehen.«

Heerse nickte, zwang sich, nicht die Geduld zu verlieren, und bat den Mann, weiterzusprechen.

»Es war einer von diesen Transportern, so ein Kastenwagen. Fuhr natürlich viel zu schnell und ich sagte noch zu Else: ›Siehst du, noch ein Frühaufsteher‹. Jedenfalls war der Wagen dunkel. Ich denke blau, ja dunkelblau.«

»Haben Sie zufällig das Nummernschild gesehen, irgendetwas?«

»Nein, tut mir leid, dafür ging alles zu rasch. Und ich wusste ja auch nicht, dass man mich befragen würde.« Er verzog schuldbewusst das Gesicht.

Heerse legte ihm kurz die Hand auf die Schulter und sagte: »Sie haben uns sehr geholfen, vielen Dank!«

Im Laufschritt machte sich der Hauptkommissar auf den Weg zurück zu seinem Büro und rief den Kollegen zu: »Wir suchen einen dunklen Transporter, Kastenwagen, womöglich blau ...«

Agger, der immer noch neben Maren auf dem Gang stand, spitzte die Ohren und gab einen brummenden Ton von sich.

»Was ist?«, fuhr ihn die Kommissarin an, die den Laut als Kritik an der Polizeiarbeit deutete.

»Malosch hat einen dunkelblauen Transporter ...«

Eine Überprüfung bestätigte Aggers Angaben, der nun aus persönlichen Gründen wesentlich hilfsbereiter war als zuvor. Er erzählte dem Hauptkommissar bereitwillig, dass er Malosch zusammen mit Fürth auf dem Parkplatz gesehen hatte.

»Erst dachte ich, die beiden hätten Streit, aber dann schien ich mich doch getäuscht zu haben.«

»Sind sie miteinander fort?«

»Keine Ahnung. Ich habe nur gesehen, dass sie in die gleiche Richtung gingen.«

In den nächsten Minuten überschlugen sich die Ereignisse. Heerse gab die Anweisung, die beiden Männer sofort ausfindig zu machen. Er wollte eben sein Gespräch mit Agger fortsetzen, als die Meldung aus der Zentrale kam.

»Wir haben gerade einen Notruf von dem Anschluss eines gewissen Friedrich Malosch erhalten.«

Heerse fiel aus allen Wolken. »Was hat der Anrufer gesagt?«, rief er ungeduldig.

»Mehr als ein Stöhnen und das Wort ›Hilfe‹ konnten wir nicht verstehen. Tut mir leid, wir wissen nicht einmal, wer angerufen hat. Aber die Rettungskräfte sind bereits unterwegs.«

»Los!«, schrie Heerse und stürmte Richtung Parkplatz.

Maren sprang auf den Fahrersitz und startete den Wagen, weitere Einsatzfahrzeuge rückten ebenfalls aus. Das Aufheulen der Sirenen verschaffte ihnen freie Fahrt.

»Was hat dieser Notruf zu bedeuten?«, fragte Maren angespannt und lenkte den Wagen trotz der hohen Geschwindigkeit sicher über die Bundesstraße.

Ihr Chef antwortete nicht, sondern dachte an Maloschs wütende Reaktion, als er ihn auf das gewalttätige Verhalten seines Sohnes angesprochen hatte. Womöglich ahnte der Mann, dass Fürth diese Information an die Polizei weitergegeben hatte, und Agger war tatsächlich Zeuge eines Streits zwischen den beiden geworden. Heerse malte sich ein Horrorszenario nach dem anderen aus. War es denkbar, dass Fürth schließlich bei Malosch zu Hause gelandet war, der Streit eskalierte und ...? Aber wenn Fürth den Notruf abgesetzt hatte, wo war dann Malosch? Folgte er nun seinem Sohn ins Wasser, nachdem er einen weiteren Mord begangen hatte?

Er riss hektisch das Funkgerät aus der Halterung. »Habt ihr schon etwas von Fürth gehört?«

Knackend kam die Antwort: »Bis jetzt noch nicht. Er nimmt nicht ab, nur die Mailbox, wir schicken ein Team zu seiner Wohnung in Baden-Baden und eines zu der Hütte am Rhein.«

»Ist schon jemand bei Malosch?«, brüllte er unnötig laut in das Mikrofon.

Noch bevor sie eine Antwort bekamen, erreichten sie ihr Ziel. Maloschs blauer Transporter stand neben dem geparkten Imbisswagen.

Der Notarzt war bereits vor Ort. Der Motor des Krankenwagens lief nicht mehr, der Fahrer lehnte am Fahrzeug und Heerse wusste, was das bedeutete: Es war zu spät.

Kaum brachte Maren den Dienstwagen zum Stehen, schob er sich aus der Tür und eilte ins Haus.

Das Wohnzimmer, das er bereits kannte, war wie immer – bis auf das Blut, das den Teppich durchtränkt hatte. Und dann war da noch der Körper, auf den mehrmals brutal eingestochen worden war. Die Tatwaffe, ein Anglermesser, ähnlich dem, das bei dem Mord an Lydia Schmitt verwendet worden war, lag neben der Leiche von Friedrich Malosch.

Heerse fuhr sich mit der Hand durch die Haare. Der Notarzt, der mit zwei Sanitätern noch bei dem leblosen Körper kniete, sah zu ihm auf und schüttelte den Kopf.

»Die Verletzungen waren zu schwer, wir hätten ihn nicht mehr retten können.«

Hinter dem Hauptkommissar trat Maren ein.

Der Arzt sprach weiter: »Als wir ankamen, hat er gerade noch so gelebt und versucht, uns etwas mitzuteilen. Er sagte mehrmals: ›Ich wollte doch nur mit dem Jungen reden‹.«

»Welchem Jungen?«, fragte Heerse automatisch, obwohl er wusste, dass er keine Antwort zu erwarten hatte.

Marens Gedanken schlugen die wildesten Kapriolen. Sie hatte eine Idee, die sie unter anderen Umständen niemals aufgegriffen hätte, aber jetzt schien ihr nicht der Zeitpunkt, zögerlich zu sein.

»Könnte er seinen Sohn meinen?«, wagte sie sich vor.

Heerse antwortete ihr nicht sofort, sondern sah sich im Zimmer um. Er blickte auf die liebevoll arrangierten Bilderrahmen, dachte an die zweite Kaffeetasse und Maloschs merkwürdige Äußerung, er würde mit seinem Kind gelegentlich sprechen. Außerdem hatte man die Leiche von Friedrich junior niemals gefunden. Natürlich, im ersten Moment war Marens Schlussfolgerung nachvollziehbar. Aber konnte das wirklich sein? Hatten sie es mit einem verlorenen Sohn zu tun, der zum gewalttätigen Mörder geworden war und im Verborgenen lebte?

»Durchsucht das Haus, den Liefer- und den Imbisswagen, dreht alles dreimal um, wenn es sein muss. Das volle Programm«, gab er seine Anweisungen. Dann wandte er sich an Maren: »Das wäre eine Lösung: das Wasser, die weiblichen Opfer, der blaue Lieferwagen … Und als der Vater seinen Sohn stoppen will, da dreht der durch und sticht zu.«

Die Kommissarin nickte.

»Aber«, ergänzte Heerse, »können wir wirklich annehmen, dass jemand fünfzehn Jahre unbemerkt in diesem Haus gewohnt hat?«

»Vielleicht ist er erst vor Kurzem zurückgekommen«, schlug Maren vor, die den ersten Riss in ihrer schönen Theorie entdeckte.

»Wie gesagt, wir gehen der Sache nach. Aber Malosch kam mir nicht wie jemand vor, der den trauernden Vater nur spielt.«

Der Hauptkommissar betrachtete nachdenklich die Fotografien. Was hatte Maloschs letzter Satz zu bedeuten? Mit welchem Jungen hatte er reden wollen? Heerse bekam das Gefühl, dass da etwas war, und versuchte, sich zu erinnern. Verschiedene Bilder gingen ihm durch den Kopf: der Rhein, die Frauenleichen, Drogen, der blaue Transporter und ein Rollstuhl. Und da gab es auch noch Berthold Agger … *Zu viele Zufälle und womöglich eine Lüge?* Lauter Mosaiksteinchen, die zueinandergehörten. Und plötzlich hatte Heerse mehr als nur eine Ahnung. Er glaubte, den Täter nun zu kennen.

* * *

KAPITEL 14

Er zitterte immer noch, als er sich das Blut von den Händen wusch. Warum hatte ihn der Alte auch nicht in Frieden gelassen? Niemals war es seine Absicht gewesen, ihn zu töten. Aber Friedrich Malosch hatte nicht zuhören wollen und gedroht, Hauptkommissar Heerse anzurufen.

»Ich muss das beenden, Junge, das verstehst du doch sicher.«

»Das ist nicht deine Angelegenheit«, hatte er Malosch geantwortet. »Ich habe nichts Unrechtes getan. Es war doch nur eine kleine Lüge. Wenn du willst, werde ich das wieder in Ordnung bringen.« Seine Stimme war schrill geworden und er hatte um Verständnis gefleht.

»Aber es geht doch nicht um die Lüge.« Malosch hatte mit ihm gesprochen, als wäre er wieder der kleine Junge von damals. »Du hast Menschen getötet.«

»Ich habe eine Aufgabe erfüllt, anderen ermöglicht, gereinigt zu werden, das war etwas Gutes.«

»Schluss damit, ich rufe jetzt die Polizei! Wenn du dich stellst, wird dir geholfen werden!« Da Malosch schon den Hörer in der Hand gehabt hatte, war ihm nur ein Ausweg geblieben. Er hatte nach dem Fischmesser auf dem Tisch gegriffen und zugestochen. Wieder und wieder, bis der Alte endlich geschwiegen hatte. Dann war er regelrecht aus dem Haus geflohen und hierhergekommen.

Sein Herz hörte nicht auf zu rasen, er schaufelte sich schnell kaltes Wasser ins Gesicht, griff zu einem Handtuch und blickte in den Spiegel. Er sah verändert aus. Durch die toten Frauen hatte er eine unglaubliche Zufriedenheit ausgestrahlt – aber jetzt, nach dem Mord an Malosch, sah er in seinen Augen nur Verzweiflung und Angst.

»Das bin nicht ich«, flüsterte er zornig. »Das bin nicht ich«, sagte er erneut, dieses Mal lauter. »Ich habe alles richtig gemacht, er hat das nicht verstanden!« Seine Stimme war voller Wut. »Ich lasse mich von niemandem aufhalten«, brüllte er schließlich hasserfüllt, holte aus und zerschlug mit der Faust den Spiegel, sodass die Scherben auf den Boden rieselten. Nur ein letzter großer Splitter hing noch an der Wand. Er bewegte den Kopf langsam hin und her und beobachtete den Ausdruck seiner Augen in der gezackten Scherbe.

»Ich lasse mich von niemandem aufhalten«, führte er sein Selbstgespräch fort. »Ich, Leo Fürth, bringe zu Ende, was ich angefangen habe.«

Im nächsten Moment hörte er vor der Hütte ein Geräusch.

* * *

Unruhig tigerte der Hauptkommissar vor Maloschs Haus hin und her. Konnte es tatsächlich möglich sein, dass Leo Fürth der Täter war?

Heerse ging im Kopf alles noch einmal durch: Leo Fürth hätte die Gelegenheit gehabt, kannte den Rhein und die Rheinauen und hatte sogar einen entsprechenden Beruf. Laut dem Zeugen vom Krankenhaus schob ein Unbekannter jemanden im Rollstuhl vom Angestelltenparkplatz Richtung Hauptstraße. Heerse erinnerte sich an den Rollstuhl, den er in Fürths Hütte gesehen hatte. Ein Zufall? Fürth hatte sich auf dem Parkplatz aufgehalten, als Annette Graubs Leiche gefunden worden war. Ein weiterer Zufall? Agger sprach von einem möglichen Streit zwischen Malosch und Fürth. Auch wenn Agger nicht verlässlich war, so konnte man seine Aussage nicht einfach ignorieren. Ein weiterer, interessanter Punkt war, dass Fürth derjenige gewesen war, der Heerse von

Maloschs Sohn und dessen Verfehlungen als Kind erzählt hatte. Malosch selbst hatte die Vorwürfe, sein Sohn habe andere Kinder bedrängt, womöglich sogar gequält, aufs Schärfste zurückgewiesen. Eine Lüge, die für einen Vater nur verständlich wäre. Aber was, wenn das überhaupt keine Lüge seitens Malosch gewesen war, sondern Fürth die Unwahrheit gesagt hatte? Warum hätte er das dann getan? Heerse wusste, dass Menschen aus den unterschiedlichsten Gründen logen, nicht immer waren sie deshalb gleich eines Verbrechens schuldig, aber manchmal eben doch. Versuchte Fürth dadurch, von sich abzulenken? Und noch etwas war Heerse aufgefallen. Maloschs letzte Worte lauteten: »Ich wollte doch nur mit dem Jungen reden.«

Man könnte natürlich annehmen, der Mann wäre im Todeskampf verwirrt gewesen und dieser Satz hätte nichts zu bedeuten – oder aber Malosch wollte ihnen dadurch mitteilen, was sich abgespielt hatte, nämlich dass sein Tod die Folge eines Gesprächs gewesen war, das er mit irgendeinem Jungen hatte führen wollen. Welcher Junge war gemeint? An einen lebenden Sohn, der die letzten Jahre im Untergrund gehaust hatte, glaubte Heerse nicht. Wer kam dann infrage? Ältere Menschen bezeichneten entweder ein männliches Kind als Jungen oder einen Erwachsenen, den sie bereits als Kind gekannt hatten. Fürths Großmutter hatte schon bei Malosch eingekauft, als ihr Enkel noch klein gewesen war. Da Malosch Fürth schon so lange kannte, wäre die Bezeichnung »Junge« nicht ungewöhnlich.

Eine weitere traurige Erkenntnis ließ Heerses Verdacht immer mehr zur Gewissheit werden. Fürth war an jenem Abend dabei gewesen, als Annette Graub Müller das erste Mal vom Revier abgeholt hatte. Sicher wäre es ein Leichtes für ihn gewesen, das, was er bei dieser Begegnung noch nicht über sie erfahren hatte, herauszufinden. All das wies auf Leo Fürth als Täter hin, auch wenn dem Hauptkommissar das Motiv noch vollkommen unklar war. Heerse wollte noch ein weiteres Detail überprüft wissen.

Er sah zu Maren, die nervös das Funkgerät hielt und auf Antwort aus der Zentrale wartete.

»Wir haben die Bestätigung«, sagte sie eine Minute später mit belegter Stimme und sah zu ihrem Chef, »auf die Großmutter von Leo Fürth war ein dunkelblauer Transporter zugelassen. Im Sommer wurde er von ihrem Enkel abgemeldet, aber nicht wieder angemeldet.«

»Wenn die Kollegen bei der Hütte sind, sollen sie vorsichtig sein und auf Verstärkung warten. Gib außerdem eine Fahndung nach dem blauen Transporter raus. Falls er damit unterwegs ist, fährt er vermutlich mit den entwerteten Kennzeichen. Wir machen uns sofort auf den Weg.«

Maren gab Gas. Dieses Mal verlief die Fahrt ohne Sirene, man wollte den Verdächtigen nicht vorwarnen. Die Kommissarin war froh, dass sie erst vor Kurzem ein zusätzliches Fahrtraining absolviert hatte, denn ihr Chef drängte sie zur Eile. Sie hatten die Hütte von Leo Fürth beinahe erreicht, da kam über Funk die Meldung der Kollegen: »Er hat uns bemerkt und ist abgehauen. Wir wollten ihn aufhalten, aber er ist einfach durchgebrochen.«

»Welche Richtung? Welches Fahrzeug?«, knurrte Heerse ärgerlich.

»Ein blauer Transporter, ich habe das Nummernschild.« Es folgte die Richtungsangabe, die Maren zu einem riskanten Wendemanöver veranlasste, das den Wagen für einen Moment ins Schleudern brachte. Heerse krallte seine Finger in den Sitz. Die junge Kollegin schien den Wagen plötzlich zum Fliegen bringen zu wollen.

»Sirene«, schnappte der Hauptkommissar, sonst wäre die Fahrt zu riskant geworden.

»Den kriegen wir«, keuchte Maren, die nur noch den Wunsch hatte, diesen Unmenschen zur Strecke zu bringen. »Er kann nicht weit sein.«

Heerse schloss mehrmals die Augen, als die Kommissarin die Autos umfuhr, die nicht schnell genug in Richtung Fahrbahnrand ausweichen konnten. Es war eine gefährliche Jagd, aber er griff nicht ein. Jetzt oder nie, er wollte Leo Fürth unbedingt erwischen, ihn zur Rechenschaft ziehen – für das, was er den Frauen angetan hatte, und auch dafür, dass er das Leben seines Mitarbeiters innerhalb einer Nacht zerstört hatte.

Marens Hände schienen am Lenkrad festzukleben, das Gaspedal war durchgedrückt, als sie plötzlich rief: »Da vorne ist er!«

Und tatsächlich sahen sie den blauen Transporter, der vor ihnen nach links abbog. Er beschleunigte, als er die Sirene hörte. Maren folgte ihm und die Reifen quietschten, als sie scharf die Kurve nahm.

Fürth legte an Tempo zu, hatte jedoch keine Chance gegen den Dienstwagen und wusste das auch. Eigentlich sah es so aus, als würde er aufgeben, vor der nächsten Kreuzung anhalten – aber im letzten Moment beschleunigte er noch einmal.

Dann ging alles furchtbar schnell. Fürth raste in dem Moment über die Kreuzung, als ein schwerer Sattelschlepper von links kam. Der Mehrtonner auf der Vorfahrtsstraße rechnete nicht damit, plötzlich bremsen zu müssen. Mit einem schrecklichen, lauten Knall erfasste er den blauen Transporter und schob ihn vor sich her, als wäre der nur ein Spielzeugauto. Maren, die dicht hinter

Fürth in die Kreuzung einfuhr, konnte gerade noch ausweichen, indem sie das Lenkrad herumriss. Ihr Wagen kam ins Schlingern und fing an, sich zu drehen. Sie lenkte, bremste, lenkte, tat alles ganz automatisch. Ihre Hände und Beine erinnerten sich an das, was man ihr eingebläut hatte, und doch empfand sie in diesem Moment eine nie gekannte Todesangst. Heerse griff ins Lenkrad, half ihr so, den Wagen erneut herumzureißen, ohne in den Graben zu steuern, während er brüllte: »Bremsen!«

Die Pirouetten endeten, sie kamen endlich zum Stehen. Mehrere Male atmete der Hauptkommissar schwer durch, dann sprang er aus dem Auto. In einiger Entfernung hörte man die Sirenen der Verstärkung. Er rannte zu dem Sattelschlepper, der quer über der zweispurigen Fahrbahn stand. Sein erster Blick galt dem Fahrer, dem der Schock anzumerken war, der den Unfall aber offensichtlich ohne schwere Verletzungen überstanden hatte.

»Er war plötzlich vor mir …«

»Schon gut, gehen Sie vom Fahrzeug weg, Beeilung«, antwortete er dem Mann schroff, der sofort den Anweisungen folgte, als er sah, dass Heerse seine Dienstwaffe zog.

Maren, die einige Meter hinter ihm war, drängte den Fahrer ebenfalls, sich von der Unfallstelle zu entfernen.

Heerse wusste nicht, was ihn im Inneren des auf der rechten Seite liegenden Transporters erwarten würde. Die Fahrertür war stark eingedrückt. Hatte Fürth etwa durch die zertrümmerte Windschutzscheibe entkommen können?

Die Sorge des Hauptkommissars war unbegründet. Als er seine Waffe ins Fahrzeug richtete, zielte er damit auf einen schwer verletzten Mann. Fürth war eingeklemmt, ein scharfes Stück Metall hatte sich durch seine

Leiste gebohrt. Aus einer weiteren Wunde am Oberschenkel sickerte unaufhörlich Blut. Heerse konnte den Mann weder aus dem Wagen holen noch ihn medizinisch versorgen. Jetzt musste er darauf hoffen, dass die Rettungskräfte schnell hier sein würden.

Maren trat neben ihn und keuchte: »Ist er tot?«

Heerse antwortete ihr nicht, sondern sagte laut: »Herr Fürth, können Sie mich hören?«

Vorsichtig griff er durch das zerbrochene Seitenfenster der Fahrerseite und berührte den Arm des Mannes. Er brauchte Antworten und Erklärungen, das war er den Angehörigen der Opfer schuldig. Keinesfalls durfte Fürth jetzt sterben, auch wenn der Hauptkommissar ganz tief in seinem Inneren einen Moment lang versucht war, die Pistole anzusetzen und diese Bestie zu erschießen.

Fürth blickte auf und erkannte das Gesicht des Hauptkommissars.

»Ich wollte doch nur meine Aufgabe erledigen, so wie ich es gelernt habe«, sagte er leise.

Heerse sah seine Chance. Um den Mann zum Reden zu bringen, versuchte er, seine Stimme verständnisvoll klingen zu lassen. »Was war das für eine Aufgabe?«

Fürth röchelte, es folgte ein heiseres Husten, bevor er erklärte: »Ich habe die Frauen vorbereitet.«

»Sie haben sie gesäubert«, half der Hauptkommissar aus, um das Geständnis voranzutreiben.

»Ja, genau. Ich dachte, dann wird es noch besser.«

»Was wird besser?«

»Die Reinigung im Wasser. Wenn man versinkt, dann wird man von allem befreit, rein. Das ist etwas Gutes, ich weiß das.«

Wieder erklang das ungesunde Röcheln und Heerse hatte Angst, der Mann würde nicht weitersprechen.

»Woher wissen Sie das?«, hakte er deshalb hastig nach.

»Von meiner Mutter. Sie hat mich als Kind auch gereinigt. Oh, ich war lange unter Wasser, sie hat mich nach unten gedrückt, damit es auch eine gründliche Reinigung werden konnte.«

Er hob angestrengt den Kopf, sah Heerse direkt an und versuchte zu lächeln. »Erst dachte ich, sie wollte mir wehtun, lange Zeit glaubte ich sogar, Mama hätte versucht, mich zu ertränken, aber meine Großmutter hat es bis zu ihrem letzten Atemzug stets anders erklärt. Meine Mutter hätte mich in den Rhein geworfen, um mich zu reinigen, aus Liebe, verstehen Sie?«

Heerse verstand tatsächlich.

»Ich habe erst nach dem Tod meiner Großmutter begriffen, dass sie nicht gelogen hat. Ich hatte die Wahrheit verkannt, aber dann, als mir bewusst wurde, dass es keine Lüge war, da wollte ich es meiner Mutter gleichtun. Das Wasser ist etwas Gutes.«

»Wo ist Ann-Kathrin Karlson?«, fragte der Hauptkommissar, auch wenn er bereits glaubte, die Antwort zu kennen.

»Wer ist das?«

»Die Frau mit den Brandnarben.«

»Von denen konnte ich sie schon vorab befreien, den Rest macht jetzt das Wasser. Sie ist einfach so aufgetaucht an jenem Abend, das war wie ein Zeichen.«

»Sie haben Charlotte Dubois, Ann-Kathrin Karlson, Lydia Schmitt, Karla Drost, Petrina Lütge und Annette Graub getötet, stimmt das?«

Fürth atmete pfeifend ein. »Ich habe ihnen geholfen, gereinigt zu werden.«

Nur mühsam gelang es Heerse, seine Wut zu unterdrücken, als er noch einmal nach Annette Graub fragte.

»Eine Strafe für die Beleidigungen, die ich ertragen musste. Das war nicht richtig, immerhin habe ich nur meine Aufgabe erledigt, eine Aufgabe, die mich zufrieden gemacht hat.« Er sprach jetzt abgehackt und drohte, ohnmächtig zu werden.

»Und Friedrich Malosch?«, fuhr ihn Heerse mit lauter Stimme an.

Der Verletzte hob noch einmal den Kopf. »Er hat mich beim Lügen erwischt. Nicht sein Sohn, sondern ich war das damals. Dieses Mädchen hatte eine Strafe verdient, aber meine Großmutter war deshalb sehr böse mit mir. Ich hatte keine Ahnung, dass sie Malosch seinerzeit über diesen blöden Vorfall unterrichtet hatte.«

»Aber warum haben Sie mir überhaupt diese Lüge über Maloschs Sohn erzählt?«

»Ich hoffte, zu lügen, würde mich von diesem Makel befreien, eine Weitergabe der Schuld an einen Toten als eine Art der Reinigung. Es war eine spontane Idee und ein Fehler. Malosch verdächtigte sofort mich, Ihnen diese Lüge aufgetischt zu haben. Er hat mir erzählt, wie er die halbe Nacht wach gelegen und darüber nachgedacht hat, ob er Ihnen erzählen soll, wie es sich damals wirklich zugetragen hat. Heute Morgen wollte er in Ihr Büro. Zuvor sah er mich jedoch auf dem Parkplatz und entschied sich, mich zuerst zur Rede zu stellen. Daher drängte er auf eine Aussprache bei sich zu Hause. Anfangs fragte er mich nur, was los sei, warum ich den Namen seines Sohnes beschmutzen würde, aber plötzlich schien er die Wahrheit zu erahnen, sprach über die toten Frauen und drohte mit der Polizei. Er sagte, man müsse mich aufhalten.« Die letzten Sätze kamen kaum hörbar aus Fürths Mund.

»Sie haben ihn getötet?«

»Ich musste …« Fürth schloss die Augen und erlebte ein letztes Mal den Traum, der ihn seit Kindheitstagen verfolgte: Er fiel ins Wasser, aber dieses Mal war es nicht wie sonst. Dieses Mal war es kalt und ungemütlich. Er sah das Gesicht seiner Mutter, die ihn anschrie: »Du hast mein Leben versaut!« Er bekam keine Luft, ruderte mit den Armen und hoffte auf die rettenden Hände. Damals hatte ihn die Großmutter aus dem Wasser gezogen, ihn getröstet und die Mutter fortgeschickt. Aber heute griff niemand nach ihm und er tauchte weiter in die vollkommene Dunkelheit. Alles war vorbei, er war vom Ufer der Angst in die Tiefe gestürzt und nun für immer verloren.

Heerse rief erneut Leo Fürths Namen, aber der Körper reagierte nicht mehr. Sie hörten die Einsatzkräfte der Feuerwehr und den Notarzt. Man versuchte, Fürth so schnell wie möglich aus dem Fahrzeug zu schneiden, aber als man ihn endlich bergen konnte, kam jede Rettung zu spät.

* * *

EPILOG

»Fürth war in seiner Funktion als Sachverständiger für Gewässerschutz sowohl für das Kieswerk als auch für den Jachthafen tätig. In dem blauen Transporter fanden die Kriminaltechniker Blutspuren von Ann-Kathrin Karlson und DNA von Annette Graub. Außerdem eine kleine Axt, mit der er den Unterarm abgetrennt hat, einen nicht mehr vollständigen Satz Filetiermesser und mehrere Rollen Angelschnur der entsprechenden Marke. Der Wagen war seinerzeit für die Großmutter behindertengerecht umgebaut worden, so konnte er das Fass leicht über die Rampe ein- und ausladen. Vermutlich hat er den Unterarm von Ann-Kathrin Karlson vergraben, weil der seiner Ansicht nach durch die Narben besudelt war und deshalb nicht würdig schien, im Wasser zu enden. In der Hütte gab es weitere Hinweise, aber letzten Endes reicht auch schon sein Geständnis aus, um den Fall abschließen zu können. Ich denke nicht, dass er einen so engen Kontakt mit uns geplant hatte. Alles fing wohl mit Gregor Botner an, der die Leiche von Charlotte Dubois entdeckt hat«, fasste Heerse die letzten Berichte für Maren zusammen.

»Unheimlich«, sagte die Kommissarin nachdenklich. »Da will sich Fürth davon überzeugen, dass sein Opfer immer noch sicher unter Wasser liegt und dann entdeckt er Botner, der gerade dabei ist, die Leiche zu bergen. Warum hat er ihn nicht auch umgebracht?«

Heerse runzelte die Stirn. »Wer weiß, ob er nicht sogar darüber nachgedacht hat. Womöglich hat es ihm aber auch einen Kick gegeben, die Dinge geschehen zu lassen und uns auf diese Weise an der Nase herumzuführen.«

»Ja, wieso hätten wir auch den Mann verdächtigen sollen, der uns den Leichenfund meldet?« Sie sah zu ihrem Chef. »Er hätte nie mit dem Morden aufgehört, oder?«

Heerse schüttelte den Kopf. »Nein, aber wir haben ihn trotzdem zu spät erwischt.«

»Er war sehr geschickt«, sah sich die Kommissarin genötigt zu erwidern. »Seine Großmutter starb, kurz bevor er mit den Morden begann. Vermutlich hat er mit deren Tod seine Verbindung zur Realität verloren, fühlte sich einsam, klammerte sich in seinem Kummer an den Gedanken, dass ihn seine Mutter damals tatsächlich nicht hatte ertränken wollen, so was eben. Die Großmutter hat es sicher nur gut gemeint mit dieser Lüge, aber sie hätte irgendwann mit ihm über die Wahrheit reden müssen. Vielleicht wäre er dann nie so geworden. Aber er hat einen mörderischen Wahn entwickelt und so jemanden zu fassen, ist immer schwierig. Schließlich gibt es auf den ersten Blick kein Motiv. Deshalb haben wir Fürth auch nie verdächtigt. Er war ein Experte und hilfsbereit, aber nie aufdringlich. Gleichzeitig hatten wir mehrere Verdächtige, die wesentlich eher infrage kamen. Und vergiss nicht die Spurenlage. Zum Beispiel Aggers Fischtöter, den man bei Karla Drosts Leiche gefunden hat. Wie hätten wir wissen können, dass Fürth dieses Ding nach seinem Mord an Charlotte Dubois bei Agger geklaut hat, quasi als Mordwaffe auf Vorrat, um damit irgendwann später einen weiteren Menschen zu töten? Außerdem haben uns seine Lügen über Maloschs Sohn auf eine falsche Fährte geführt. Auch das Verhalten von Morinier, der seinen Kassiererinnen hinterhergestiegen ist, oder das von Agger, dem Neandertaler, der Gott und die Welt bedroht hat, waren nun nicht gerade unverdächtig. Denk nur an Zober, der eines der Mordopfer bei der letzten Weihnachtsfeier bedrängt hat. Und dann Malosch …« Sie stöhnte. »Greift die Exfreundin seines toten Sohnes an, spricht mit dem seit fünfzehn Jahren Verstorbenen und stellt ihm sogar eine Tasse Kaffee auf den Tisch. Wie sollen wir das denn anders werten als verdächtig? Und von dem Transporter erfuhren wir erst am Morgen nach Annettes Tod. Der Wagen von Fürth war schon seit Monaten abgemeldet und er hat ihn danach nur noch für seine Verbrechen verwendet. Agger hat sich an dem Morgen spontan an Maloschs Wagen erinnert, weil der damit täglich herumgefahren ist. Fürths dunklen Transporter hatte er längst vergessen. Aber selbst wenn wir an dem Tag davon erfahren hätten, wäre dadurch nichts verhindert worden.«

Heerse rieb sich über die Augen. »Warum hatte Fürth ausgerechnet an jenem Abend im Präsidium sein müssen, als auch Annette Graub hier gewesen war. Wäre er nur wenige Minuten später gegangen, hätte er niemals von Müllers Lebensgefährtin erfahren. Nur eine Minute hätte genügt. Wenn er zum Beispiel länger von mir in Beschlag genommen worden wäre …«, sagte der Hauptkommissar bitter.

»Predigst du uns nicht immer, dass es keinen Sinn macht, sich für die Dinge schuldig zu fühlen, die andere getan haben? Leo Fürth hat Annette getötet. Er ist dafür verantwortlich«, entgegnete Maren nachdrücklich.

»Ich weiß, aber wir sind nun mal diejenigen, die Menschen wie Leo Fürth aufhalten müssen.«

»Und das haben wir auch getan.«

Eine Weile schwiegen sie beide, denn sie wussten, dass sie dieser Fall noch lange belasten würde.

Müller hatte sich beurlauben lassen, keiner wusste, ob er je wieder seinen Dienst aufnehmen wollte. Zurzeit lebte er bei Sylvia und den Kindern. Heerse hatte mit allem Nachdruck darauf bestanden, dass sein Mitarbeiter und Freund in der nächsten Zeit nicht alleine blieb.

Die Beerdigung von Annette Graub war schrecklich gewesen. Müller musste sich den Beschimpfungen von Annettes Sohn aussetzen, der ihm die Schuld am Tod der Mutter gab. Der Oberkommissar hatte dazu geschwiegen, fühlte er doch genau das: Schuld.

Danach war er in Heerses Büro erschienen, hatte ihm seine Dienstwaffe und den Polizeiausweis übergeben und seine Kündigung ausgesprochen. Bisher hatte der Hauptkommissar das jedoch noch nicht offiziell gemacht. Nur Maren wusste davon und auch sie hoffte, dass ihr Kollege mit der Zeit einen Weg zurück finden würde. Momentan waren die Wunden zu frisch und die Heilungsprognosen düster.

»Warum hat Fürth das getan? Ich meine, viele Menschen erleben schlimme Dinge. Aber warum wird jemand deshalb zum Mörder?«, unterbrach Maren schließlich die Stille.

»Sepsis«, antwortete ihr Heerse tonlos, der mittlerweile aufgestanden war und aus dem Fenster starrte. Der Regen prasselte gegen die Scheibe und schien nicht mehr aufhören zu wollen. Die Welt war in ein blasses Grau getaucht.

»Sepsis? Du meinst eine Blutvergiftung?«, hakte Maren überrascht nach.

»Ja.« Heerse drehte sich zu ihr um. Das fragende Gesicht seiner Kollegin veranlasste ihn schließlich, sich zu erklären.

»Das hat mit einem alten Fall zu tun, vielleicht erzähle ich es dir eines Tages. Jedenfalls bin ich damals zu der Erkenntnis gekommen, dass das, was Menschen dazu treibt, etwas Böses zu tun, wie ein Gift wirkt, das sich immer weiter ausbreitet. Eben wie bei einer Sepsis, nur dass diese Art nicht den Körper, sondern den Geist befällt.«

»Verstehe«, entgegnete die Kommissarin leise, »und in Leo Fürths Fall war diese Sepsis tödlich.«

Ende

SCHLUSSWORT UND ANMERKUNGEN

Alle Personen, Institutionen und Handlungen in meinem Buch, nebst Namen und Bezeichnungen (auch von Computerspielen) sind frei erfunden. Ähnlichkeiten mit lebenden oder toten Personen und deren Handlungen sind rein zufällig und nicht beabsichtigt.

Im fünften Psychothriller aus der Sepsis-Reihe habe ich mir Schauplätze rund um den Rhein ausgesucht, die alle in der Nähe von Baden-Baden liegen. Es handelt sich unter anderem um Rheinauenlandschaften von Rastatt in Richtung Kehl, zum Beispiel die Rastatter Rheinauen und die Gebiete der Gemeinde Rheinmünster und des Ortsteils Söllingen. Die meisten dieser Schauplätze sind real und bieten dem Besucher eine unvergleichliche Natur. Wie auch in meinem Buch beschrieben, gibt es Baggerseen und die Altrheinarme, Rückzugsgebiete für zahlreiche Tierarten und ein wahres Pflanzenparadies. Der beschriebene Hochwasserschutzdamm existiert genauso wie der erwähnte Polderpfad und die Rheinfähre (genauer eine »Gierseilfähre«) zwischen Plittersdorf (Rastatt) und Frankreich.

Am Hochwasserschutzdamm gibt es zahlreiche Slipstellen und man findet auch den ein oder anderen Jachthafen. Allerdings ist der von mir beschriebene erfunden, genauso wie der Parkplatz mit den Imbisswagen, das Kieswerk und der französische Supermarkt. Der Polizeikongress ist ebenfalls meiner Fantasie entsprungen und auch beim Standort der Dienststellen habe ich der Geschichte zuliebe Veränderungen vorgenommen.

Herzlichen Dank, dass Sie sich für meinen Psychothriller »Ufer der Angst« entschieden haben. Ich hoffe, Sie konnten Heerse mental bei seinen Ermittlungen unter die Arme greifen. Natürlich würde ich mich freuen, wenn Sie bei Ihrem nächsten Besuch in Baden-Baden auch einen Ausflug an den Rhein unternehmen würden. Dann könnten Sie selbst einmal ausprobieren, wie sich der Blick vom Hochwasserdamm in die rheinischen Fluten anfühlt …

Ich bin mir sicher, dass Sie beeindruckt sein werden!

Ihre Ilona Bulazel

WEITERE TITEL DER AUTORIN

Schmutzige Tränen (Psychothriller)
http://www.amazon.de/dp/B01H92SI1Y

Lautloser Hass (Psychothriller, Band 4)
http://www.amazon.de/dp/B01CTAO28E

Sepsis – Showblut (Psychothriller, Band 3)
http://www.amazon.de/dp/B01ADMWI8G

Sepsis – Das Schandmaul (Psychothriller, Band 2)
http://www.amazon.de/dp/B015WUW2QM

Sepsis – Verkommenes Blut (Psychothriller, Band 1)
http://www.amazon.de/dp/B00V0R616E

Blutiger Schein (Thriller)
http://www.amazon.de/dp/B01J2WXQ6Q

Projekt Todlicht (Thriller)
http://www.amazon.de/dp/B011AKKO22

Die Akte Aljona (Thriller)
http://www.amazon.de/dp/B00Q5KOL2M

Operation Castus (Thriller)
http://www.amazon.de/dp/B00IDI70R2

world: reset – Nach den Aschentagen
(Krimi/Science-Fiction-Thriller)
http://www.amazon.de/dp/B00CG8G79W

Mystery-Geschichten (Kurzgeschichten)
http://www.amazon.de/dp/B00LOVB5K8

Scifi-Geschichten (Kurzgeschichten)
http://www.amazon.de/dp/B00M4E48P8

Alle Titel erhalten Sie als E-Book (die Shops finden Sie auf der Website der Autorin unter http://www.autorib.de) oder als Taschenbuch über Amazon!

Printed in Poland
by Amazon Fulfillment
Poland Sp. z o.o., Wrocław

71569010R00174